I0657652

CONTRIBUTION AUX ÉTUDES HISTORIQUES
SUR LA PHARMACIE EN FRANCE

La Pharmacie à La Rochelle

AVANT 1803

Les Seignette
et le Sel Polychreste

PAR

Maurice SOENEN

Docteur en Pharmacie,
Pharmacien de 1re Classe,
Ancien Interne des Hôpitaux de Paris,
Chimiste-Expert, Essayeur du Commerce,
Pharmacien-Inspecteur,
Officier d'Académie.

LA ROCHELLE
IMPRIMERIE NOUVELLE NOËL TEXIER
29, RUE DES SAINTES-CLAIRES, 29

1910

La Pharmacie à La Rochelle

Les Seignette
et le Sel Polychreste

Une Boutique d'Apothicaire Rochelais au XVIIIe siècle.
(Reconstitution de M. E. Couneau).

La maison reproduite ici existe encore et se trouve rue du Temple. Son aspect, sauf l'entrée du magasin, n'a pas changé. Là ont exercé successivement et sans interruption, pendant plus de 120 ans, trois apothicaires du nom de Jambu. Cette demeure, croyons-nous, abritait déjà un apothicaire à la fin du XVIIe siècle.

CONTRIBUTION AUX ÉTUDES HISTORIQUES
SUR LA PHARMACIE EN FRANCE

La Pharmacie à La Rochelle

AVANT 1803

Les Seignette
et le Sel Polychreste

PAR

Maurice SOENEN

Docteur en Pharmacie,
Pharmacien de 1re Classe,
Ancien Interne des Hôpitaux de Paris,
Chimiste-Expert, Essayeur du Commerce,
Pharmacien-Inspecteur,
Officier d'Académie.

LA ROCHELLE
IMPRIMERIE NOUVELLE NOËL TEXIER
29, RUE DES SAINTES-CLAIRES, 29

1910

A Monsieur le Docteur Sigalas,

Professeur à la Faculté de Médecine et de Pharmacie de Bordeaux,
Chevalier de la Légion d'Honneur ;

A Monsieur le Docteur Barthe,

Professeur agrégé à la Faculté de Médecine et de Pharmacie de Bordeaux,
Chevalier de la Légion d'Honneur,

Hommage reconnaissant.

INTRODUCTION

Jusqu'à la fin du XVIIIᵉ siècle, l'exercice de la Pharmacie en France n'était pas soumis à des lois uniformes, mais régi par des organisations essentiellement locales. Des Communautés ou Confréries groupaient dans les villes les apothicaires : elles étaient administrées suivant l'ancien système corporatif et dotées de statuts spéciaux, très différents bien souvent des statuts accordés dans les villes voisines. Ces Communautés avaient ainsi des mœurs, des coutumes, des traditions originales, qui méritent d'être évoquées et qui justifient les recherches documentaires et les études rétrospectives sur l'Histoire de la Pharmacie, auxquelles on s'est beaucoup livré depuis quelques années. C'est par l'ensemble des connaissances acquises sur toutes les organisations locales, que l'on pourra suivre à travers les siècles, l'évolution matérielle et scientifique de notre profession, que l'on pourra mieux comprendre tout ce que nous devons au passé et comment nos progrès actuels ont été préparés par le labeur accompli jadis. Nous serons enfin, par elles, éclairés sur la valeur et les vertus des anciens apothicaires, souvent méconnus et quelque peu raillés.

Les intéressants et curieux travaux que publièrent plusieurs de nos confrères sur l'exercice de la Pharmacie dans diverses régions, nous ont donné à penser que nous trouverions matière à une étude analogue dans la vieille Cité Rochelaise.

La Rochelle, qui joua dans le passé un rôle inoubliable, qui fut autrefois une sorte de petite république, jalouse de ses libertés jusqu'à prendre les armes pour les défendre, n'eut-elle pas aussi, en raison de sa situation même, une histoire corporative particulièrement intéressante ? La tempête des luttes religieuses, qui souffla si durement dans la ville huguenote, ne rejaillit-elle pas sur l'institution et le fonctionnement des groupements professionnels ?

Pour connaître notre histoire pharmaceutique locale, nous avons interrogé les documents anciens respectés par le temps, mais un obstacle infranchissable est venu limiter le champ de nos recherches : c'est le manque à peu près complet d'archives antérieures au XVIIe siècle. Ces précieux vestiges d'autrefois furent, après la reddition de la ville au roi Louis XIII, en 1628, confiées au Conseiller d'Etat Brunet, chargé de les inventorier. Sur l'ordre de celui-ci, elles furent transportées à Paris et déposées à la Cour des Comptes, où elles brûlèrent complètement, dans l'incendie qui détruisit, sous Louis XV, le monument qui les abritait.

Seules, ces archives nous auraient permis de suivre, dès l'origine, l'évolution pharmaceutique locale et les efforts faits par les apothicaires pour acquérir, après le Moyen-Age, l'indépendance professionnelle nécessaire à leur développement moral et scientifique.

Depuis le début du XVIIe siècle, les nombreux documents qui nous sont restés, ont éclairé plus favorablement nos recherches. Ils nous ont permis de traiter dans ce travail la formation de la Communauté en 1601, la réception des apothicaires à la Maîtrise, leurs relations entre eux et la lutte soutenue contre ceux qui pratiquaient le Culte Réformé, les relations de la Communauté avec les

Médecins et avec les Chirurgiens. Ces documents nous ont instruit sur le rôle important joué jadis dans notre ville par quelques-uns de nos ancêtres professionnels, que nous avons cherché à tirer de l'oubli où le temps les avait jetés. Parmi eux, il est une famille qui nous a tout particulièrement intéressé, celle des Apothicaires Seignette, dont la renommée fut grande au XVIIᵉ siècle et dont le nom, grâce au *Sel de La Rochelle,* figure toujours au formulaire officiel de la Pharmacopée française.

Nous aurions eu bien du mal à vaincre les difficultés qui se présentaient à un profane, si nous n'avions trouvé autour de nous des concours éclairés et bienveillants. Nous sommes heureux de remercier ici M. Georges Musset, l'érudit Bibliothécaire de la Ville de La Rochelle, M. Pandin de Lussaudière, Archiviste Départemental, et M. Millot, Archiviste-Adjoint, de l'obligeance avec laquelle ils nous ont accueilli. M. Picot, le distingué Secrétaire en Chef de la Mairie, a bien voulu faciliter nos recherches dans les archives de l'Hôtel de Ville, où nous avons moissonné la plus grande partie de notre documentation. Nous lui en exprimons toute notre gratitude, ainsi qu'à M. Emile Couneau, le merveilleux évocateur de La Rochelle disparue, qui nous a prêté le concours de son talent en reconstituant, d'un crayon magistral, la vieille officine des Jambu. Et nous n'oublierons pas, dans nos remerciements, M. le Dʳ P. Dorveaux, Bibliothécaire de l'Ecole de Pharmacie de Paris, qui nous a encouragé et guidé dans notre tâche. Nul ne connaît mieux que M. le Dʳ Dorveaux le passé pharmaceutique, évoqué par lui dans de nombreuses publications.

C'est dans le simple but d'apporter une part contributive à notre Histoire professionnelle que nous avons entrepris ce travail, dont le sujet nous a été rendu plus cher par l'affection très vive que nous éprouvons pour la Pharmacie et pour notre vieille Cité Rochelaise.

CHAPITRE PREMIER

Les plus anciens Documents
sur les Apothicaires de La Rochelle.
Les Statuts de 1601.

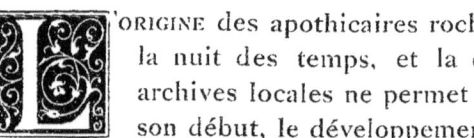'ORIGINE des apothicaires rochelais se perd dans la nuit des temps, et la disparition de nos archives locales ne permet pas de suivre, dès son début, le développement de nos ancêtres professionnels. Sans doute faut-il voir les premiers représentants de la Pharmacie parmi ces bourgeois de La Rochelle, tenus de prêter serment au roi de France, le 12 août 1224, où se trouvaient *Laurentinus speciarus, Guillelmus piperarius, Guillelmus unguentarius, Hugo piperarius, Regerus speciarus de Rothomago* (1). La Pharmacie, à cette époque, était en effet exercée par des marchands appelés *Speciarii* (marchands d'épices),

_____

(1) Arch.. *Hist. Poitou*, T. XXVI.

piperarii (poivriers), ou *confectionnarii*, et le terme d'apothicaire ne devait leur être appliqué que beaucoup plus tard, alors que les attributions pharmaceutiques étaient déjà délimitées.

Le plus ancien document dont nous ayons connaissance et qui mentionne un apothicaire, date de 1471. C'est un registre des comptes de l'hôpital Saint-Barthomé, où l'une des pages contient les « mises pour pensions de « medicins cirurgiens et pour médicines et emplastres « pour les malades... »

On y voit figurer Jehan Guérin, apothicaire, « pour « plusieurs médicines, oignements, emplastres et aultres « chouses de son mestier par luy baillées durant l'an de « ce compte, pour les pauvres et gens de lad. aumosne- « rie, par l'ordonnance desd. cirurgiens... » (V. Pl. I) (1).

La Pharmacie devait être alors dans notre ville, ce qu'elle était ailleurs et notamment dans le Poitou : une profession libre et confondue avec l'épicerie. Cependant, le grand mouvement économique d'où sortirent les premières corporations, jurandes ou confréries, était déjà commencé et les apothicaires, trouvant dans ces groupements professionnels des avantages et des garanties, allaient suivre l'exemple donné par d'autres corps de métiers.

Rien ne nous indique l'époque à laquelle fut constituée la première corporation pharmaceutique rochelaise, mais cette corporation, d'après un ancien document, existait certainement en 1516, puisque cette année-là, « suivant le « rapport des maistres-regardes appothiquaires, il fust « publiquement bruslé au canton du Change ou des Fla- « mans, une tourterelle de cire, pour estre la plus grande « partie de raisine, et de plus confisquées plusieurs « autres tourterelles de cire, qui furent données aux « églises, comme aussy défoncée une pipe pleine de cire,

---

(1) Bibl. de La Rochelle, Mss. 497.

Planche I.

Registre des comptes de l'Hôpital Saint-Barthélémy.
Page des médecins, chirurgiens et apothicaires.

La lettre "S" du mot *Miss* porte une originale devise: *De bien en mieulx.*

« appartenant à Vincent Béquet, pour l'avoir vendue sans
« brevet et sans estre scellée, dont autrefois il en avoit
« esté repris par les précédents maistres, qui lui avoient
« fait la mesme chose (1) ». (Mervault, Bibl. La Rochelle,
Mss. 3074).

Il y avait donc, dès le début du XVIᵉ siècle, une réglementation pharmaceutique locale, dans laquelle nous trouvons deux des points principaux des règlements ulté-
rieurs : la nomination des maistres-regardes, chefs de la
communauté, et le service de l'inspection (2).

L'importance de la première communauté d'apothicaires rochelais ne nous est pas connue, mais si l'on songe
à la puissance de La Rochelle, à sa population relative-
ment élevée, à son activité commerciale et maritime, à
ses relations constantes avec le Nouveau-Monde, les Indes,
la Hollande, l'Angleterre, on peut penser que le groupe-
ment corporatif de nos ancêtres en pharmacie devait être
florissant. Ils étaient en tous cas assez nombreux, puisqu'en 1588, lors d'une épidémie de peste, ce mal terrible
qui a jadis tant ravagé la France, on fit porter les malades
à Nieul, où des chirurgiens et des apothicaires furent en-
voyés pour donner leurs soins aux victimes de l'épidémie (3).

Le commerce des drogues attirait aussi dans notre ville
un grand nombre d'apothicaires des pays voisins et les
relations qui s'établirent entre eux et les apothicaires

_____

(1) Les apothicaires, qui vendaient, à cette époque, une quantité de marchandises dénommées « épiceries », délivraient aussi les produits servant à l'éclai-
rage et on attachait certainement une grande importance à ces produits, puisqu'ils sont mentionnés dans les statuts de 1601.

(2) Il n'existe pas trace, dans nos archives, de ces premiers statuts.

(3) Cependant le mal contagieux s'étendait dans la ville « mais il y fust promp-
« tement remédié, tant en lavant les maisons qui en étoient infectées par des
« gens ordonnés pour cela, que en faisant porter les malades à Nieuil, où ils
« furent pourveus de personnes pour les alimenter et traiter et de chirurgiens
« et d'apothicaires pour les panser. » (1588, Mervault, Bibl. La Rochelle, Mss.
3074).

rochelais (1), ne purent que contribuer au développement moral et matériel de la profession.

Cependant, vers la fin du XVIᵉ siècle, une sorte de décadence, d'anarchie même, semblait avoir envahi toutes les corporations. « Quand, après l'achèvement momentané « des guerres qui avaient ensanglanté le sol français, soit à « la fin du moyen âge, soit au XVIᵉ siècle, la tranquillité « semblait revenir un peu dans le royaume, dit M. Mus- « set (2), on s'aperçut qu'un déplacement de forces s'était « produit, qu'une nouvelle population avait envahi les « villes, que des étrangers s'étaient glissés peu à peu au « milieu des industriels, qu'une concurrence était née au « préjudice des régnicoles. »

Les communautés firent partout entendre leurs doléances, dont s'émut le pouvoir royal, et une réorganisation générale des corporations fut entreprise.

A cette époque, par suite de la décadence corporative, la fraude existait partout et c'est la répression de cette fraude, des abus et des malversations, que visent les premiers articles des statuts donnés aux communautés d'arts et métiers. Or, parmi toutes les professions, la Pharmacie était certainement l'une de celles qui exigeaient le plus de sévérité dans la réglementation, étant donné les garanties qu'il fallait en obtenir pour assurer la protection de la santé publique. Aussi les statuts élaborés en 1600 par l'administration municipale, avec le concours de médecins et d'apothicaires, précisèrent-ils les formes rigoureuses dans lesquelles on pouvait parvenir à la maîtrise, et les conditions morales et matérielles que devaient présenter les membres de la communauté.

Malgré leur longueur et leur style archaïque, nous reproduisons *in extenso* ces anciens statuts locaux, qui

---

(1) M. Rambaud, auteur d'un travail sur la Pharmacie en Poitou, en a trouvé de nombreux exemples.

(2) Musset, *Simples aperçus sur les corporations d'arts et métiers à La Rochelle.*

présidèrent pendant plus de deux siècles, jusqu'à la loi de germinal an XI, aux destinées des apothicaires de La Rochelle.

Statuts élaborés en l'année *1600* et donnés à la Communauté des Apothicaires Rochelais, le *24 janvier 1601*

A tous ceux qui ces présentes verront et auront, Pierre Guillemin, escuyer, sieur du fief Coutret et de la Repentie, conseiller du Roy nostre Syre, maire et capitaine de la ville de La Rochelle, Nous les maire, eschevins, conseillers et pairs de la dicte ville, comme sur les plaintes communément faictes des grands abus qui se pouvoient commettre en l'estat d'apotiquaire au grand détriment de tout le public de la ville, qui est d'autant plus important que le dict estat a le corps humain pour subject, nous eussions cy-devant et dès le neuf décembre 1600, délibéré et ordonné d'ériger ledict estat en maistrise, lequel aussy, suivant les statuts anciens de cette ville, doit estre juré et pour cet effect advizé au règlement qui y devoit estre establi, député par plusieurs fois des commissaires et mesmement Jean Thévenin, escuyer, sieur de Gourville, Jean de Mirande et Jean de Cazeaux, eschevins, Pierre Guillaudeau, Louis Fouchier, sieur du Clou, et Martin Deberrandy, pairs, lesquels après avoir veu lesdicts statuts et ouy tant les médecins ordinaires que les principaux de ceux qui exercent et pratiquent ledict estat d'apotiquaire en cette ville et sur ce, faict leur rapport de ce qu'ils auroient trouvé, expédient pour l'entretien dudict estat au bien et proffit de tout le public de laditte ville,

Nous à ces causes, pour le maintien en vue bonne police et obvier doresnavant aux susdicts abus et fraudes et ledict rapport mis en délibération en nostre maison commune de l'eschevinage, assemblés en ycelle au son de la cloche et manière ancienne et accoustumée, avons ordonné et statué, ordonnons et statuons ce qui suit :

Premièrement, que doresnavant il ne sera permis ni licite à quelque personne que ce soit, de la ville ou forain, et venant habiter, de louer et dresser boutique d'apotiquaire, ni autrement se mesler d'exercer ledict estat, faire, donner ni administrer aucune médecines, compositions ou drogues à qui que ce soit, même le consentant ou requérant, s'il n'a premièrement esté reçu maistre apotiquaire et pour cet effect presté serment selon qu'il sera déclaré cy-après, sur peine de 10 escus d'amende, confiscation desdites drogues et d'estre chassé de la ville comme contempteur des ordonnances et statuts de Police d'icelle.

2

Et pour cet effect, et affin qu'il soit pourveu, tant pour le présent que l'advenir est ordonné que tous les apotiquaires qui ont ou tiennent boutique de l'estat d'apotiquairie en cette ville de La Rochelle et faulx bourgs d'icelle, se présenteront à Monsieur le Maire pour, leur bonne vie, mœurs, conversation, intégrité et capacité connue et approuvée, estre reçus à la maistrise et par ordre, selon leur antiquité, à compter de l'ouverture qu'ils ont cy-devant fait de leur boutique et pra ique audict estat en cette ville.

3

Pour laquelle maistrise appelés les médecins et autres hommes entendus, que mon dict sieur le Maire, par advis desdicts Commissaires, trouvera estre à appeler subiront l'examen et feront le chef-d'œuvre audict estat appartenant et nécessaire.

4

Et ou ils ne voudront y satisfaire et se soumettre ou ne seront trouvés capables et suffisans pour l'exercice dudict estat, leur est dès à présent enjoinct et y seront contraincts, de fermer leurs boutiques, avec très expresse inhibition et deffense sur la peine que dessus de les ouvrir ni s'en remettre dudict estat soit en publicq soit en privé.

5

La réception des susdicts faite, seront tenus et leur est enjoinct de s'assembler tous dans huit jours après, pour le plus, pour d'entre eux faire élection de deux maistres-regardes dudict estat, lesquels, ladite élection faite à la pluralité des voix de tous les maistres-jurés, seront incontinent présentés à mon dict sieur le

Maire, pour iceux recevoir et leur faire prester le serment de leur charge, et néant moings les deux premières années, seront maistres-regardes à leur tour les quatre plus anciens maistres, deux par chacune année et au bout desdites deux années, ils éliront lesdicts maistres-regardes à la pluralité des voix.

6

Par devant lesquels ou l'un d'eux se retireront ceux qui viendront cy-après et voudront estre reçus à exercer ledict estat d'apotiquaire et en tenir boutique en cette ville et faulx bourgs.

7

Lesquels prétendans seront premièrement recongnus et approuvez personnages de bonne vie, mœurs et conversation, n'ayant jamais estez atteins et convaincus d'aulcuns reproches ni infamye et seront en outre tenus faire apparoir par lettres de tesmoignage suffisant de l'apprentissage audict estat, par eulx fait par l'espace de trois ans ou plus.

8

Et en cas qu'ils ne feront apparoir desd. lettres et apprentissage, sur la prétention du prétendant luy sera enjoinct de demeurer l'espace d'an et jour en cette ville, en la boutique d'un des maistres, non parent touteffois, allié, conjoin ny obligé d'aucune nécessité audict prétendant, qui pourra pendant ledit temps témoigner et faire rapport de sa suffisance, bonne vie et mœurs, autrement et ou il serait atteinct, et convaincu d'aulcun crime, mauvaise conversation et autres choses indignes de l'intégrité qui est requise audict estat d'apotiquaire, ne sera procédé oultre, mais sera ledict prétendant, débouté de sa requeste.

9

Trouvé recevable à sa présentation par lesdicts regardes, qui tout premièrement et avant la présentation par devant les autres maistres, l'examineront sommairement affin de ne consommer vainement le temps après un homme du tout ignarre et insuffisant, seront par lesd. regardes, assemblés tous les autres maistres dudict estat pour procéder à l'examen expériance convenable dudict prétendant, laquelle lesd. maistres seront tenus faire huit jours après ou quinze au plus, en cas de légitime empeschement survenant, sans les tenir en aucune longueur ny délay.

10

A laquelle assemblée aussi, tous lesdicts maistres demeuraut convoqués comme il sera dict cy-après, seront pareillement tenus se trouver au jour, lieu et heure qui leur sera assignée, et où ils, ou aulcun d'eux, y défaudroit, payeront 10 sols d'amende pour chascun défaillant et deffault, synon qu'il eust excuse légitime de malladie ou absence, et en cas que aulcun fust continu de faire tels deffaut, est enjoinct ausdicts regardes de les convoquer et en advertir mon dict Sieur le Maire, pour le chastier sellon que le mépris et désobéissance le mérittera.

11

En ladicte Assemblée, sera ledict prétendant présenté pour là estre examiné et interrogé sur les choses concernant la phormatie, apoticairie et de la science d'icelle, soit sur les simples médicamens, compositions ou autrement, lequel examen se fera par tous les autres maistres, commencant par lesd. regardes et continuant par tous les autres maistres par ordre et chacun sellon son rang. Sans user d'examen en particulier pour éviter à toutes fraudes, auquel examen assisteront deux députez de la maison de ville, qui y présideront, ce pour obvier à confusion ou connyvence.

12

Et outre, fera lecture, ledict prétendant, de quelque passage de Mesué, de Nicolaüs prépositus, Gallien et Dioscoride, ez livres des simples ou autres docteurs appartenant au dict estat d'apotiquairrie, en tels endroits qu'il plaira ausdicts regardes et maistres luy faire ouvrir le livre, pour estre là-dessus par eux interrogé et examiné, et ce faict sera derechef ledict prétendant examiné publicquement en la maison de l'eschevinage de cette ville, en présence de Monsieur le Maire, où assisteront les Médecins ordinaires de cette ville, et autres qu'il plaira à mon dict sieur le Maire.

13

Et se trouvant suffisant audict examen, lui seront donnez deux chefs d'œuvre par tous les maistres, tels qu'ils adviseront, lesquels chefs d'œuvre il sera tenu de faire chacun dans la boutique de chacun desdicts regardes et dans le temps qui pour ce luy sera ordonné par tous les dicts maistres, synon que pour quelque considération que tous ou plupart pourroient avoir, il fut advisé de faire faire les dits chefs d'œuvre en autres boutiques d'aulcuns maistres.

14

Pour procéder auxquels chefs d'œuvre, choisira et préparera ledict prétendant, ses ingrédians et les dispensera en la présence desdicts regardes, qui le laisseront faire paisiblement et sans l'adviser d'aulcune chose. Laquelle dispensation faicte, auparavant que de rien mixtionner, les dicts regardes feront appeler les autres maistres, pour voir sy les drogues et ingrediaus seront bons, bien préparés et dispensés et aussy pour sur ce, interroger et examiner le dict prétendant à maistre.

15

Toutes lesquelles choses se feront sans frais et despans, autres que les dictes drogues, ingrédians et autres choses nécessaires à l'ouvrage, et qui se consomment, que le dict prétendant à maistre sera tenu recouvrer et fournir à ses propres coultz et despans, estant trez expressément inhibé et deffendu, suyvant les ordonnances royaulx, tous festins et banquets, dons et presans et promesses d'iceulx, directement ou indirectement, sur peine de concussion pour le regard des dicts regardes et autres maistres et oultre d'amende arbitraire et de privation de leur maistrise, et quand aux prétendans maistres, d'être déclarés incapables et inhabiles d'y pouvoir obtenir et oultre d'amende arbitraire.

16

Estant par lesdicts examen et espreuve desdicts chefs d'œuvre, le prétendant à maistre trouvé suffisant et capable, sera avecq ledict chef-d'œuvre présenté à Monsieur le Maire par les dicts regardes et maistres pour estre par luy receu à maistre dudict estat d'appoticquairie en cette ville. Auquel le dict sieur Maire fera faire le serment au cas requis et selon que par cy-après sera spécifié.

17

Pour l'entrée à laquelle maistrize ceux qui seront cy-après reçus à maistre, payeront demy-marc d'argent aprétié à 3 escus-sols, dont il y en aura les deux tiers au proffit de la ville et qui sera mis es mains du trésorier d'icelle et l'autre tiers à la boite commune dudict estat qui sera receue comme il sera dict cy-après.

18

Ce faict sera inscript à la matriculle des maistres dudict estat d'appoticquairie pour jouir des mesmes droits et prérogatives que les autres maistres, et jusques à ce qu'il en ayt esté receu ung autre et tant qu'il demeurera le dernier, soit par ce moyen, soit par le décéds d'autre postérieur à luy ou autrement, sera tenu de servir au corps desdicts maistres dudict estat, de clerc, et d'assembler les autres maistres selon que par les dicts maistres-regardes, il luy sera commandé tant pour l'effect que dessus, que pour autres affaires concernant ledict estat et maintien d'iceluy, d'en faire son rapport et tenir registre des deffauts qu'ils feront, pour leur faire payer l'amende, comme dict est cy-dessous.

19

Desquels regardes qui seront premièrement éleus, après avoir faict la charge d'un an entier et jusques à certain temps qui sera limité et préfixé, affin de prescrire un jour certain, pour proceder cy-après aux élections des dicts regardes à la nomination de tous les dicts maistres et à la pluralité des voix, en sera desmis un et l'autre laissé, et au lieu du desmis, eleu un autre, de mesmë façon que avecq celuy qui demeurera, exercera la charge une année entière et jusques à l'autre élection, au jour ordonné que l'ancien desmis, y sera élu un nouveau pour, avec lui demeurant, faire ladicte charge et en sortira l'année après, un autre lui succédera pareillement pour estre avec le dernier qui y demeurera, et consécutivement tous les ans sera procédé à l'élection d'un en pareille sorte, au lieu du plus ancien de manière que, excepté le premier changement, ils soient dès lors tous esgaux.

20

Et l'esleu de cette façon sera, par celuy qui demeurera en charge, accompagné de tous les autres maistres sauf escuze légitime sans laquelle, comme du deffault d'assistance à l'élection, sera le défaillant par le clerc, duement assigné amendable de dix sols pour chascune fois, et de l'accoustumée négligence, à l'arbitre de mondict sieur le Maire, comme dessus est dict, présenté à mon-dict sieur le Maire, pour luy faire prester le serment en la forme, qui sera cy-après desclarée.

21

Pendant la charge desquels est enjoinct aux autres maistres, et
à tous autres, de les respecter et à eulx entendre et obéir, en ce
qui concernera et dépendra du faict de leur dicte charge, sur
paine aux contempteurs et désobeissants de l'amende et peine telle
que le mespris et désobéissance le requierra, laquelle sera arbi-
trée par mondict sieur le Maire, comme pareillement et aux
mesmes paines, est enjoinct auxdicts regardes de se comporter
modestement sans uzer d'aulcuns indice, violance et passion en-
vers les susdits autres maistres et tous autres.

22

Du devoir desquels regardes, sera de viziter de six mois en six
mois, et plus souvent si besoing est et qu'ils cognoissent aucuns le
mériter, les boutiques des autres maistres, ce qui leur est enjoinct de faire sur paine de l'amende de soixante sols et un denier
et d'arbitraire, en cas de recheutte et nonchalance, et oultre la
privation de leur charge, si le cas y échoit et des dommages et
intérests qui s'en pourroient souslfrir.

23

Lesquelles visites, pour plus estre autorizées, et affin que toutes
choses y procèdent sans tumulte ni oppression, se feront avecq un
des dicts eschevins et pairs, qui à ce sera commis par mondict
sieur le Maire, ayant avecq luy un sergent de la mairie, pour faire
les saizies qui se trouveront requises et nécessaires, et ycelles rapportées, lequel commis pour visiter pareillement les boutiques
desdits maistres-regardes, prendra avec luy deux des autres maistres qu'il sera advisé.

24

Pour facilliter lesquelles visites, sera tenu chacun maistre en
son particullier, leur faire ouverture des coffres, boîtes, pots, vaisseaux et ormoires en sa boutique et arrière boutique ou autres
parts de son logis, et outre, feront faire serment les dicts eschevins
ou pairs commis, et lesdicts regardes, à celuy qu'ils viendront visiter s'il ne sçait ou prétend avoir autres drogues ou compositions
autres que celles qu'il aura exhibée ou mis en avant.

2.

25

Que si lesdits regardes trouvent en aulcune boutique et chez aulcun des dicts maistres, des drogues et compositions gastées, corrompues ou esventées, qui les rende inutilles ou nuisibles pour administrer au corps humain, sera faict commandement au maistre de laditte boutique, de les jetter en leur présence, et au refus de ce faire par celuy qui sera visité, ou qu'il soutienne lesd. drogues ou compositions estre bonnes, elles seront saizies par le sergent sequestre, et mises ez mains du plus prochain appoticquaire ou autre non suspect aux parties, pour sur ce assembler tous les autres maistres de l'estat ou la plus part d'iceulx, pour en faire, sellon qu'ils adviseront en conscience, rapport à mondict sieur le Maire, pour en ordonner ce qu'il appartiendra par raison.

26

Et au cas que les drogues ou compositions saizies se trouveront mauvaises, vicieuses ou deffectueuses, le maistre qui les auroit tenues en sa boutique ou ailleurs, sera condemné par le sieur Maire en amende arbitraire et sera, ladite drogue ou composition, bruslée et arce, avec inhibition et défense audict maistre qui ainsy sera trouvé en faulx, de non doresnavant en tenir de cette sorte, à paine de privations de son estat et maistrise.

27

Si autrement, se trouve ladicte drogue ou composition estre bonne et non viciée, sera dellivrée et apportée en la boutique où elle aura esté prise et saisie faite, seront amandables, lesdicts regardes, d'amende arbitraire ainsi qu'il sera ordonné par mondict sieur le Maire, sellon que la quallité du faict le requierra.

28

Visiteront aussy lesdicts regardes, toutes autres choses, ouvrages et marchandises dont les appoticquaires ont accoustumé d'uzer, comme confitures, dragées, chandelles de cire et bougies et aux huilles et toutes autres quelconques, afin qu'il ne s'y commette aulcun abus et que le tout soit de la bonté qu'il appartient, ensemble leurs vaisselles et s'ils sont tenus proprement et nettement comme ils doivent estre.

29

Seront aussy tenus lesd. apoticquaires de faire tous les ans leurs eaux cordialles et autres nécessaires à leurs boutiques, lesquelles ils ne pourront bailler ni administrer auxdicts malades deux ans après qu'elles auront esté faictes, mais lesdittes deux années passées et révolues, seront jettées, excepté l'eau de roze et l'eau ardente dont ils tiendront estat du jour qu'elles auront esté faictes ensemble de la distribution.

30

Et d'autant qu'il peut advenir que lesdicts regardes pourront avoir légitime excuze de malladie ou absence, tellement qu'ils ou aulcun d'eulx ne pourront vacquer au faict de leur charge et office, en ce cas, les autres maistres commettront à la pluralité des voix d'autres d'entre eulx, à la place de celluy ou ceulx qui seroient malades, absens ou autrement légitimement occupez pour et si longtemps que durera l'excuze et occupation légitime, et presteront les commis pour cet effect serment ez mains de mondict sieur le Maire, auxquels ils seront présentés par celluy desdits regardes qui sera demeuré, ou défaillans tous deux, par le plus ancien maistre et doyen dudict estat, qui fera pour cet effect assembler tous les autres maistres par le clerc et dernier reçeu.

31

Et afin que à ce il n'y ait faulte, ne pourront lesdicts regardes esleus s'absenter, pendant leur charge de cette ville, de longue absence et qui puisse retarder le devoir de leur dicte charge, sans en advertir les autres maistres et monsieur le Maire et le regarde demeurant ou ledict doyen, pour y faire pourvoir, sur paine de trois escus un tiers d'amende chascun et d'estre privés de ladicte charge.

32

Est enjoinct à tous les maistres apoticquaires de faire fidellement et dilligemment leur devoir en leur estat, avecq deffense de ne tenir aulcunes drogues, compositions, ouvrages et autres choses qui ne soient bonnes et loyalles, ni d'uzer ou avoir aulcuns faulx poids sous paine d'amende arbitraire.

33

Et d'aultant que les apoticquaires se meslent de faire confitures et ouvrages de cire, leur est deffendu de faire aulcunes confitures ni d'icelles tenir et vendre, qui soient en aulcune façon soffisticquées et faictes que de bon sucre et de bon fruict, comme aussy pareillement de soffisticquer et mesler les espisseries de choses mauvaises et qui ressemblent de prime face lesdites espisseries et ne sont pourtant poinct de l'espice, de faire des sirops ni autres choses doulces, ains de tout également, sur paine que les choses ainsi soffistiquées et falcifiées soient jettées, arces ou bruslées, d'amende arbitraire et de punition corporelle si elle y échoit.

34

Et pour le regard de l'ouvrage de cire, comme chandelle, bougie et barillets, les feront de bonne cire neufve sans qu'il leur soit permis d'en mesler de vieille qui ait servy, que un quart seullement au plus pour le leignement, qui ne sera que d'une once pour livre seulement, sous peine de confiscation desdits ouvrages et de trois escus un tiers d'amende et autre plus grande si elle y eschoit, selon la désobéissance du contrevenant.

35

Comme pareillement leur est deffandu de mesler aux torches et flambeaux qu'on porte par les rues, que le quart de rousine au plus, sur les mesmes paines, et pour ceulx de table, seront de cire pure sans aulcune rousine, ni autre chose qui en puisse amoindrir la bonté et ne feront ni n'exposeront non plus en vente en ladite ville aulcune cire vermeille ni verte pour sceller, sy est trop ou peu gommée et sy elle n'est bonne et profitable pour faire ce que dict est, sur les mesmes paines.

36

Et en suivant les arrests de la court, inhibition et deffanses leur sont faictes et à chacun d'eulx, de ne tenir et souffrir, poisons ni drogues venimeuses fors celles qui servent et sont nécessaires pour l'effect de la médecine et dudict estat d'apoticquairie, lesquelles touteffois ils tiendront closes et fermées soubs la clef, sans les mettre ne laisser aulcunement en garde aux femmes, enffans ou serviteurs, à paine de grosse amende, privation de leur, estat et autres punitions plus grandes, ainsi que le cas le requierra, à quoi sera aussy le devoir desdits regardes d'avoir l'œil.

37

Et leur est deffendu pareillement de n'en bailler à aulcune personne sans cause de nécessité et problable, et que ceulx qui en usent en leur estat et aux chefs des maisons seulement, dont ils seront tenus faire registre des noms et demeures de ceulx à qui ils les donneront, la quantité desdittes drogues et la cause pour laquelle elles seront prises, affin d'y avoir recours.

38

Ne bailleront ny ne souffriront bailler ne distribuer aulcune médecine provoquant avortement, sans qu'elle soit ordonnée par l'advis de deux médecins-jurez en cette ville, et ce en cas de nécessité.

39

Comme leur est pareillement deffendu très expressément de n'outrepasser les limites de leur estat, pour entreprendre ce qui est des physiciens, médecins et chirurgiens et mesmement de ne bailler aux malades ou autres personnes, bien qu'ils les voulussent, aulcune potion et médicaments corrosifs et viollents, sans l'expresse ordonnance des médecins-jurez de la ville en ce qui sera de leur art, ou l'un d'eulx, à paine d'amende arbitraire et réparation, sellon l'exigence du cas.

40

Suivant l'ordonnance et recepte desquels ils feront aussy leurs médecines et compositions, sans faire ny souffrir estre faicte aulcune mutation d'une drogue ou ingrédiant par l'autre, que ce ne soit par le conseil et advis du médecin, et où il s'en trouvera autrement avoir été faict, seront les contrevenants punis sellon que le cas le requiera.

41

Seront tenus pareillement à ce que icculx dits maistres et chacun d'eulx soit fourny des compositions connues et usuelles, lesquelles ils ne pourront mixtionner que premier la dispensation et les ingrédians ne soient vus et visités par lesdits regardes, qui pour cet effect seront appelés pour empescher que aulcun mauvais ingrédiant ou mal préparé ou dispensé, n'y soit employé, et qu'il ne se commette aulcun abus ni faulx sur les paines cy-dessus.

43

Et quand aux grandes compositions, comme sont thériaque, mithridiate, confection d'alkermes, yacinthe, électuaires et autres, qui ne sont ordinaires, pour les grands frais qu'il y convient faire et que la distribution en est longue, d'aultant que les médecins n'en ordonnent que rarement, de sorte que en la garde il s'y pourroit recevoir de grandes pertes et dommages, communiqueront tous les maistres ensemble avec lesdits regardes, pour pourvoir aux dictes compositions à ce que la ville n'en soit en aulcuns temps desgarnie, et par ordre, prendra l'un d'eulx la charge de la confection de l'un, l'autre d'un autre, et ainsy consécutivement pour s'en ayder après les uns aux autres de celle qu'ils auront faicte, au prix qui y sera dict et limité par lesdits deux maistres-regardes, qui auront soing de faire exécuter ce que dessus quand besoing sera, avant que défault n'en advienne, sur paine d'amende arbitraire.

44

Et au cas qu'en faisant lesdites compositions grandes et difficiles ou autrement, les maistres qui les feront auroient affaire de quelques drogues, seront tenus de s'en aider les uns aux autres et ce à prix comptant et raisonnable, que au cas où ils ne s'en accorderoient volontairement, sera taxé par lesdits regardes.

45

Auront semblablement lesdits regardes, pouvoir et esgard sur les coureurs qui portent drogues à vendre, qui ne pourront les exposer en vente et en quelque sorte que ce soit, qu'elles n'aient été visitées et approuvées par eulx, auxquels est permis que où il se trouvera de fausses ou vicieuses drogues ou compositions, de les prendre et saisir et en faire leur rapport à mondict sieur le Maire, pour y estre pourveu par luy et lesdits coureurs chatiez sellon que de raison.

46

Et pareillement, pour empescher le mal qui peut venir de tels coureurs, seront chassez tous charlatans et triacleurs sans qu'il leur soit permis de mettre leurs impostures et fausses drogues en publicq et par les carrefours de cette ville et faulx bourgs, ny d'en bailler et vendre en privé aulcuns, sur paine d'amende arbitraire et de punition corporelle, sellon qu'elle y écherra, avec deffense sur pareilles paines à tous autres, de vendre aulcune composition vénimeuse sous prétexte de mort aux rats ne autrement.

47

Assisteront dilligemment et fidellement tant de jour que de nuit sellon la nécessité, lesd. maistres appoticquaires à leurs malades, usant de tous traictemans propres et nets et seront soigneux d'avoir pour cet effect de bons serviteurs desquels ils répondront civilement seulement, sinon qu'il y eust de la part desd. maistres de la faute et coulpe.

48

Et quand aux aprentifs, n'en prendront aulcun qu'il n'entende la langue latine, et seront prins lesd. aprentifs, pour 3 ans pour le moings, ou plus sy les parties s'accordent.

49

Les enfants masles desd. maistres, receus audict estat d'appoticquaire, seront instruits dès leur jeunesse en ycelluy estat, si tant est que leur intention soit de les y pousser et quand ils viendront à y estre receus, seront seulement examinés par lesd. regardes et maistres, sans estre tenus que de faire ung chef-d'œuvre tel que eux-mesmes vouldront demander, et ne payeront que demy entrée applicable comme les autres.

50

Et décédant aulcun des maistres, la veufve, durant sa viduité, pourra tenir la boutique en ayant serviteur suffisant, qui sera présenté auxd. regardes pour entendre de son savoir, prud'hommie et suffizance, et ce sans aulcuns frais ne autres droits, synon qu'il sera présenté à mond. sieur le Maire par lesd. regardes pour prêter le serment de bien et fidellement uzer en sa charge.

51

Et quand aux fils dud. maistre décédé, sera tenu, estant parvenu à l'âge de 14 ans, de desclarer et par serment affirmer s'il entend à l'advenir exercer led. estat. Ce que desclare et affirme vouloir faire, l'exercera jusques à l'âge de vingt ans, ayant en sa boutique pour la régir et gouverner, un serviteur suffizant et expérimenté et aux charges ci-dessous dites pour la veufve, synon et où il n'aura sa volonté de s'adonner audict estat et l'exercer à l'advenir, sera tenu de fermer sa boutique pour obvier aux inconvéniens.

52

Les amendes provenant de la contravention aux statuts dud. estat seront mises et employées, savoir : en les deulx tiers d'icelles pour la ville, l'autre tiers à la boiste commune dud. estat, pour fournir aux frais qui pourront eschoir pour les affaires et entretien d'icelluy, fors que des deffaults qui seront taxés par lesd. regardes seullement, qui viendront tous à laditte boiste.

53

Laquelle boiste sera tenue à la recepte tant desd. amendes et deffaults, que pour lesd. entrées pour icelluy tiers faictes, par le clerc dud. estat, pour en rendre compte estant sorty de lad. charge, au nouveau maistre entrant en sa place, par devant tous lesd. maistres et à quoi il sera contrainct, et de prester le relliqua es mains de celuy qui luy succedera.

54

Et afin que sur ce ou soubs couleur et prétexte desd. boistes, il ne se commette aulcun abus, est inhibé et deffendu toute illicite collecte de deniers, ny d'appliquer ceulx qui sont cy-dessus conceddez à autre usage que pour les affaires communes dud. estat et conservation des statuts d'icelluy ou pour subvenir aux pauvres appoticquaires, sellon la nécessité dont nous chargeons la conscience desd. regardes et autres maistres qui en auront la charge.

55

Recongnoistront les maistres appotiquaires tant le corps des maires, eschevins, conseillers et pairs, comme de ceux qu'ils tiennent lad. maistrise, pour prendre d'icelluy corps tous autres règlements, amplifications, modérations, restrictions et interprétations qu'il sera advisé pour le bien de la ville et sellon l'exigence du temps et des affaires, que led. sieur Maire particulièrement,

pour seul juge des différends qui surviendront pour le faict dud.
estat, statutz et règlement, à ce qui en despend ou pourra en des-
pendre, en la seule juridiction duquel ils en feront les poursuites
et auront recours et non ailleurs, sur paine de 10 escus d'amende
pour chacun contrevenant et oultre de cassation de la maistrise,
si le cas y eschoit et le corps desd. maistres faict chose préjudiciable à l'auctorité de la juridiction.

Les articles 56 à 68 sont consacrés au serment des
maîtres apothicaires (1). Les articles 69 à 74 mentionnent
le serment des gardes de la Communauté (2).

Le 75ᵉ et dernier article est ainsi rédigé :

Tous lesquels dicts statutz avons ordonné et ordonnons estre
gardés inviolablement par tous ceulx qu'il appartiendra, et les
quels à cette fin seront enregistrés tant au greffe des conseils que
ailleurs où il appartiendra, pour y avoir recours ; en témoignage
de quoy nous avons à ces présents faict appozer le scel de lad.
ville, faict et donné au Conseil tenu en la maison Commune et
eschevinage de La Rochelle par nous Maire, Eschevins, Conseillers
et pairs le Mercredy 24ᵉ Jour de Janvier 1601.

Signé : Guillemin et par Monsieur de Laurrière, greffier des
conseils des scellés (3).

« Nos lois modernes, dit Jourdan (4), pourraient
« encore emprunter à ce vieux statut municipal, quelques-
« unes des sages mesures de prudence et de minutieuses
« précautions qui étaient imposées à cette non moins im-
« portante que dangereuse profession ».

Les statuts rochelais de 1601 furent, en effet, d'une
précision remarquable et on sent à chaque article le souci
pris par les rédacteurs de faire une œuvre utile, loyable
et durable.

A part les clauses particulières à l'exercice de la phar-

---

(1) V. chapitre de la réception à la maîtrise.
(2) V. chapitre consacré à la Communauté.
(3) Bibliothèque de La Rochelle, Mss. 90, pages 64 et suiv.
(4) Jourdan, *Ephémerides*, Bibl. La Rochelle.

macie, telles que l'obligation pour les apprentis d'entendre le latin, la forme des examens, etc., l'organisation générale de la Communauté des apothicaires était calquée sur l'organisation des autres corporations d'arts et métiers. En tête, on trouvait les maîtres-regardes, qui formaient un trait-d'union entre la Communauté et l'Echevinage. C'est à eux qu'incombait le soin de présenter au maire les nouveaux maîtres aussitôt leur admission, lorsqu'ils venaient prêter serment de fidélité au chef de la puissante commune rochelaise et c'est l'autorité seule du corps de ville que les maîtres-regardes reconnaissaient dans leur serment (1).

(1) Il est intéressant de rappeler ici que les médecins rochelais étaient eux-mêmes placés sous le contrôle de l'autorité communale, pour l'exercice de leur profession. Un règlement sévère fixait leurs devoirs.

Nous reproduisons les premiers articles de ce règlement, malheureusement incomplet dans nos archives (Bibl. La Rochelle, Mss. 3127).

Règlement des médecins ordinaires jurez de cette ville de La Rochelle :

Premièrement que à chascune installation de nouveau maire, les médecins ordinaires de la dicte ville se présenteront à Monsieur le Maire à la maison de lad. ville, auquel ils feront le serment de garder et observer leur règlement.

1. —Les dicts médecins ordinaires ne sortiront de lad. ville pour y coucher sans le congé de Monsieur le Maire, auquel cas ne pourront demeurer hors lad. ville plus de deux fois vingt-quatre heures.

2. — Plus advertiront Monsieur le Maire du cours des maladies quy influeront pour obvier de bonne heure aux maladies contagieuses et pestifférées, affin qu'elle ne s'augmente.

3. — Plus qu'ils seront tenus conseiller les malades pauvres et indigens gratuitement, tant par l'inspection de leur urine ou d'aller visiter en leur maison et que pour les personnes qui ont de quoy, pourront demander et recepvoir sallaire comptant et sans marchander ny contracter auparavant à cette fin, ce qui leur est deffendu expressément à paine d'être privés de leurs gaiges et d'autre amende arbitraire, seront païés de gré à gré et tenus les aller voir deulx fois le jour pour le moings.

4. — Plus seront tenus deulx fois le jour l'un d'eulx pour le moings, visiter le grand hospital de cette ville et ordonner pour les pauvres mallades, ce qui sera de besoing, et sy le barbier ou autre ayant charge aud. hospital leur porte les urines desd. malades en leur demandant conseil, ou pour les blessez, seront

D'ailleurs le corps de ville avait sous son contrôle direct et absolu l'administration de toutes les corporations locales, qui apportaient de l'argent à la caisse de l'Echevinage, mais n'en fournissaient pas au Roi.

Cependant, malgré la lutte héroïque qu'elle soutint pour la défense de ses privilèges, la commune rochelaise dut à son tour se soumettre à la règle d'unité nationale voulue par Richelieu et la reddition de 1628 marqua l'abdication du corps de ville devant le pouvoir royal. Celui-ci eut dès lors une influence prépondérante sur les corporations et c'est du Roi lui-même que les apothicaires rochelais obtinrent en 1678 les statuts additionnels dont nous allons parler, qui vinrent compléter le règlement municipal de 1601.

----

tenus leur en bailler leur ordonnance à recepte, le tout sans en prendre aulcun sallaire.

5. — Plus seront tenus de assister et secourir aux bourgeois, manans et habitans de cette ville avant autres de ce gouvernement.

6. — Plus s'ils ont esté veoir quelques mallades de peste s'abstiendront d'aller veoir autres mallades d'autres malladies......

Nos modernes lois sur l'hygiène n'ont pas mieux dit.

CHAPITRE II

Les Statuts additionnels de 1678

ENDANT la seconde moitié du XVIIᵉ siècle, les protestants rochelais, traqués de tous côtés, furent soumis à une oppression morale et matérielle dans le but de les amener à l'abjuration de leur foi. Parmi les moyens rigoureux employés contre les réformés, l'un des plus cruels fut certainement l'interdiction de l'accès des communautés d'arts et métiers à ceux qui ne pratiquaient pas la religion catholique, pourtant cette mesure sévère rencontra l'approbation des corps de métiers, qui allèrent parfois au-devant même des intentions royales : les apothicaires rochelais se distinguèrent sur ce point. Nous parlerons dans un autre chapitre de leurs manifestations hostiles contre les apothicaires protestants et nous relaterons les tracasseries et les procès que durent affronter ces derniers, avant de succomber devant leurs puissants adversaires, mais en reproduisant ici les Statuts additionnels de 1678, nous devons souligner le but principal qui motiva leur élaboration. Ce but, exposé dès le premier article, fut l'interdiction définitive de la pharmacie à tous ceux qui ne pratiquaient pas la religion catholique.

A quel mobile obéirent les maîtres de la Communauté? Voulurent-ils simplement flatter l'autorité royale en favorisant ses desseins ? ou trouver le moyen légal de satisfaire leurs sentiments de rancune et de basse jalousie contre certains apothicaires de la R. P. R. ? Il semble, par les procès engagés aussitôt l'adoption des nouveaux Statuts, que ce fut surtout ce dernier résultat que l'on voulut atteindre.

Cependant, à côté du fait de religion, il faut signaler quelques autres points sur lesquels les Statuts de 1678 modifiaient ou complétaient la réglementation de 1601 : par l'article 4, la corporation étendait son action non seulement sur la ville, mais encore sur toute la Généralité, en obligeant les apothicaires ruraux à subir à La Rochelle les examens de la maîtrise. Ceci constituait un accroissement de l'autorité morale corporative et apportait de nouveaux revenus à la « boette commune ».

La nomination des maîtres-regardes devenait triennale au lieu de biennale qu'elle était auparavant (art. 6). Les droits à payer pour parvenir à la maîtrise étaient modifiés et nettement établis (art. 10) et l'interdiction de « tous festins et presans » formellement confirmée.

Enfin, un article spécial était inséré pour prescrire la visite obligatoire des coffres de navires et en attribuer le soin aux apothicaires. Ce nouveau privilège avait pour eux une importance considérable, car il devait leur permettre de lutter contre les chirurgiens, qui depuis de nombreuses années empiétaient constamment sur leurs attributions et leur créaient une redoutable et illicite concurrence.

Voici, dans leur intégralité, ces statuts additionnels de 1678 (1).

---

(1) Arch. de l'Hôtel de Ville. Bien qu'ils aient été élaborés en 1677 et enre-

Nouveaux Statuts des Maistres Apotiquaires de la ville de La Rochelle, Confirmés par lettres-patentes de Sa Majesté du mois de juillet 1678.

I

Premièrement que tous ceux qui ont esté reçus maistres apotiquaires et qui sont en exercice actuel, faisant profession de la religion catholique, apostolique et romaine soient maintenus et gardés aux droits et fonctions de la ditte maistrise et jurande, sans que qui que ce soit puisse y estre receu, s'il n'a fait profession de la religion catholique, apostolique et romaine, conformément à la déclaration de Sa Majesté, du mois de juillet 1669, et en conséquence, deffanse à tous autres de tenir boutique ouverte, ny d'exercer ledit art, comme maistre, ny sous l'aveu et privillège des veufves de maistres ou comme associez des maistres et sous quelque autre prétexte que ce puisse estre, à peine de cent cinquante livres d'amende contre chascun des contrevenants pour la première fois et du double en cas de récidive.

II

Ne sera aussi permis à aucuns habitans originaires, forains du royaume ou de lad. ville, s'il n'a esté receu maistre, de tenir boutique d'apotiquaire ny d'y vendre ou donner ou débitter, ny faire commerce pour ailleurs d'aucunes médecines, drogues préparées, poudres sirops, pilules, eaux, essances, onguens, ny autres remèdes et compositions dépendantes dudict art, soit en vertu des privillèges que Sa Majesté ou ses officiers généraux pourroient avoir donné pour exercer led. art en lad. ville de La Rochelle et dépendances du siège royal et sénéchaussée, qui demeureront supprimées, comme nuls et surpris, avec deffanse à ceux qui les auront obtenus, de s'en plus servir sur les peines ci-dessus (1).

---

gistrés définitivement au Présidial en 1679, nous disons « Statuts de 1678 » parce que leur confirmation, par lettres-patentes de Louis XIV, date de cette année.

(1) La seconde partie de cet article était dirigée contre l'apothicaire rochelais Elie Seignette, qui était pourvu d'un brevet royal et exerçait, à la faveur de ce privilège, malgré l'hostilité de la Communauté.

III

Pourront néant moins les veufves des maistres décédés, jouir du privillège de la maitrise de leurs marys, pendant le temps de leur viduité, seulement à cet effet avoir serviteur qu'elles seront tenues de présenter aux maistres-gardes dudit art pour juger s'il est capable tant par sa suffisance que par sa probité, d'exercer led. art, sy mieux les dites veufves n'ayment bailler à service led. privillège à personne qui sera aussy jugée capable d'en jouir pendant lad. viduité seulement, pourveu que les maris desd. veufves eussent auparavant boutique et exerçassent actuellement led. art au jour de leur déceds, et à l'égard du fils de l'un des maistres décédés dont la veufve ne jouira point dud. privillège, il en pourra jouir, estant bien instruit ou le faire exercer par un serviteur qui en aura esté jugé capable, sinon l'affermer à personne aussy capable de ce, depuis l'age de seize années inclusivement jusqu'à ce que le fils ayt atteint l'age de 20 ans, auquel temps il sera tenu de se faire recevoir maistre dud. art. à la manière ordinaire, autrement icelluy passé et s'il négligeoit de se faire instruire en lad. profession, avant la vingtième année, ou que la veufve dud. maistre décédé fust en jouissance dud. privillège, led. fils sera obligé de fermer sa boutique et ne fera aucun exercice dud. art, aux peines cy-dessus.

IV

Et comme l'expériance et art de pharmacie est d'autant plus nécessaire à ceux qui l'exercent dans les bourgs et villages, qu'il n'y a point d'ordinaire de médecins pour ordonner la composition des remèdes, ny pour voir ceux qui les font préparer, tous ceux qui sont de présant establi dans les faux bourgs, bourgs, villages et autres lieux, tant de la banlieue que du ressort du présidial et sénéchaussée de lad. ville de La Rochelle, costes et Isles en dépendant, sans exception d'aucuns lieux, et qui exercent la pharmacie, seront tenus incontinent, après la sommation qui leur sera faite, de se retirer par devers les maistres-gardes dud. art en lad. ville, pour y subir l'examen et y faire un chef d'œuvre, en présence des autres maistres et d'un des médecins faisant profession de la religion catholique, apostolique et romaine. Ce qui sera aussy observé à l'esgard de tous ceux qui voudront s'establir es dits lieux pour y faire la mesme profession, faute de quoy, deffanses leur seront faites d'y ouvrir boutique, d'y vendre, préparer, ny distribuer des médicamens, ny d'y exercer en aucune manière que ce soit led. art, à peine de confiscation des drogues et médicamens et de 300 liv. d'amende.

V

Les veufves d'apotiquaires qui ont ou auront droit de jouir du privilège de leurs marys, ne pourront le faire, tenir ny exercer en lad. ville, synon par des gens de la rel. cat. apost. et rom., qui y seront examinez comme dessus, auxquelles veufves ou fils desd. maistres apot., deffances seront faites de prendre aucuns apprentifs dud. art., à peine de 100 livres d'amande.

VI

Et affin que tout ce qui est prescript par les présents articles et anciens statuts en ce qu'ils ne seront pas contraires aux nouveaux soit exactement observé, les maistres dud. art. receus et jurés et qui sont en exercice actuel d'icelluy seront obligés de s'assembler et nommer deux d'entre eux pour estre gardes, faire les visites en leurs boutiques et veiller à l'observacion des statuts et règlements pendant 3 années, à la fin desquelles deux autres gardes dud. art seront nommés en leur place, dont l'un sera des anciens et l'autre des jeunes maistres, à la place de l'un desquels sera pourveu par lesd. maistres, en cas de mort ou de longue absence excédant six mois, laquelle nomination sera ainsy faitte et continuée de trois années en trois années, à l'avenir, et seront obligés de prester une fois le serment, par devant et en l'hostel de l'un des juges de police de lad. ville, en présence du substitud du Procureur Général de Sa Majesté, aud. juge de bien et fidellement exercer lad. charge, ce qui sera ainsy pratiqué par les aspirants qui auront esté receus maistres de leur examen dernier.

VII

Comme aussy seront obligés lesd. maistres-gardes de se transporter avec le substitud du Procureur Général de Sa Majesté dans les maisons de ceux qui ne sont pas de la qualité requise, s'entremettant de la profession dud. art, pour estre les contrevenants condemnés aux peines cy-dessus et les drogues, compositions, emplastres et autres seront saisies et vandues, pour estre, les deniers en provenant, donnés à l'hospital général de lad. ville.

VIII

Lesquels maistres-gardes seront tenus de faire une fois l'an, au commencement du mois de septembre, la visite dans les boutiques les autres maistres, en présence du substitud et du plus ancien les médecins catholiques de laditte ville, à ce que lesd. boutiques soient fournies de bonnes drogues et remèdes nécessaires aux malades, suivant le mesme ordre et dispensation dont se servent les maistres apotiquaires de la ville de Paris, et où il seroit trouvé les drogues et compositions mal conditionnées ou mal préparées, seront saisies et jetées hors lesd. boutiques et les délinquants assignés pour estre condemnés en l'amande.

IX

Le secours et la conservation des officiers et mathelots des navires marchands qui sont en mer n'estant pas moins nécessaires que lorsqu'ils sont à terre pour les soullager dans leurs maladies, qui arrivent souvent pendant le cours des longs voyages, il en sera usé de mesme, à cet esgard, que pour les esquipages et vaisseaux de guerre, ce faisant que lesdits maistres-gardes feront à l'exclusion de tous autres la visite des coffres des médicamens qui se fournissent aux chirurgiens, pour les malades des équipages des vaisseaux marchands, tant originaires que autres, sortant du port et rade de lad. ville, pour aller en mer ou pour porter aux isles et collonies de Sa Majesté ou partout ailleurs sans distinction, affin qu'il n'y ait rien que de bon et de nécessaire ; pourra aussy le chirurgien de la marine, pour les instruments de chirugie et ce qui regarde son art, estre présent à lad. visitte, pour laquelle lesd. maistres-gardes ne pourront prétendre aucuns sallaire (1), ce qui eur sera expressément deffendu et aux officiers de l'amirauté de délivrer aucun passeport qu'il ne leur soit auparavant apparu du certifficat de lad. visitte desd. maistres et gardes et en cas de contravention, il y sera pourveu par Sa Majesté.

X

Et pour esvitter les despances inutilles, ne seront fait aucuns

_____

(1) Cette interdiction de recevoir un salaire était en contradiction avec l'ordonnance de Colbert du Terron, qui fixait la vacation de l'inspecteur à la somme de 3 livres 4 sols.

3

festins ni présans, par ceux qui se présenteront pour estre receus maistres dud. art en lad. ville et fauxbourgs, ou pour en faire profession dans toute l'étendue du ressort dud. siège présidial, ce qui sera expressément deffandu et auxd. maistres d'en recevoir aucuns des aspirans, ny d'autres émoluements que ceux qui de droit leur appartiennent, sçavoir un escu quart à chacun desd. maistres pour chascune assistance aud. examen et chef-d'œuvre, dont les actes ne pourront estre en plus grand nombre que ceux qui sont réglés par lesd. anciens et nouveaux articles et en payant par les aspirans en la boëtte commune, sçavoir ceux de la banlieue bourgs et villages; dépendances dud. siège présidial la somme de 13 livres 10 sols, et ceux pour lad. ville et fauxbourgs la somme de deux-cents livres, entre les mains de celluy desd. maistres et gardes qui en sera chargé de la régie, pour tous frais et droits de confrairie, qui seront employez tant aux affaires de la communauté que aux nécessités des pauvres garçons et serviteurs de lad. profession, desquelles sommes ainsi receues et des autres effets, registres de matriculles et d'assemblée, livres, papiers, frais et mises faittes pour lad. communauté, led. maistre-garde sera tenu de rendre compte, sortant de charge et lui en sera donnée toute descharge suffisante dont on aura fait mention sur le livre.

Fait à La Rochelle et arrêté par lesd. maistres estant assemblés à la manière accoustumée, le 6e d'avril 1677.

Signé : J. CADET, COUSARD, RANCONNET ET BROCHARD (1).

On voit combien la forme générale de ce règlement diffère du statut municipal de 1601. Ici, plus de maire, ni d'eschevins ; le corps de ville a perdu toute sa suprématie et c'est bien l'autorité royale qui domine la Communauté.

Les nouveaux statuts, élaborés en 1677, furent aussitôt présentés au Roi et transmis par le Souverain au Conseil d'Etat, qui rendit le 7 août 1677 et le 5 mars 1678, deux arrêts favorables. Louis XIV donna alors son approbation suprême et envoya aux apothicaires rochelais, les lettres patentes que nous reproduisons :

_____

(1) Ces quatre signataires étaient tous maistres de la Communauté des apothicaires rochelais.

Louis, par la grâce de Dieu, Roy de France et de Navarre, à tous présans et à venir salut, nos chers et bien amez les maîtres apotiquaires de notre ville de La Rochelle, faisans profession de la Religion Catholique, Apostolique et Romaine, nous ont faict remontrer que bien que l'exercice de leur art ayt pour objet la conservation de la santé et prolongation de la vie de l'homme et que dans les infirmitez et maladies où il est sujet, il ayt grand intérêt de trouver en ces nécessitez pressantes des personnes intègres, capables et instruites en la cognoissance des remèdes, préparations et composition d'iceux. Néanmoins, par le grand nombre des habitans qui se sont habituez de toutes parts en lad. ville, de différentes religions, certaines personnes, lesquelles sans avoir fait cognoistre leur capacité, ny la bonté de leurs drogues et médicamans s'ingèrent de servir le public, dont il est arrivé et peut encore arriver des Inconvénians très dangereux. A quoi les Exposans ayant esté invitez de remédier par les plus notables habitans de lad. ville, ils auroient dressé dix articles en forme de statuts pour, lesquels, adjouter à leurs anciens, ils Nous auroient présenté leur requeste sur laquelle, par arest de notre conseil d'Estat du 7 aoust 1677 Nous aurions ordonné que par le sieur de Muin, com^re par Nous départy en lad. ville et pays d'Aulnis, il nous seroit donné advis sur iceux dix articles d'augmentation, après les avoir veus et examinez en présence des maire et eschevins de lad. ville de La Rochelle, sur l'advis qu'ils Nous en auroient donné, Nous aurions par autre arrest de notred. conseil ordonné que, conformément à l'advis dud. sieur de Muin du 27 novembre dernier, lesd. articles dressez par les exposans seront adjoutez aux soixante-treize anciens articles de leurs statuts pour estre suivis et observez à l'advenir par les Maîtres dud. art et qu'à cet effet touttes lettres nécessaires leur seront expédiées, Lesquelles Ils Nous ont très humblement fait supplier de leur vouloir accorder. *A ces causes*, désirant favorablement traitter les exposans et leur faciliter l'exécution de leur bon et louable dessein. De l'advis de notre conseil qui a veu lesdits dix articles en forme de statuts, les arrests de notre dit conseil dudit jour, septembre, aoust 1677 et cinquième mars dernier, l'advis dudit sieur de Muin et autres pièces y attachées sous le contrescel de notre chancellerie, Nous iceux dix articles de Notre grâce spéciale pleine puissance et autorité royalles, approuvé, confirmé et auctorisé, approuvons, confirmons et auctorisons par ces présentes signées de notre main.

Voulons et Nous playt qu'il soit dorcsnavant gardez et observez selon leur forme et teneur ainsy que les soixante-treize articles anciens de leurs statuts, en ce qui ne se trouvera pas contraire aux dits dix articles nouveaux pourveu toutefois qu'en iceux il n'y ait rien de contraire à nos ordonnances, arrest et règlements, Sy Donnons en mandement à nos amés et féaux les gens tenant notre cour de parlement à Paris, sénéchal d'Aunis ou son lieutenant général à La Rochelle et tous autres nos officiers qu'il appartiendra, que ces présentes ils fassent registrer du contenu et icelles jouir et user lesdits exposans et ceux qui leur succèderont audit art pleinement, paisiblement et perpétuellement garder et observer lesdits statuts selon leur forme et teneur, à ce, faire contraindre et obéir tous ceux qu'il appartiendra et cesser tout trouble et empeschement à ce contraire car tel est Notre bon plaisir afin que ce soit chose ferme et stable à tousjours Nous avons faict mettre notre scel à cesdites présentes, données à Saint-Germain-en-Laye au mois de juillet l'an de grâce mil six cent soixante-dix-huit, le XXXVIe de notre règne.

Signé : Louis.

Par le Roy,
    Phelippeau.   (Sceau de cire verte avec lacet
                                de soie rouge et verte) (1).

Ces lettres-patentes et les statuts qu'elles confirmaient furent enregistrées au Parlement de Paris, le 7 février 1679 et à La Rochelle le 5 mars de la même année. La législation pharmaceutique rochelaise ne devait plus changer jusqu'à la loi de germinal.

---

(1) Ce document sur parchemin est en notre possession.

CHAPITRE III

L'apprentissage et la Réception à la maîtrise des Apothicaires Rochelais. Le Serment des Apothicaires.

———

OUS avons vu, par les Statuts de 1601 (art. 8), que le premier acte à accomplir, pour parvenir à la maîtrise de « l'art d'apothicaire », était un apprentissage d'une durée minimum de trois années. — De plus, à l'art. 48, il était stipulé que les « apprentifs » devaient entendre la langue latine — On exigeait donc ainsi une culture intellectuelle d'une certaine étendue et la pharmacie était, parmi toutes les corporations, la seule ayant cette exigence pour les débutants.

L'âge de l'entrée en apprentissage était assez variable : si les débuts des jeunes gens avaient lieu en moyenne de 16 à 18 ans, on en voyait quelquefois commencer beaucoup plus tôt. C'est ainsi que les fils de maîtres décédés pouvaient, d'après les statuts corporatifs, déclarer dès l'âge de 14 ans leur volonté d'exercer la profession de

leur père et même tenir boutique, avec l'assistance d'un
« garçon » agréé par la Communauté.

Le recrutement des « apprentifs » se faisait ordinairement dans la bourgeoisie, parmi les marchands et surtout
parmi les fils ou les parents de maîtres, qui jouissaient
de privilèges spéciaux et étaient assurés de triompher facilement des difficultés que présentait souvent l'admission
à la maîtrise. Un assez grand nombre de jeunes gens du
Bas-Poitou débutaient à La Rochelle. Ils y trouvaient, dit
M. Rambaud (1), un important commerce de drogues et
des coréligionnaires, quand ils appartenaient au protestantisme.

Lorsque le jeune apprenti s'était entendu avec le maître
apothicaire qui devait l'initier à la profession pharmaceutique, il passait généralement avec lui, par-devant notaire
ou sous seing privé, un contrat dans lequel étaient stipu-
lées les conditions de l'apprentissage. Plusieurs de ces
documents indiquent que le postulant demeurait quelque temps chez son patron avant que le contrat ne soit
établi et signé (2). Il est vraisemblable que pendant ce
temps le maître pouvait étudier le caractère de son élève
et celui-ci juger si la profession convenait bien à ses apti-
tudes et à ses aspirations. Ils avaient sans doute l'un et
l'autre, durant cette période, la facilité de se séparer,
tandis que le contrat liait formellement les deux parties.
Sur ce contrat, on mentionnait la redevance que devait
payer l'apprenti pour l'instruction professionnelle donnée
par le maître. La somme variait beaucoup : au XVIᵉ
siècle, on la trouve tantôt de trente livres tournoys, tantôt de quarante ou de soixante livres, pour les trois années.
Au XVIIᵉ siècle elle atteint parfois cent vingt livres tour-

(1) Rambaud, *La Pharmacie en Poitou*.

(2) Ex. : Contrat Guichard-Debetz passé en juillet, mais indiquant que l'apprentissage avait commencé à Noël précédent. Contrat Bouynot-Baulot passé en
août, tandis que l'apprenti était entré en mai. (Reg. du Not. Juppin).

noys (1). Parfois aussi il s'ajoute à cette somme des dons en nature, comme on le verra dans l'un des contrats que nous reproduisons plus loin. Le maître devait « loger, héberger et nourrir » l'apprenti, « l'instruire, au mieux de « son pouvoir sans lui rien cacher ». L'apprenti de son côté devait respecter son maître et la famille de ce dernier, « garder son bien et son honneur ». Il lui était formellement interdit de quitter son patron, sous peine de dommages-intérêts.

Nous reproduisons deux contrats d'apprentissage, l'un du XVIᵉ, l'autre du XVIIᵉ siècle. Ils montrent que le temps n'avait pas modifié les formalités générales de cet acte professionnel. Dans le premier document, qui date de 1543, nous trouvons déjà la durée de l'apprentissage fixée à trois années, c'est-à-dire telle que nous la voyons indiquée dans les statuts de 1601. Ce laps de trois années devait figurer dans des statuts plus anciens et ignorés de nous.

Le second contrat offre une particularité : il a trait à un jeune apprenti dont le patron était mort et qui était obligé de changer de boutique, pour continuer sous l'égide d'un autre maître son instruction pratique.

Contrat d'apprentissage du XVIᵉ siècle.

Personnellement estably Xhristofle des Hommeaulx, fils de feu Loys des Hommeaulx, en son vivant marchant et bourgeois de La Rochelle, lequel ô l'auctorité du Sʳ Jehan Gorribon, marchant, son oncle et curateur par justice, s'est mis et accueilli ô toutes ses œuvres avec honorable homme Jehan Guytard, marchant-apothicaire, demeurant en la ditte Rochelle, ad ce présent, pour icelluy luy monstrer et apprendre l'art et façon d'apothicaire au mieulx de son pouvoir ; et a promis de obéyr à son dict maistre et le servir à toutes choses lycytes et honnestes qui luy conviendra faire en la maison de sondict maistre, son bien garder, ses heuvres eschever

---

(1) Contrat Bouynot-Baulot (Reg. du Not. Juppin).

au mieulx de son pouvoir, et de luy faire aulcune chose à son dict maistre, par son deffault et coulpe, et s'il faisoyt aulcunes il a promis l'admender, pour le temps et espace de troys ans prochain commençant aujourdhuy et finissant à pareil jour les dicts troys ans passés et révolus. Pour la somme de quarente livres tournoys pour les dicts troys ans. De laquelle dicte somme led. Gorribon en a promis payer et bailler audict Guytard la somme de vingt livres tournoys dedans la Toussains prochaine, etc. Et les aultres vingt livres afin de payer les dictes quarente livres tournoys, dedans la Toussains que l'on dira en dacte mil VCXLV. Et pour seurté dud. des Hommeaulx et de ladicte somme, le dict Gorribon, ad ce présent, a promis estre son certain (?) plege et principal payeur et respondant, et en a faict sa propre debte moyennant que ledict des Hommeaulx luy a promis l'en garantir, etc. Et ad ce faire, etc. les dicts partyes ont obligé l'une à l'autre, sçavoir eux lesdicts Gorribon et des Hommeaulx tous et chacun son bien présent et à venir, etc. et ledict Guytard tous et chacun ses biens, etc. Faict et passé en La Rochelle, en présence de Georges Boutin et Jehan Bouguereau, eschevins de ladicte ville de La Rochelle, le premier jour de may l'an mil VCXLIII.

M. LECOURT.

Extrait du registre des minutes du not. Mathurin Lecourt (1).

Contrat d'apprentissage du XVIIe siècle.

Personnellement establis Daniel Guichard, marchand et bourgeois de cette ville d'une part, et Jehan Debetz Me App^{re} en icelle, y demeurant, d'autre part, entre lesquelles parties de leur bon gré et vollonté a esté fait et passé ce qui s'ensuit : C'est assavoir que led. Guichard a mis et met par les présentes en servitude et apprentissage en la maison et avec led. Debetz, Jehan Guichard son fils, qui a desjà quelques commencements aud. art pour avoir demeuré quelque temps avec deffunct Guillaume d'Ollecquine (?), aussy Me App^{re} de lad. ville, aussy à ce présent et personnellement estably par devant led. notaire, proceddant ó l'hoctorité de sond. père, pour par lui estré et demeurer en la maison dud. Debetz pendant le temps

---

(1) Communiqué par M. Musset.

de deux années prochaines et consécutifves l'une à l'autre et sans intervalle de temps qui sont commencées dès le jour de Nouël dernier passé et finiront à pareil et semblable jour lesd. deux années finies, durant lesquelles led. Debetz a promis et sera tenu de nourrir, loger, héberger, instruire et enseigner au mieux de son pouvoir sans lui en rien cacher et ce tant pour et moyennant la somme de quarante livres tournoys pour lesd. deux années, de laquelle led. Guichard en a présentement baillé et payé aud. Debetz la somme de vingt livres tournoys qu'il a receu et en est content, et en (tient) quitte led. Guichard, et pour les autres vingt livres a promis led. Guichard en bailler et payer aud. Debetz dans jour et feste de Notre-Dame de mars prochaine pour tout délay à peine de tous despens et dommages-intérest et en outre deux barriques de vin blanc bon loyal et marchand que led. Guichard père sera tenu bailler et rendre aud. Debetz en sa maison en cette ville, par chacune desd. années et du creu dud. Guichard, que outre encore à condition que led. apprentif sera tenu comme il l'a promis de bien et pareillement servir led. Debetz son maistre et ceux de sa famille, tant aud. art. que autres choses lycites et honnestes, garder et conserver son bien et honneur et esviter son mal, pertes et dommages quand le verra, et si led. apprentif faisait en la maison dud. Debetz quelque chose digne de représentation ou qu'il s'en allat auparavant le temps compris, led.Guichard père a promis en estre (responsable), et satisfaire tant en principal que despens, dommages et intérest et de le représenter s'il lui est possible. Tout ce que dessus a esté stipullé et accepté par les parties et ont promis et promettent sans contrevenir à peine de tous despends, etc...Faict et passé à La Rochelle en l'estude dud. notaire le neufvième de juillet mil six cent vingt-quatre.

Présents : Jacques Sauzeau et P. Labouin.

Signé : DEBETZ, GUICHARD, JEHAN GUICHARD, SAUZEAU, LABOUIN, JUPPIN, notaire (1).

Une fois son apprentissage terminé suivant les conditions établies verbalement ou par contrat, le jeune apo-

(1) Reg. Juppin 1624. Etude de Mᵉ Princé, notaire à La Rochelle, qui a bien voulu nous permettre de faire des recherches dans ses vieux registres et auquel nous exprimons ici toute notre gratitude.

thicaire continuait à se perfectionner dans son art. Il restait ainsi quelquefois dans sa première pharmacie, en qualité de locatif, c'est-à-dire d'employé payé, et nous en trouverons un exemple dans le certificat délivré par Elie Seignette à Jacques Chastellier (1).

Mais, la plupart du temps, il quittait son premier maître et s'en allait à travers la France et même jusqu'à l'étranger (2), compléter dans diverses villes son instruction professionnelle. Les villes ainsi choisies étaient ordinairement, surtout aux XVIIᵉ et XVIIIᵉ siècles, les grands centres universitaires, comme Paris, Bordeaux, Poitiers, Montpellier, Lyon, etc.

Là, à défaut d'une organisation officielle, l'initiative privée de pharmaciens instruits avait permis d'instituer un enseignement scientifique, qui se perfectionnait sans cesse et dont profitaient les jeunes gens studieux.

A La Rochelle même, des cours de pharmacie furent organisés en 1688 (3), sur l'ordre du Roi, par un célèbre médecin rochelais : Nicolas Venette. Nous n'avons trouvé aucun document ayant trait à cet enseignement et ne savons s'il s'adressait aux apothicaires seuls, ou s'il n'était pas affecté aussi à l'instruction des chirurgiens de navires.

Le temps pendant lequel les futurs apothicaires allaient ainsi s'instruire dans des écoles professionnelles embryonnaires, et travailler chez des maîtres, de ville en ville, en accomplissant une sorte de tour de France analogue à celui des autres corporations, variait assez sensiblement. Mais il était d'usage d'accomplir ce stage, avant de pouvoir prétendre à subir les examens d'admission à la maîtrise. Cependant, tandis que nous voyons, dans les Communautés voisines, un délai obligatoire indiqué pour ce stage, à Poitiers, par exemple, où il est de quatre années

---

(1) V. plus loin, étude sur les Seignette.
(2) Nous avons trouvé un apothicaire qui disait avoir travaillé à Genève.
(3) Jourdan, *Ephémérides de La Rochelle.*

en 1582, puis de dix années en 1628, ou bien à Fontenay, où un stage de cinq années doit suivre les trois années d'apprentissage, rien de semblable n'existe dans les règlements rochelais et aucun délai de travail n'est imposé entre la fin de l'apprentissage et l'admission au titre de maître. Tous les documents que nous avons sur ce point nous montrent cependant que les candidats à la maîtrise avaient accompli plusieurs années de stage chez divers apothicaires. Certains d'entre eux étaient dans des conditions spéciales et exerçaient déjà la profession de droguiste. Nous pouvons en citer comme exemple Jean Goujaud, qui obtint en 1703 (1) l'autorisation de s'installer comme droguiste à La Rochelle et qui fut reçu maître apothicaire en 1706.

En dehors des questions de temps et de quelques coutumes locales, les formalités générales qui régissaient l'apprentissage pharmaceutique, ne variaient guère autrefois en France.

Nous allons voir maintenant les particularités que présentait à La Rochelle la conquête du titre de maître apothicaire.

Les archives de notre Hôtel de Ville contiennent un très grand nombre de pièces sur les diverses Communautés de jadis et l'admission aux maîtrises. L'étude de ces documents nous a fourni d'intéressantes indications sur la corporation de nos ancêtres en pharmacie.

Lorsqu'il avait terminé son instruction professionnelle et perfectionné son art dans les conditions que nous avons examinées plus haut, le jeune praticien pouvait songer à se faire recevoir maître, pour tenir boutique à son tour et prendre rang dans la Communauté.

Aucune obligation ne figure, dans les règlements qui nous restent, en ce qui concerne l'âge des candidats. Cependant, certains d'entre eux ne devaient pas être très

_____

(1) Archives de l'Hôtel de Ville, Liasses.

jeunes, si nous en jugeons par l'exemple d'Augustin Fleury, reçu maître en 1784, après trois ans d'apprentissage et près de quinze années de pratique supplémentaire.

L'époque des examens n'est pas délimitée, mais par les dates des pièces de réception, on voit que les épreuves devaient être subies de la fin du printemps au commencement de l'automne. Ceci se retrouve, d'ailleurs, dans le Poitou (1) et dans beaucoup d'autres villes de France, et le choix de la saison s'explique par la nécessité de trouver les plantes fraîches, sur lesquelles devait être interrogé le candidat.

Un garçon apothicaire, pour parvenir à la maîtrise, devait accomplir un certain nombre d'actes que nous allons successivement examiner.

Tout d'abord, il adressait une demande au Lieutenant général de Police, « suppliant très humblement » ce magistrat de l'autoriser à assigner la Communauté, pour subir devant ses membres les épreuves ordinaires et être admis à composer le chef-d'œuvre traditionnel. Dans sa supplique, le requérant indiquait la durée de son apprentissage et les villes dans lesquelles il avait travaillé ; il y joignait les certificats de ses différents patrons, ainsi que le certificat de catholicité, rigoureusement exigé à partir du jour où l'exercice de la pharmacie fut interdit aux protestants. Cette dernière pièce, établie par le curé de la paroisse du candidat, attestait que celui-ci avait fait son devoir pascal et qu'il était de bonne vie et mœurs (2).

Le Lieutenant général de Police, après examen de la demande et des pièces annexées, les transmettait au Procureur du Roi, qui donnait son approbation et retournait

---

(1) Rambaud.

(2) Réception de Cheureau, 1680. Arch. Hôtel de Ville. — Les archives de l'Hôtel de Ville de La Rochelle sont réunies dans une pièce de la mairie, en attendant leur prochain transfert à la Bibl. municip. où elles seront inventoriées. Il n'existe aucun classement de toutes les pièces de ces archives, ni aucune cote dont nous puissions faire mention.

le tout au magistrat de la police. Ce dernier ajoutait la formule consacrée « soit fait comme requis », et le futur maître pouvait alors légalement agir auprès de ceux dont il sollicitait le *dignus intrare*.

Pour cela, d'après nos documents, il adressait une sommation par voie d'huissier aux maîtres-regardes, « tant pour eux que pour les autres maistres », leur enjoignant, en se basant sur la décision du Procureur du Roi, de lui faire subir les examens « en la forme accoutumée » et de « l'admettre au chef-d'œuvre ».

Ce procédé, un peu impératif, pourrait faire croire que la Communauté était hostile à toute nouvelle demande, mais, si un tel sentiment se manifesta à de fréquentes reprises, la sommation par huissier est plutôt l'indice d'une formalité administrative, se traduisant par quelques épices de plus dans les frais de l'admission.

Les épreuves pour cette admission devenaient après la sommation aux maîtres-gardes, du ressort exclusif de la Communauté.

Qu'étaient ces épreuves ? Les statuts seuls nous donnent sur ce sujet des indications précises, car nous n'avons pas été assez heureux pour retrouver un des registres de la Corporation, où auraient pu être relatés les détails des examens. Les statuts de 1601 consacraient onze articles (du 7e au 18e) aux formalités à remplir, et l'on sent à leur lecture un très louable souci de ne voir admettre à l'exercice de la profession d'apothicaire, que des hommes « suffisants et capables, de bonne vie, mœurs et conver- « sation, n'ayant jamais été atteins et convaincus d'aucuns « reproches et infamie. »

Le candidat était d'abord sommairement interrogé par les maîtres-gardes de la Communauté (art. 9), puis tous les autres maîtres étaient convoqués au lieu habituel de réunion, pour son examen général. Chaque maître avait le droit de poser des questions « par ordre et chacun selon son rang » et cette épreuve, qui devait vraisemblablement

demander plusieurs séances, était présidée par deux
députés de la maison de ville (art. 11) « pour obvier à
confusion ou connyvence. »

C'est au cours de cet examen général que le candidat
devait lire et expliquer les traités de pharmacie (art. 12)
en usage à l'époque (1), et qu'il devait aussi déchiffrer
et commenter des ordonnances de médecins.

Ayant donné des preuves suffisantes de son savoir, il
était alors admis au chef-d'œuvre, c'est-à-dire à la préparation de produits pharmaceutiques simples ou composés,
et devait montrer son habileté pratique dans la manipu-
lation des drogues.

Le chef-d'œuvre était, dans toutes les anciennes corporations, une épreuve capitale, entourée de sérieuses garanties, tant par les règlements particuliers que par les
ordonnances de justice (2). Les anciens statuts disaient :
« Si le prétendant est trouvé suffisant et capable, il lui
« sera donné deux chefs-d'œuvre, qu'il sera tenu de faire
« chacun dans la boutique des deux maîtres-regardes, à
« moins que pour quelqu'autre considération on n'ait à
« lui désigner une autre boutique. Pour procéder à ces
« chefs-d'œuvre, le prétendant choisira, préparera et dis-
« pensera ses ingrédiens en présence des maîtres-regardes,
« qui ne devront rien lui dire et convoqueront les maîtres
« de la Communauté, une fois la préparation terminée.
« Les maîtres se rendront alors compte de la préparation
« et interrogeront le candidat. » Tous les frais des substances nécessaires étaient à la charge de ce dernier.

De quelle nature étaient les chefs-d'œuvre donnés aux
apothicaires rochelais ? Les indications précises nous
manquent sur ce point, mais nous pouvons supposer que

---

(1) Parmi les principaux traités de pharmacie adoptés par les Communautés
d'apothicaires, nous pouvons citer les ouvrages de Mèsué, de Nicolaus Præpo-
situs, la pharmacopée de Bauderon, puis celles de Lémery et de Charras très en
faveur au XVIIIe siècle.

(2) Rambaud, *loc. cit.*

les traditions locales étaient les mêmes que partout ailleurs. Il est vraisemblable, par analogie avec ce qui se passait dans le Poitou (1), que les candidats avaient à préparer des remèdes internes et des remèdes externes, les premiers comportant des électuaires, sirops, opiats, elixirs, les confections d'Hyacinte ou d'Alkermes, les autres consistant en onguents, baumes ou emplâtres. A la fin du XVIIIe siècle, on ne donnait souvent qu'une seule préparation à exécuter et les produits chimiques étaient fréquemment indiqués (Sel de Seignette, mercure doux, éther vitriolique). Nous trouvons ce dernier produit dans le seul exemple de chef-d'œuvre donné à La Rochelle qui nous soit parvenu. Cet intéressant document nous montre que jusqu'à la loi de germinal an XI, qui devait unifier les études et l'exercice de la pharmacie en France, les traditions de la Communauté furent suivies à La Rochelle.

Le préparateur du chef-d'œuvre adressait aux « très illustres, très célèbres et très habiles pharmaciens rochelais » une invitation à se rendre dans la maison du maître-regarde ou doyen, pour le voir exécuter, au jour fixé, la préparation chimique ou pharmaceutique qui lui avait été imposée au cours des épreuves (Pl. II).

L'examen d'Honneur. Le Serment des Apothicaires Rochelais.

Lorsqu'il avait été jugé digne, tant par les réponses aux interrogations, que par la préparation du chef-d'œuvre, d'être admis à la maîtrise, une dernière formalité restait à remplir par le candidat, la plus solennelle de toutes : l'examen d'honneur.

Pour l'accomplissement de cette formalité, le futur maître, accompagné d'un parrain qui était ordinairement le plus ancien des maîtres-regardes, se présentait au

---

(1) Rambaud, *La Pharmacie en Poitou.*

Lieutenant général de Police et demandait la fixation du
jour de la cérémonie. On convoquait alors tous les maîtres de la Communauté, les médecins, que le postulant
devait visiter en compagnie de son parrain (1), et enfin
des personnes notables de la ville. Au jour indiqué,
devant cette assemblée, le candidat subissait un dernier
examen de pure forme au cours duquel il était interrogé
par ses confrères et par les médecins. Il était alors reconnu « suffisant et capable » et admis à prêter serment dans
les termes consacrés par les statuts. Il convient de faire
observer ici le peu d'importance du rôle joué par les médecins dans l'admission des apothicaires de notre ville. Tandis que dans un grand nombre de Communautés de France
les médecins prenaient part à toutes les épreuves, auxquelles ils présidaient souvent, à La Rochelle nous ne
trouvons leur présence qu'à l'examen final, encore avons-
nous plusieurs procès-verbaux de réception où l'absence
des médecins est constatée, et où il est passé outre pour
la prestation du serment par le nouveau maître.

Jusqu'à la fin du XVIIᵉ siècle, la cérémonie de l'examen d'honneur avait lieu à l'Hôtel de Ville et en présence
du Maire. Plus tard l'admission définitive se fit au siège
du Présidial, en présence du Lieutenant de Police et du
Procureur du Roi. Un arrêt du conseil d'état du Roi devait
d'ailleurs en 1707 (2), ordonner que le Lieutenant de Police
de La Rochelle connaîtrait seul, à l'exclusion de tous autres officiers de la sénéchaussée, des brevets d'apprentissage
et de réception et de l'exécution des règlements dans les
professions de médecins, chirugiens et apothicaires.

Nous avons dit plus haut que l'examen d'honneur, cérémonie finale au cours de laquelle le jeune maître allait
devoir prêter serment, revêtait un caractère de solennité.
Voici qui va nous en fournir la preuve en nous montrant

_____

(1) Réception de Nadau, 2 août 1766, arch. Hôtel de Ville.
(2) Arch. Hôtel de Ville.

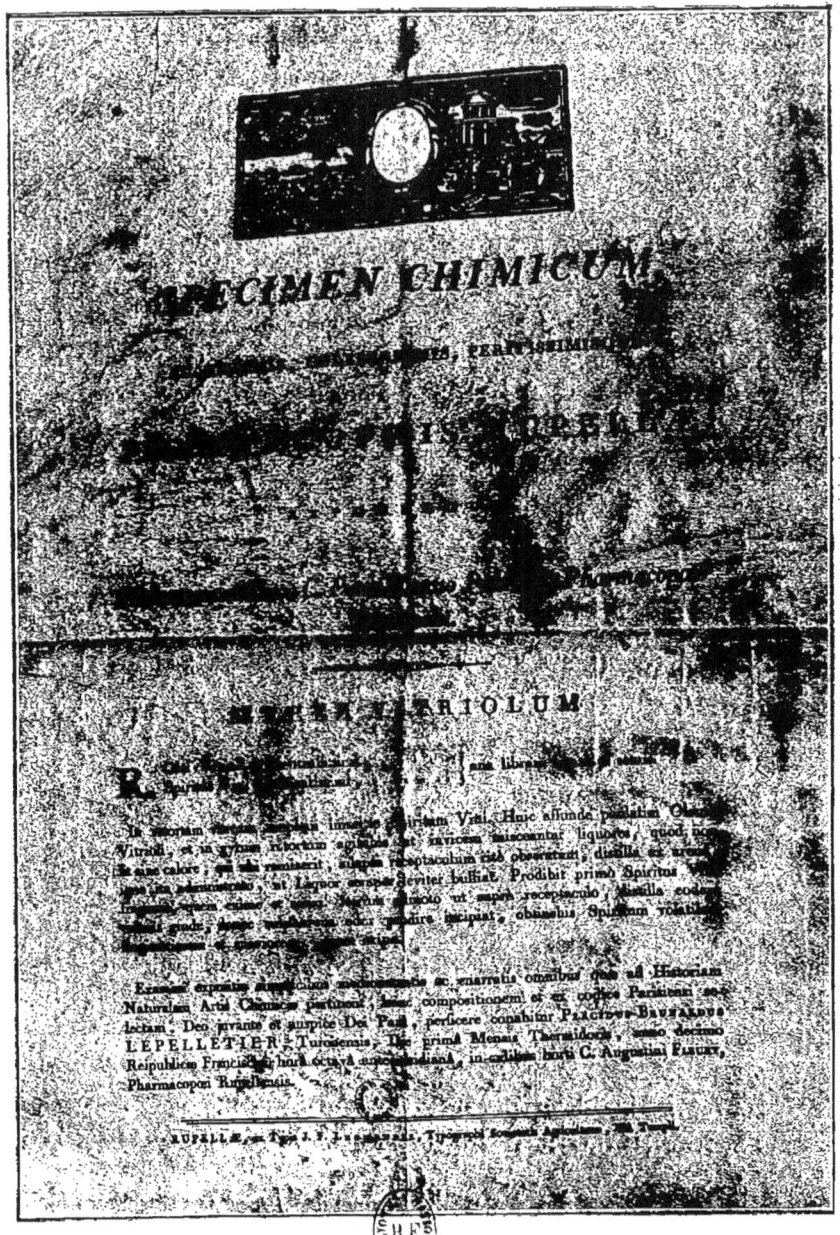

Synthèse de pharmacie soutenue par un apothicaire rochelais.

combien les magistrats présidant à la réception profes-
saient un respect scrupuleux de la foorme protocolaire.

Le 30 août 1782, l'apothicaire Magre se présentait au
palais royal, pour y subir la dernière épreuve et prêter
le serment traditionnel. Médecins et apothicaires étaient
présents, ainsi que le Procureur du Roi ; M. Moyne-Duvi-
vier, Lieutenant général de Police, présidait la séance.

Magre venait de faire connaître l'accomplissement par
lui de toutes les formalités obligatoires, lorsqu'éclata (1)
l'incident suivant, que relate en entier le procès verbal :

« Et avant de procéder à l'examen public dudit Magre,
« nous étant apparu que M. le Procureur du Roy n'était
« pas en robe et luy ayant représenté qu'il ne seroit pas
« convenable qu'on procédât à ladite réception en pareil
« costume, et M. le Procureur du Roy nous ayant dit
« qu'à cet égard nous pouvions faire tout ce qu'il convien-
« droit, nous avons cru devoir en faire mention et sus-
« pendre laditte réception à demain Samedy, trois heures
« de relevée, que mondit sieur Moyne tiendra en robe.

« En cet endroit, le Procureur du Roy a remontré que
« s'il se présente à la présente assemblée en habits
« décents et convenables à un magistrat, sans cependant
« être en robe de palais, c'est que depuis qu'il exerce la
« charge dont il est revêtu, il s'est trouvé par deux fois
« différentes à pareilles assemblées, auxquelles présidait
« M. Seignette, qui ne lui a fait aucun reproche, que si
« M. Moyne lui eut demandé d'assister en la présente
« assemblée en robe, il se seroit conformé à ce désir,
« bien que ce ne soit pas l'usage d'être en robe à ces
« examens ».

Le Lieutenant de Police releva l'erreur dans laquelle
était tombé le Procureur du Roi et lui dit qu'ayant des
conclusions à prendre pour la réception du maître apothicaire, il « était décent d'être en robe ».

---

(1) Arch. de l'Hôtel de Ville.

4

Le Procureur du Roi répliqua qu'il ignorait qu'on tiendrait la séance au siège du Présidial, puisqu'on avait l'habitude de la tenir en Chambre du Conseil.

Cette altercation gêna évidemment les assistants, qui discrètement se retirèrent; aussi, conclut le procès-verbal, « pendant ce temps, apothicaires, médecins et candidat « s'étant retirés, nous avons cru devoir en faire autant. »

Le lendemain 31 août, M. le Procureur du Roi mit sa robe et Magre put entrer dignement dans la Communauté des apothicaires.

De l'examen d'honneur un procès-verbal était dressé, qui en relatait les diverses péripéties et mentionnait la prestation du serment. Tous les maîtres signaient ce document et nous reproduisons (planche III) une partie du procès-verbal de réception d'Augustin Fleury, où l'on voit figurer, en outre du récipiendaire, les noms de tous ses confrères alors en exercice : Magre père, Dergny, Liège, Goujaud, Nadau aîné, Guillemot, Nadau jeune, Magre fils et Courjaret.

Quant au serment prêté par les apothicaires de La Rochelle, il était tout entier contenu dans les statuts de 1601 et nous l'avons distrait de ceux-ci, pour en rapporter ici la curieuse formule :

Serment des Apothicaires (Art. 57 à 68).

Pour le regard des maistres et pour estre receu à la maistrize, jurera et présentera devant Dieu la main levée :

Premièrement, que bien et fidèlement il exercera l'estat d'appotiquairie, sans y commettre aulcune fraude ny faulte sciemment et qu'il observera en tout et partout les statuts dudict estat.

Qu'il ne mettra en vente aulcunes drogues ni marchandises qui ne soient bonnes et loyales et souffrira vollontairement la visite des maistres-regardes et leur obéira en ce qui concerne leur charge.

Que s'il vient à sa notice que aulcun malverse audict estat soit en boutique ou autrement, il le revellera auxdicts regardes pour y estre pourveu et à ce tiendra la main de tout son pouvoir.

Qu'il ne fera ny ne souffrira estre faict aulcun monopolle ne chose contraire aux statuts ne préjudiciable à l'auctorité du corps de la ville et desdicts sieurs Maire, Eschevins, Conseillers et pairs de La Rochelle, ny de la juridiction ordinaire de mondict sieur le Maire, à laquelle il se soubmet et soubmettra pour tout ce qui concerne et dépend dudict estat d'appotiquairie et des différends qu'il pourra avoir, tant en général qu'en particullier.

Que s'il sait aulcun monopolle ou qu'il se fasse chose au contraire, il le revellera ausdicts maistres-regardes et à monsieur le Maire, sy besoin est et la chose le requiert.

Que où il verra discorde et dissention entre les maistres ou aulcuns d'eux, il fera tout ce qui est en luy pour les mettre d'accord.

Que sy aulcun se présente à l'examen pour estre interrogé et esprouvé qu'il ne le fera recevoir que s'il est capable et suffisant et n'en prendra ny exigera directement ou indirectement or, argent, promesse de luy ou d'autres personnes quelconques, ne aulcune autres choses, ny ne fera d'aulcune faveur pour quelque amitié que ce soit.

Comme semblablement et soubs couleur de rancune, innimitié ou autrement, ne refusera ny ne rebutera ou souffrira rebuter celuy qui se présentera et prétendra à la maistrize au cas qu'il soit capable et suffisant, ains y procédera en toute raison et équité.

Qu'il n'administrera ny ne donnera par amitié ou innimitié, dons ou promesses, aulcuns venins ou médicamens vénéneux, médecines ou drogues nuisibles et mesmement qui puissent provoquer avortement aux femmes, synon que suivant ce qui est contenu dans les statuts.

Qu'il se trouvera et commandera aux assemblées touteffois et quantes que de la part desdicts regardes ou du Doien en leur absence, il en sera adverti par le clerc dud. estat pour les affaires et négoces d'icelluy, au jour, lieu et heure qu'il lui sera assigné, s'il n'a suivant lesd. statuts excuze légitime.

Et se contentera de sallaire competant soit pour ses drogues et vaccations sans les enchérir ny exiger de plus.

A la fin du XVIIe siècle, la formule solennelle et un peu

longue du serment précédent est remplacée dans les certificats de réception par la promesse suivante : « Obéir
« aux maistres-gardes et donner avis aux magistrats des
« fraudes, abus et malversations qui viendroient à sa con-
« naissance, et encore des maladies contagieuses s'il en
« estoit en cette ville, ce qu'à Dieu ne plaise » (1).

En 1780 (2), la formule est encore modifiée et le maître
jure « de rester fidèle serviteur du Roy, d'observer les
« édits, déclarations et ordonnances du Roy, arrêts de la
« Cour du Parlement, règlements de ce siège sur le fait
« de la Pharmacie et statuts de la Communauté, de recon-
« naître les syndics et gardes de ladite Communauté, souf-
« frir leurs visites et supporter les charges de la Ville. »

Telles étaient, dans notre ville, les diverses phases de
l'admission des maîtres apothicaires. Elles impliquaient
évidemment un délai assez long entre la supplique au
Lieutenant de Police et le serment final.

Ce délai, que nous trouvons de quatre mois environ
dans plusieurs procès-verbaux d'admission (Dupont en
1683, Lagerle en 1684, Guynot et Gilbert en 1716, Joseph
Nadau en 1766) (3) s'élevait quelquefois à 7 ou 8 mois
(Augustin Fleury en 1784), et même à plus d'une année,
comme le prouvent les actes de réception de Gérôme-
Joseph Nadau, qui adressa sa supplique en novembre
1778 et ne fut définitivement admis que le 22 février 1780.
Cet apothicaire était cependant fils et frère de maître.

Tous ces actes de réception à la maîtrise, toutes ces
requêtes, suppliques et sommations, où les huissiers
disaient leur mot, occasionnaient aux candidats des frais
élevés.

Nous ignorons quel chiffre ils atteignaient pour les magistrats et les huissiers, mais en ce qui concerne les médecins, nous savons que les droits à percevoir pour le

---

(1) Archives de l'Hôtel de Ville. Réception de Joseph Decombs, 13 mai 1694.
(2) Archives de l'Hôtel de Ville. Réception de Gérôme Joseph Nadau.
(3) Archives de l'Hôtel de Ville.

Signature des apothicaires sur un procès-verbal d'admission de Maître.
Réception d'Augustin Fleury, 2 juin 1784.

Collège Royal de médecine rochelais étaient de 32 livres (1). Un édit de 1691, qui plaçait les apothicaires à la tête des six corps de marchands, fixait à vingt livres le droit de maîtrise dans les villes où il y avait un Présidial, baillage ou sénéchaussée. Quant à la Communauté, elle s'adjugeait évidemment une grosse part de ces frais de réception. Les statuts de 1601 fixaient la somme à payer pour « l'entrée » (art. 17) à « un demy marc d'argent « aprétié à trois escus sols, dont il y en « aura les deux « tiers au profit de la ville, et l'autre tiers à la boëtte com- « mune. » Les statuts additionnels de 1678 modifièrent ces droits à l'art. 10 : le nouveau maître devait payer « un escu « sol à chacun des maistres, pour chacune assistance audit « examen et chef-d'œuvre..... et en la boëtte commune, « savoir, ceux (les aspirants) pour la banlieue, bourgs et « villages dépendant du siège présidial, la somme de 13 « livres dix sols, et ceux pour laditte ville et fauxbourgs, « la somme de deux cents livres. »

Nous devons mentionner, en outre de ces droits de réception, une curieuse offrande en nature à laquelle étaient astreints les nouveaux maîtres : ils devaient four- nir, sous huitaine, à l'Hôtel de Ville, un seau de cuir neuf, pour servir en cas d'incendie. Cette originale coutume, qui était commune à d'autres corporations rochelaises, a existé pendant fort longtemps.

Un procès-verbal daté de 1632 (2) n'en fait pas mention, mais en 1654, nous trouvons l'offrande du seau de cuir et elle figure dans toutes les réceptions jusqu'en 1734. Il faut rapprocher cette coutume locale de celle qui existait à Poitiers. Dans cette ville, les apothicaires devaient offrir primitivement « deux mousquets, four- chettes et bandolières ». Plus tard, ce don fut converti en un « tableau de platte peinture en huisle, de la valeur

---

(1) Arch. de l'Hôtel de Ville. Pièces de réception de Joseph Nadau.
(2) Archives de l'Hôtel de Ville.

« de trentes livres, pour estre mis et conservé dans la
« salle de l'Hôtel de Ville, où se tiennent les assemblées,
« pour l'ornement d'icelle » (1).

Les fils de maîtres apothicaires qui embrassaient la
profession paternelle, jouissaient de certains privilèges
pour l'admission. C'est ainsi que, par l'article 49 des statuts de 1601, ils n'étaient astreints à préparer qu'un seul
chef-d'œuvre au lieu de deux et ne payaient que la moitié
des droits d'entrée dans la corporation. Ces avantages,
que l'on retrouvait dans toutes les anciennes communautés d'arts et métiers, influaient bien souvent sur la voca-
tion des enfants et c'est à eux, sans doute, que nous
devons ces générations d'apothicaires qui se sont succédé
jadis dans plusieurs familles rochelaises : Il y eut, en effet,
rien qu'au XVIIIᵉ siècle, deux Goujaud, deux Jambu (2),
deux Magre, trois Nadau, deux Cheureau et deux Chambault.

Nous nous sommes étendu longuement sur toutes ces
formalités de l'admission régulière à la maîtrise, car elles
montrent combien l'accès des corporations était autrefois
compliqué et difficile. Les maîtres en exercice, jaloux de
leurs privilèges, pouvaient, à leur gré, s'opposer ou retarder la réception de ceux qui ne leur plaisaient pas.

Nous en trouverons des exemples.

En cas d'hostilité, les candidats avaient, il est vrai, la
ressource de s'adresser aux tribunaux, mais la longueur
et l'incertitude des procès étaient bien pour en effrayer
quelques-uns.

Nous devons, en terminant ce chapitre, indiquer que
certains apothicaires, à La Rochelle comme dans d'autres
villes de France, purent exercer leur profession sans
jamais avoir été reçus maîtres par la Communauté. Ils
étaient alors munis de brevets ou de privilèges spéciaux,

---

(1) Rambaud, *La Pharmacie en Poitou*.
(2) Et un troisième Jambut, qui exerça au XIXᵉ siècle jusque vers 1870.

accordés par le roi ou par quelque puissant personnage.

Un exemple tout à fait intéressant peut en être donné dans notre ville, où l'apothicaire Elie Seignette, qui sut acquérir une grande célébrité au XVIIe siècle, obtint un brevet de Louis XIV avec permission de continuer « l'exercice publicq » de la pharmacie, malgré son protestantisme, malgré l'hostilité profonde des autres maîtres et les procès que lui intenta la Communauté (1).

_____

(1) Nous donnons des détails sur ce cas particulier dans la partie de notre travail consacrée aux Seignette.

CHAPITRE IV

La Communauté. - Les Maîtres-gardes.
Les Procès des Apothicaires entre eux.
La Lutte contre
les Apothicaires Protestants.

———

ORSQU'APRÈS avoir triomphé des épreuves et des difficultés qui précédaient son admission, le jeune maître était reçu dans la Communauté, la tradition lui imposait de manifester sa reconnaissance à l'égard de ses confrères et de leur offrir un banquet. Cette obligation, commune à tous les corps d'états, devint fréquemment ruineuse. Elle ajoutait encore aux charges légales ou semi-légales (1), qui avaient déjà lourdement pesé sur le candidat. Sans compter que les bonnes dispositions du nouveau venu étaient souvent exploitées par des membres de la Communauté. L'autorité municipale eut à intervenir contre de nombreuses exactions ou des

———

(1) Boissonnade, *Essai sur l'organisation du travail en Poitou, loc. cit.*

extorsions de fonds, si bien que, dans la refonte des statuts, à la fin du XVIᵉ siècle, des articles sévères vinrent
s'efforcer d'enrayer les abus qui se commettaient partout.
Le règlement donné en 1601 aux apothicaires de La
Rochelle, défendait « trez expressément, suyvant les or-
« donnances royaux, tous festins et banquets, dons et
« présans et promesses d'iceulx, directement ou indirec-
« tement » (1), mais les peines sévères qui sanctionnaient
la défense n'entravèrent pas les traditions locales, puisqu'en 1641, nous trouvons une requête de J. Cadet au
Procureur du Roi (2), demandant à être dispensé de
« banquets et festins ». Les statuts de 1678 renouvelèrent
encore (3) l'interdiction des offrandes supplémentaires
pour « esvitter les despances inutiles ».

Au cours de ces agapes de bienvenue, la concorde
régnait sans doute entre les maîtres, donnant au jeune
apothicaire l'illusion d'une grande solidarité professionnelle, et lui montrant la Communauté sous l'aspect d'une
famille corporative, dont tous les membres étaient fort
unis. Mais les festins ne marquèrent bien souvent qu'une
trève à l'hostilité qui divisait habituellement nos confrères
de jadis.

La Communauté des apothicaires rochelais fut, à l'origine, formée par les maîtres qui exerçaient dans la ville
et dans ses faubourgs. Plus tard, par les statuts de 1678,
elle engloba tous ceux qui exerçaient dans la Généralité
et cette mesure eut pour effet d'augmenter les ressources
communes.

Le nombre des membres varia au XVIIᵉ et au
XVIIIᵉ siècles entre huit et douze apothicaires, pour
la ville seulement. Il fut certainement beaucoup plus
réduit après le siège, qui anéantit la ville en 1628,

---

(1) Statuts des Apoth., art. 15.
(2) Arch. Hôtel de Ville, liasses.
(3) Art. 10.

mais la prospérité revenant assez vite, nous trouvons déjà huit maîtres en 1655 (1).

L'ancienne corporation pharmaceutique de La Rochelle, d'après d'Hozier, eut ses armoiries : un écusson d'azur portant une seringue d'argent posée en pal (2). La banalité de cet insigne et le fait qu'il était commun aux apothicaires et aux potiers d'étain, nous permet de croire qu'il ne fut pas choisi par eux. Lorsqu'en 1696, Louis XIV, à court d'argent, décida de créer un impôt sur toutes les armoiries, on rechercha partout la matière imposable et on écussonna d'office non seulement des particuliers, mais encore les corporations, qui ne déclaraient rien. C'est très vraisemblablement par cette élégante mesure fiscale que les apothicaires rochelais furent dotés d'une seringue d'argent sur champ d'azur et beaucoup de Communautés pharmaceutiques françaises eurent un emblème identique.

Dans les processions qui parcouraient les rues, au cours des cérémonies publiques, toutes les corporations de la ville étaient représentées. On les avait divisées en huit groupes et la place de chacun était fixée par un protocole local. Les apothicaires faisaient partie du septième groupe et voisinaient avec les chirurgiens. Les médecins étaient dans le huitième groupe (3). Les apothicaires étaient en outre classés dans le corps des marchands et venaient en tête des six professions qui faisaient partie de cette catégorie ; on les trouve d'ailleurs désignés dans nombre de documents sous le terme de « marchands-apothicaires ».

La Communauté était, conformément aux statuts, dirigée, administrée et représentée par deux de ses membres,

(1) Procès-verbal d'inspection des boutiques d'apothicaires. Archives Hôtel de Ville, liasses.
(2) D'Hozier, *Armorial général.*
(3) Archives Hôtel de Ville.

élus à la majorité des suffrages et qui portaient le titre
de maîtres-regardes. Ce nom, très ancien, puisqu'il existait déjà en 1516, se retrouve dans les statuts de 1601. Le
règlement additionnel de 1678 les appelle : maîtres-gardes.
Au XVIII siècle les administrateurs furent successivement désignés sous le nom de syndics et maîtres-gardes,
syndics, puis syndics et doyens et enfin doyens. Les
fonctions semblent être restées constamment les mêmes.

D'après l'ancien règlement de 1601, les attributions de
ces chefs de la communauté étaient assez étendues. Ils
devaient : inspecter régulièrement les boutiques d'apothicaires et les drogues mises en vente par les forains ;
réunir les maîtres en assemblée et faire régner la bonne
harmonie entre eux ; veiller à l'exécution des statuts ;
administrer les finances de la Communauté ; présider aux
examens des candidats à la maîtrise et contrôler l'exécution du chef-d'œuvre. Ils agissaient en justice au nom de
leurs administrés. En outre, ils étaient l'intermédiaire entre
la corporation et l'administration municipale, à laquelle
ils devaient promettre fidélité.

Ces multiples obligations étaient consignées dans la
formule du serment que les maîtres-regardes devaient prêter lorsque, après leur élection, ils étaient présentés au
maire par tous les maîtres en exercice. Voici le texte de
ce serment, tel que le prescrivaient les statuts de 1601.

« Et quand aux Regardes présentez à mondict sieur le
« maire, jureront aussy devant Dieu la main levée :
« Premièrement que bien et fidellement ils vacqueront
« au faict de leur dicte charge, garderont et feront garder
« et entretenir les statuts de l'estat d'appotiquairrie et
« procureront en tout et partout le bien d'icelluy.
« Qu'ils seront soigneux et dilligents à faire leurs visit-
« tes et que par dons, faveurs, ne amitié, ils ne conyve-
« ront aux abus tant en général qu'en particulier, comme
« par animosité, hayne, rancune ne autrement, ils ne

« pourchasseront mal à aulcuns ni vexeront personne
« calumpnieusement.

« Qu'en fidellité et intégritté, ils procedderont aux
«. réceptions de ceux qui voudront être admis à ladite
« maistrize.

« Que maintenant tant l'auctorité du corps de la ville
« que de la juridiction de mondict sieur le maire, ils ne
« se pourvoiront ailleurs que en icelle pour les choses qui
« concernent ledit estat, ses circonstances et deppendan-
« ces, sauf le relain en la cour du Parlement.

« Et finallement qu'ils ne souffriront aulcuns mono-
« polles ni ne feront soubs prétextes de leurs assemblées,
« choses préjudiciables au service du Roy et au bien de
« ladite ville et dudit corps, ains sy aulcunes choses se
« faisoient, la revelleront fidellement et sans dellay à
« mondict sieur le maire » (1).

A la fin du XVIIIᵉ siècle, nous voyons dans un procès-
verbal de police que le serment prêté par les syndics, se
borne à la déclaration suivante : « De bien et fidèlement
« s'acquitter de leur commission, d'observer les règle-
« ments de leur communauté, ordonnances de police ;
« vaquer à toutes visites nécessaires et de rechercher
« exactement toutes les fraudes, abus et malversations
« qui se commettent audit art et nous rapporter le tout au
« vray, sans aucunes chose cacher ni sceller, à peine d'en
« répondre dans leur propre et privé nom, comme aussy
« d'avertir le Lieutenant de Police et le Procureur du Roy,
« des maladies contagieuses, si aucunes arrivoient, — ce
« qu'à Dieu ne plaise » (2).

D'après l'ancien règlement rochelais, les deux maîtres-
regardes étaient élus pour deux ans et soumis alternative-
ment à la réélection. Les nouveaux articles sanctionnés

---

(1) Statuts des Apothicaires de La Rochelle. Bibl. de La Rochelle, Mss. 3127,
art. 69 à 74.

(2) Archives de l'Hôtel de Ville. Procès-verbal de comparution des maîtres
apothicaires venant d'élire leurs syndics, 27 avril 1783.

par le Roi en 1678 (1), portèrent la durée des fonctions à trois années et indiquèrent que les administrateurs devaient être pris, l'un parmi les anciens, l'autre parmi les nouveaux maîtres. Il semble que les membres de la communauté n'apportèrent pas toujours à leur élection, toute la ponctualité voulue par les règlements. Nous trouvons en effet, dans un registre de police de l'année 1656 (2), une observation adressée aux apothicaires pour n'avoir pas « élu « leurs maîtres-regardes pour l'année présente. » Il leur est enjoint de le faire sous trois jours à peine de trente livres d'amende.

C'est par les soins de ces administrateurs, que la Communauté devait être assemblée pour délibérer sur les affaires de la profession. Le clerc, sorte de secrétaire-trésorier, était chargé des convocations. Les anciens apothicaires rochelais n'avaient pas de salle spéciale pour leurs réunions : ils s'assemblaient ordinairement chez le plus ancien maître-garde (3). Plus nombreux, et sans doute plus fortunés, les chirurgiens avaient pu s'offrir un local, qui était situé rue Saint-Côme.

L'autorité qui s'attachait à leur personne, l'esprit d'ambition et de domination qu'ils pouvaient manifester en exerçant leurs fonctions, excitèrent à des abus les maîtres-gardes ou syndics de toutes les corporations. « L'institution en principe est excellente, dit M. Boissonnade (4), et les règlements semblent combinés de telle sorte qu'elle ne puisse dévier. Mais, dans la réalité, les maîtres-gardes, défenseurs naturels de la corporation et gardiens de son honneur professionnel, se transforment souvent en oppresseurs de leurs confrères. »

Malgré la dignité d'allures que conserva incontestable-

---

(1) Article 6.

(2) Archives de l'Hôtel de Ville. Registre de la police.

(3) Arch. de l'Hôt. de Ville. Procès contre Chambault et le chirurgien Lassalle, 1740.

(4) Boissonnade, *Essai sur l'organisation du travail en Poitou.*

ment l'ancienne Communauté des apothicaires de La Rochelle, nous verrons certains de ses chefs justifier l'appré-
ciation sévère de M. Boissonnade. Nous les verrons devenir des oppresseurs contre les apothicaires protestants ;
nous les verrons accessibles à la vénalité et à la corrup-
tion dans certaines réceptions de maîtres. Et ceci nous
amène à parler des relations des apothicaires entre eux,
pour montrer jusqu'où allaient leur humeur processive et
leur susceptibilité professionnelle, armées par la sévérité
des statuts.

Un des plus grands soucis de la Communauté était
d'empêcher l'exercice illégal de la pharmacie. Nous relaterons dans d'autres chapitres la lutte soutenue à cet effet
contre les chirurgiens et contre les colporteurs, mais, en
dehors de ceux-ci, la vigilance corporative s'exerçait également contre des apothicaires qui ne se conformaient pas
strictement à la législation locale. Les tribunaux eurent
fréquemment à intervenir. En voici des exemples :

Un maître admis par la Communauté d'une autre ville
n'avait pas le droit de venir exercer à La Rochelle sans
subir à nouveau les examens ordinaires et exécuter le
chef-d'œuvre traditionnel. En 1641 (1), J. Cadet, apothicaire reçu maître à Parthenay, oubliant ou ne voulant
satisfaire à cette clause, vint s'installer dans notre ville
sans avoir subi aucune épreuve devant la Communauté. Il
fut aussitôt poursuivi par les maîtres-gardes, qui soutinrent
devant le Procureur du Roi, au nom de toute la corporation, que le défendeur devait faire le chef-d'œuvre et
subir les examens, « estant d'importance que ceux qui
« veullent exercer l'art d'appotiquaire soient capables et
« instruits, car le publicq en pourroit retirer grand dom-
« mage, mesme hazarder la vie de ceux qui se mettroyent
« ez leurs mains. » Le Procureur du Roi se rangea à l'avis

(1) Arch. Hôtel de Ville. Requête de J. Cadet au Proc. du Roi et sentence.
Liasses.

des poursuivants et condamna Cadet à se conformer aux statuts des maîtres rochelais. On ne toléra certainement jamais, jusqu'à la suppression de la Maîtrise, aucune infraction sur ce point, car, en 1773 (1), un apothicaire nommé Rolland, étant venu s'installer à Marans (2), prétendant avoir été examiné par deux maîtres et un médecin de Poitiers, se vit poursuivre en violation des statuts de 1601 et de 1678. Les maîtres-gardes demandaient que Rolland fut aussi tenu de subir les épreuves habituelles. On veillait donc soigneusement à ne laisser s'installer, soit à La Rochelle, soit dans la Généralité, que des maîtres admis dans les conditions statutaires.

La surveillance s'exerçait en outre sur les garçons qui géraient les officines des veuves ou des fils mineurs et orphelins. Aux termes des statuts, lorsqu'un apothicaire mourait, sa veuve avait le droit de conserver la pharmacie, avec le concours d'un serviteur ou « garçon-apothicaire » ayant fait preuve de connaissances professionnelles suffisantes. Si la veuve oubliait cet article des statuts, les maîtres-gardes s'empressaient de le lui rappeler. C'est ainsi que la veuve Dupont se vit assignée le 30 mai 1705 (3) devant le tribunal de police, « pour voir dire et ordonner « que le serviteur qu'elle a en sa maison et boutique en « qualité de garçon-apothicaire, fera apparoir de son sa- « voir et capacité aux maîtres-gardes, ce faisant qu'il sera « par eux examiné et interrogé sur le fait de la pharma- « cie » (4). La sentence fut rendue en ces termes : « L'ar- « ticle 50 des règlements des maîtres-apothicaires sera « exécuté selon sa forme et teneur, ce faisant enjoint à la « deffenderesse de présenter son garçon aux maîtres- « gardes dans les trois jours, pour estre par eux examiné « et interrogé, deffense de le retenir et de se servir de

(1) Bibl. de La Roch., Mss. 1136.
(2) Marans, petite ville dépendant de la Généralité de La Rochelle.
(3) Procès des Apoth. contre la veuve Dupont, Arch. Hôtel de Ville. Liasses.
(4) Id.

« luy pour composer des remèdes, jusques à peine de
« 5o livres d'amende... et sur ce que la deffenderesse a
« requis que les maîtres-gardes fussent tenus de luy four-
« nir des garçons suffisants et capables de tenir sa bou-
« tique, nous avons ordonné qu'ils feront assembler leur
« Communauté pour en délibérer et, le résultat rapporté,
« estre fait droit ainsy qu'il appartiendra » (1).

Rien n'était plus facile, dans les anciennes corporations d'arts et métiers, que d'empêcher la réception des
candidats dont on pouvait redouter la concurrence. Le
fait dut se produire souvent et nous le trouvons dans la
Communauté des apothicaires en l'année 1704 (2). Les
maîtres s'étaient opposés à la réception de Jean Goujaud
et avaient mis obstacle à celle de Jean Duffault, en lui
donnant un chef-d'œuvre inexécutable. Goujaud et Duffault en appelèrent aux magistrats. Un jugement leur
donna gain de cause en ordonnant à leurs confrères de
ne pas s'opposer à la réception de Jean Goujaud et de
désigner à Duffault un autre chef-d'œuvre. En cas de refus,
les deux candidats étaient autorisés à aller subir les examens de maîtrise devant les apothicaires de Niort, de
Fontenay ou de Saint-Maixent et à prêter ensuite serment
à La Rochelle. Duffault fut admis dans notre ville en décembre 1704 (3) et Jean Goujaud prêta le serment d'usage
en décembre 1706 (4).

Sur les rivalités qui divisaient les apothicaires et sur les
abus qui se commettaient dans leur Communauté, comme
dans toutes les autres d'ailleurs, nous sommes éclairés par
un long procès qui mit aux prises, de 1701 à 1711, le maître
Pierre Nadau et ses confrères de la corporation. Nadau
avait été reçu à la maîtrise en mai 1701 (5) et s'était

---

(1) Procès des Apoth. contre la veuve Dupont. Arch. Hôtel de Ville. Liasses.
(2) Arch. de l'Hôtel de Ville.
(3) Procès-verbal de l'admission de Duffault. Arch. Hôtel de Ville.
(4)   Id.   id.   Goujaud.   id.
(5) Procès-verbal de l'admission de Nadau. Arch. Hôtel de Ville.

aussitôt associé avec un garçon non reçu, ce même Duffault dont nous venons de parler. Cet acte, contraire aux
statuts, fut poursuivi par les maîtres-gardes de la Communauté, qui demandèrent l'interdiction, pour les deux cou-
pables, d'exercer la pharmacie. Mais Nadau était sans
doute très armé contre ses adversaires, car il déposa
reconventionnellement trois plaintes : d'abord contre les
gardes Brochard et Cheureau pour s'être maintenus dans
leur charge plus longtemps qu'ils ne le devaient; puis
contre les maîtres de la corporation, qu'il accusait de
lui avoir fait verser, lors de sa réception, 497 livres en
plus des droits réglementaires et dont il demandait la restitution; enfin il accusait certains maîtres de vexations,
de concussions et d'exactions.

Un premier jugement fut rendu le 28 janvier 1702. Il
déboutait Nadau de sa demande, déclarait nulle l'association contractée et obligeait Nadau à « mettre Duffault
hors de sa maison et boutique d'ici trois jours. » Mais il
était en même temps enjoint aux apothicaires de s'assembler de suite, pour nommer de nouveaux gardes et il leur
était prescrit de n'admettre des candidats que dans les
conditions statutaires. Nadau, qui avait proféré des injures,
devait en justifier les termes ou déclarer que ses adversaires étaient « gens de bien et d'honneur, non tachez des
injures mentionnées au procès » (1).

On fit appel de ce jugement et Nadau précisa ses griefs,
accusant ses confrères Cheureau, Brochard, Decombs et
Lagerle de s'être fait verser une somme très élevée pour
les facilités avec lesquelles ils l'avaient admis à la maîtrise, l'exemptant de chef-d'œuvre et de beaucoup d'examens, ainsi que des droits de bourse commune. Le sénéchal de Fontenay-le-Comte rendit, le 31 octobre 1705, une
sentence qui condamnait les deux parties, pour leurs

---

(1) Arch. de l'Hôtel-de-Ville. Liasse contenant toute la procédure des poursuites engagées par la Communauté des Apoth. contre Pierre Nadau.

contraventions, à trois livres d'amende. Nadau était en outre déclaré « inhabile à exercer la pharmacie » et les maîtres pouvaient lui faire fermer sa boutique. Pierre Nadau porta le procès devant la Cour du Parlement. Les requêtes des plaideurs se succédèrent pendant six ans et la Cour rendit enfin, en 1711, son arrêt définitif, qui condamnait la Communauté à rembourser à Nadau l'argent indûment exigé et les intérêts de cette somme à partir du 1er juin 1701.

Tous les griefs reprochés aux anciennes corporations sur les abus qu'elles engendraient, se justifient dans ce procès.

On devait fréquemment rançonner les malheureux candidats, puisque nous trouvons encore un procès de ce genre en 1715. Mais cette fois, l'apothicaire François Chambault, qui poursuivait la Communauté en restitution de sommes illégalement perçues, ne fut pas heureux dans sa plainte, car un jugement du 3 juillet 1715 (1) l'en débouta complètement. Poursuivi à son tour l'année suivante, pour des motifs qui ne nous sont pas connus, il triompha de la Communauté demanderesse (2).

Nous parlerons, dans un autre chapitre, de la surveillance exercée par la corporation pharmaceutique contre celle des chirurgiens et des nombreux procès qui furent engagés par la première pour défendre ses droits. Mais nous devons mentionner ici le soin que prenait la Communauté d'empêcher toute connivence entre les apothicaires et leurs rivaux. Le fait n'était sans doute pas rare, puisqu'il fut reproché publiquement par Mayaud au maître-garde Couzard, en 1680 (3). En 1740, l'apothicaire Chambault ayant aussi des complaisances pour le chirurgien Lassalle, les Maîtres-gardes, à la suite d'une délibération, prirent

(1) Arch. Hôtel de Ville. Procès Chambaud. Liasses.
(2) Arch. Hôtel de Ville. Jugement contre Chambaud.
(3) Arch. Hôtel de Ville. Poursuites contre Mayaud et Bauval pour fait de religion. V. page 75.

conseil du grand juriconsulte rochelais Valin, pour enta-
mer des poursuites contre lui (1). Il ne se passait pas
d'années sans que la Compagnie manifestât son humeur
processive, suivant d'ailleurs en ceci l'exemple donné par
tous les corps d'états.

Voici, entre autres, un différend intéressant parce qu'il
a trait à la Thériaque, la grande et célèbre composition aux cent-cinquante substances, qui occupa une place
si grande et si solennelle dans l'ancienne pharmacopée.
La préparation de cette panacée se fit autrefois suivant
des rites sévères, qui auréolaient mystérieusement les
vertus multiples attribuées à ce médicament. D'après les
statuts rochelais, la fabrication de la Thériaque, comme
celle des grandes confections, où se combinaient une
infinité de drogues, devait être faite par tous les maîtres
et le produit obtenu partagé entre eux. Les dissentiments
qui existaient souvent dans la communauté, furent sans
doute un obstacle à cette collaboration, mais, ainsi qu'on
va le voir, nos apothicaires de La Rochelle pouvaient
préparer pour leur propre compte la fameuse Thériaque.

A la mort de l'apothicaire Brochard, ses confrères Cheureau, Decombs, Goujaud et Lagerle avaient acheté en commun des drogues provenant de sa pharmacie et destinées
à fabriquer la Thériaque. L'entente ne dura pas entre les
contractants, qui poursuivirent Lagerle, détenteur des drogues, pour lui faire rendre celles-ci. Lagerle refusa et un
jugement fut rendu le 5 juillet 1710 par lequel il était stipulé que la confection du remède aurait lieu chez Lagerle,
dans une chambre dont Cheureau, Decombs et Goujaud
auraient chacun une clef, à moins qu'ils ne voulussent
racheter pour leur compte toutes les poudres et drogues
ou les laisser racheter par Lagerle, qui en avait fait l'offre.
Un médecin nommé par le juge devait servir d'arbitre et

_____

(1) Arch. Hôtel de Ville. Procès intenté par la Communauté des Apoth. au
chirurgien Lassalle et à l'apoth. Chambault.

régler les conventions adoptées par les maîtres apothicaires (1).

Tous ces procès, par les dépenses qu'ils entraînaient, devaient grever le budget de la Communauté et nous aurions
voulu trouver sur ce point des indications précises. Mais
nos recherches sont demeurées infructueuses et nous ne
savons rien sur la situation financière de la corporation
pharmaceutique. Seuls les statuts nous apprennent qu'il
existait une « boëtte commune », alimentée par les
droits de maîtrise, par les amendes et par les taxes diverses qui frappaient les membres de la profession. Le
« clerc » ou apothicaire dernier reçu, était chargé, sous
le contrôle des maîtres-gardes, de tenir un registre spécial
pour l'inscription des dépenses et des recettes.

Le pouvoir royal et l'administration municipale (2) puisaient largement autrefois dans la caisse des Communautés
et celles-ci se trouvaient presque toujours dans une situation financière difficile. Il leur fallait bien souvent,
pour faire face à tous les impôts et aux charges de la
gestion corporative, recourir à des emprunts ou établir
des taxes supplémentaires sur les maîtres en exercice (3).
Lorsque la Communauté des apothicaires rochelais fut
supprimée, à la fin du XVIIIᵉ siècle, les derniers syndics,
Dergny et Jodot, en rapportèrent l'état financier, mais
contrairement à ce qui existe pour les autres corporations,
le registre mentionnant la reddition des comptes ne
relate aucune somme à la page des apothicaires (4).

---

(1) Arch. Hôtel de Ville. Procédure. Liasses.

(2) Avant le siège de 1628, la Communauté des apothicaires payait à l'Hôtel de
ville une redevance annuelle de six livres (Arch. départ. E. 214. Etat des cens,
rentes et redevances).

(3) En 1692, Elie Seignette fut poursuivi pour ne pas avoir payé sa part dans
la somme de 286 livres. à laquelle avait été taxée la Communauté par arrêt du
Conseil d'Etat.

(4) Arch. départ. Reg. des sommiers incorporels. Domaines.

*
* *

Les Apothicaires Protestants.

Nous n'avons trouvé aucun document sur les apothicaires protestants qui exerçaient à La Rochelle avant le siège de 1628, et la perte de nos archives locales est peut-être, sur ce point plus encore que sur tout autre, extrêmement regrettable. Comme tous leurs concitoyens, les apothicaires rochelais du XVIᵉ siècle durent embrasser avec ferveur les théories calvinistes. L'un d'entre eux, *Jehan Seignette*, était un des militants de la nouvelle religion, puisqu'il occupait les fonctions de diacre à l'Eglise réformée (1).

La reddition de la ville, après le siège mémorable, n'empêcha pas, tout d'abord, les apothicaires protestants de continuer l'exercice de leur profession. Nous pouvons citer parmi eux ce même Jehan Seignette, qui exerça jusqu'à sa mort, en 1648, Boucher-Beauval et Isaac Baulot, qui pratiquèrent aussi la pharmacie après le siège. Il semble qu'au début et pendant plusieurs années, aucune entrave ne fut apportée à leur liberté commerciale. Au reste, la ville avait été si effroyablement mutilée, qu'on y dut s'occuper surtout de lui redonner peu à peu une activité, une vie, une prospérité nouvelles.

Mais, après la prise de leur dernière place forte, il était réservé aux protestants français de subir partout l'oppression impitoyable du pouvoir royal, qui voulait anéantir le nouveau culte sans reculer devant les pires moyens.

Dès 1640, on commence à sentir à La Rochelle une hostilité profonde contre les réformés et nous allons en suivre les manifestations dans ce qui a trait seulement aux apothicaires.

---

(1) Son nom figure sur le tableau actuellement affiché dans la sacristie du temple de La Rochelle.

En 1642, sur une liste (1) de « ceux de la R. P. R. »
dont on demandait le bannissement, nous relevons le nom
d'un apothicaire : Jean Langelier, qui put échapper
cependant à la peine, car nous le retrouverons plus tard.

En 1648, la Communauté pharmaceutique, qui avait dû
reprendre toute son autorité et comprenait plus de catholiques que de protestants, refusait d'admettre l'aspirant
Massiot à la maîtrise, parce qu'elle le suspectait d'appar-
tenir à la religion réformée. Massiot en appela au tribunal
de cette décision, affirma qu'il était catholique et obtint un
jugement lui donnant satisfaction (2).

La lutte contre les protestants augmente alors d'intensité et les apothicaires catholiques vont joindre leurs
efforts pour la répression du nouveau culte.

En 1649, un registre de police (3) mentionne des poursuites
engagées par la Communauté contre le protestant Isaac
Baulot. Elie Seignette, apprenti, fils de maître, qui gérait la
pharmacie de son père décédé, commence aussi, pour fait
de religion, à être en butte à l'hostilité de ses confrères (4).

En 1658, la Communauté continue à poursuivre les
réformés. Nous trouvons un procès contre Elie Seignette,
apothicaire non reçu à la maîtrise, et Jean Langellier (5).
Deux apothicaires, pourtant reçus maîtres, Isaac Baulot
et Jacques Massiot, avaient dû renoncer à tenir boutique
en leur nom et exerçaient, le premier au nom de Andrée
Goron, veuve de l'apothicaire Pierre Marbeuf, le second
au nom de la veuve Mignot. La Communauté poursuivit
ces deux maîtres, pour fait de religion, en cette même
année 1658 (6).

---

(1) Bibl. de La Rochelle, Mss. 150.
(2) Arch. de l'Hôtel de Ville. Liasses.
(3) Id. Reg. de Police.
(4) Id. Liasses.
(5) Id.. — Sur une des pièces on avait écrit « mestier de Pharmacie ».
Le mot mestier a été rayé et remplacé par « Art de Pharmacie ».
(6) Arch. de l'Hôtel-de-Ville. Registres.

Un protestant, nommé Rousseau, était apothicaire à Niort, où sa religion devait lui valoir des entraves commerciales. Il vint habiter La Rochelle et, sans se présenter à la maîtrise, pratiqua sa profession dans le faubourg Saint-Eloi. Ses Confrères le poursuivirent pour exercice illégal en 1654 (1). Le procès dura fort longtemps, cependant Rousseau triompha, puisque la Communauté lui fut ouverte (2), mais il fut chassé de la ville comme protestant en 1662.

En cette année, nous retrouvons l'apothicaire Baulot aux prises avec ses confrères, qui s'acharnèrent particulièrement contre lui.

Baulot, nous l'avons dit, exerçait en 1658 sous le nom de la veuve Marbeuf. Celle-ci étant morte, l'infortuné protestant dut changer d'officine et entra chez la veuve Chaumon. Mais cette veuve, n'ayant pas voulu fournir sa part dans les frais faits par la Communauté des maîtres apothicaires, perdit son privilège de tenir boutique et Baulot, qui gérait l'officine et que ses confrères prétendaient n'être « ni serviteur, ni apothicaire », fut condamné à fermer l'officine, avec « défense de travailler que suivant « et conformément aux statuts des maîtres apothi- « caires » (3).

Le malheureux protestant, ne pouvant plus ni exercer pour son compte, ni gérer pour le compte d'une veuve, fut réduit à entrer chez un maître au titre d'employé, de « garçon ». Il trouva heureusement un confrère pitoyable, Mayaud, qui passa avec lui, en 1663, le contrat suivant:

« Nous soubsignés avons fait les clauses et conditions·
« qui s'ensuivent : C'est assavoir que moy André Mayaud,
« maître apothicaire demeurant en cette ville, ay pris avec
« moy Isaac Baulot, apothicaire, en qualité de serviteur

---

(1) Arch. de l'Hôtel de Ville.
(2) *Idem.*
(3) *Idem.*

« seulement et non autrement, et d'autant que ledit Bau-
« lot avait diverses pratiques, avant que la Communauté
« des apothicaires de cette ville lui eussent fait fermer sa
« boutique, en cette considération, je lui donne la tierce
« partie des profits qui se feront en ma boutique, tant et
« si longtemps qu'il demeurera avec moy, sans toutefois
« que ledit Baulot puisse administrer aucun remède à
« quelque personne de quelque qualité et condition qu'ils
« soient, si ce n'est par mon ordre, ni ne pourra recevoir
« aucuns deniers ni payement parties de ma boutique,
« que de mon consentement et volonté, et comme ledit
« Baulot a famille, je lui promets bailler un logement
« dans ma maison, pour lequel ledit Baulot sera obligé
« de me bailler sur laditte tierce part et proffits, la somme
« de 5o escus par chacun an ;
  « Dont du tout a esté fait deux corps, l'un desquels
« étant de la main de moy dit Baulot, a demeuré par
« devers ledit Mayaud, et celuy écrit de la main dudit
« Mayaud a demeuré par devers moy dit Baulot. A La
« Rochelle le 1ᵉʳ janvier mil six cent soixante-trois. »

Signé : J. BAULOT. MAYAUD.

Aucun nouveau maître n'était admis à cette époque par
la Communauté, s'il appartenait à la religion réformée.
C'est ainsi que Jacques Boucher-Beauval, fils d'un apothicaire rochelais qui s'est illustré à des titres divers et dont
nous parlerons dans un autre chapitre, ne put solliciter
la maîtrise, bien que présentant les conditions voulues.
Il s'associa avec son père en 1666. Protestant de vieille
date, Boucher-Beauval père ne fut pas inquiété dans
l'exercice de sa profession. Sans doute les services rendus à ces concitoyens et la considération à laquelle il
avait droit, lui valurent-ils plus de quiétude. Son fils ne
devait pas être aussi favorisé.

La dureté de la répression se faisait chaque année sentir
davantage. Les médecins et les apothicaires protestants

étaient particulièrement suspects, car on les accusait
d'empêcher les conversions catholiques *in extremis*. Aussi
intimait-on l'ordre formel à tous médecins et apothicaires de prévenir le curé de la paroisse, dès qu'un malade
de la R. P. R. était en danger. L'intendant de la Généralité, Colbert du Terron, assez tolérant et juste ainsi que
nous le verrons pour Seignette, fut remplacé par de
Demuin, qui avait sa fortune à faire et qui pour la faire
avait besoin d'appui. Il afficha un grand zèle contre les
réformés. Tout devint occasion de procès contre eux (1).

Forte des sentiments de ce nouvel intendant, la Communauté des apothicaires voulut, par un règlement spécial,
anéantir à jamais les droits des réformés dans l'exercice de
la profession pharmaceutique et justifier ses poursuites
contre les derniers pharmaciens religionnaires.

En 1677, les apothicaires catholiques se réunirent et
élaborèrent les nouveaux statuts que nous avons rappor-
tés au chapitre II (2), dont le premier article défendait
expressément l'exercice de la pharmacie à ceux qui ne
pratiquaient pas la religion catholique, apostolique et
romaine : « Deffense de tenir boutique ouverte, ny d'exer-
« cer ledit art comme maistre, ny sous l'aveu et privilège
« des veufves de maistres, ou comme associez de mais-
« tres et sous quelque autre prétexte que ce puisse estre. »

Ces statuts, sanctionnés par le Roi (lettres-patentes de
1678), furent enregistrés au Présidial de La Rochelle en
1679.

Il ne restait plus alors que trois apothicaires protestants
à La Rochelle : Seignette, Baulot et Jacques Boucher-
Beauval. Nous relatons, dans une partie de ce travail, ce
qui a trait au premier et ne parlerons ici que de Baulot
et de Boucher-Beauval.

Des médicaments ayant été saisis entre les mains d'un

(1) Delayant, *Histoire des Rochelais*, loc. cit.
(2) Statuts additionnels de 1678. V. page 28.

négociant de Saint-Domingue, la Communauté intenta un procès contre ce négociant et contre les deux apothicaires fournisseurs, Mayaud et Baulot, associés ainsi que nous l'avons vu dans le précédent contrat. S'appuyant sur les nouveaux statuts, la Communauté demandait la condamnation de Mayaud et de Baulot. Le premier se tira indemne du procès, le second fut condamné le 23 novembre 1679 à ne plus « faire aucune fonction d'appothicaire » (1). Traqué par ses confrères, persécuté par l'Intendant de Demuin, Baulot suivit l'exemple de tant de réformés : il s'expatria, abandonnant tous ses biens à son fils (2).

A la mort de son père dont il était l'associé, l'apothicaire Jacques Boucher-Beauval ne put ni parvenir à la maîtrise, ni continuer à tenir l'officine paternelle. Son confrère Mayaud eut pitié de lui, comme il avait eu pitié de Baulot, et ce dernier ayant quitté la ville, Mayaud prit à son service Boucher-Beauval.

Mais la Communauté veillait. Le 5 octobre 1680, le maître-garde Charles Lucat, « tant pour lui que pour les autres maistres », intentait un procès à Mayaud et à Boucher-Beauval (3). S'appuyant sur les statuts, les demandeurs accusaient les deux apothicaires de former une association illicite et de pratiquer la religion réformée.

Mayaud fut entendu pour donner des explications, qui sont toutes consignées dans le procès-verbal de cette affaire : l'apothicaire proteste contre le procès qui lui a été intenté. Il est de bonne vie et mœurs et fait profession de la religion catholique, dont il a accompli les actes. Il a toujours été appelé aux assemblées et convocations des maîtres apothicaires, dont il est le plus ancien, et par cette raison « l'on devrait avoir plus de considération pour « lui. »

Mayaud affirme qu'il n'y a aucune contravention aux

(1) Arch. dép. B. 1607 (Présidial).
(2) *Dictionnaire de la France protestante*, des frères Haag.
(3) Arch. de l'Hôtel de Ville. Liasses.

statuts, qu'il n'y a aucune société entre lui et Beauval,
« que si, pour son soulagement et le soulagement du pu-
« blicq, il a choisi ledit Boucher pour serviteur, connais-
« sant sa capacité, en vue de laquelle il lui donne des
« gages plus considérables, il ne s'ensuit pas qu'il y ait
« contravention.

« Il y a de la malice et du venin, dans l'addition que les
« maîtres veulent faire aux statuts, qu'il est défendu de
« faire travailler aucune personne de la R. P. R., puisque
« l'intention de Sa Majesté n'a jamais été d'empêcher que
« ses sujets de ladite R. P. R. ne puissent travailler en
« qualité de serviteurs, pour se subvenir à eux et à leur
« famille, et ne veut point les obliger d'aller mendier et
« demander l'aumône.

« Boucher-Beauval n'est pas à pot et à feu (1) avec
« Mayaud, pour la raison qu'ayant quatre petits enfants
« et une servante, il est obligé de louer un appartement
« et faire pot et feu à part.

« Il y a d'autres maîtres qui font des contraventions aux
« statuts, comme Couzard, qui a un associé chirurgien.
« Les autres maîtres n'ont aucun serviteur et partant il
« leur est difficile de vaquer au soulagement du public
« dans la visite des malades et la composition des remè-
« des, de sorte que ledit Mayaud se trouve dans des
« termes bien plus avantageux pour l'exercice de sa pro-
« fession.

« Il est vrai qu'il a été ci-devant associé avec Isaac
« Bolo *(sic)*, mais c'était dans un temps où cela n'était pas
« défendu, lequel Baulot *(sic)* a été condamné à fermer
« sa boutique, depuis les nouveaux Statuts qui ont défendu
« à ceux de la R. P. R. de faire profession ouverte de la
« pharmacie et d'être reçus en aucune société. »

Et Mayaud de conclure au rejet des conclusions des
maîtres apothicaires.

---

(1) Curieuse expression pour indiquer que Boucher-Beauval n'était pas nourri
et logé chez Mayaud.

Cette protestation véhémente n'eut aucun effet sur le tribunal : un jugement fut rendu, déclarant « la conven-« tion entre Mayaud et Boucher faite contre et au préju-« dice des statuts et règlements des maîtres apothicaires», et les condamnant à 150 livres d'amende. Défense était faite à Boucher-Beauval de faire « aucunes fonctions de pharmacie ». Mayaud devait enfin « donner dans le délai « d'un mois un certificat de catholicité, sinon sa pharma-« cie serait fermée et il devrait quitter la ville, conformé-« ment à la déclaration de Sa Majesté, sur la reddition de « cette ville en 1628 » (1).

Malgré ce jugement, Boucher-Beauval continua à exer-cer la pharmacie à La Rochelle, car nous avons trouvé (2) la sentence d'un nouveau procès intenté contre lui en 1698 par les maîtres-gardes Brochard et Cheureau, au nom de la Communauté. Un certificat du curé, joint au dossier, affirmait que Boucher n'avait pas fait son « devoir divin ».

Le jugement, rendu le 4 décembre 1698, obligea Bou-cher-Beauval à fermer sa boutique d'apothicaire et le con-damna aux dépens.

Elie Seignette était mort en cette même année. Il ne restait plus à La Rochelle d'apothicaires protestants, la Communauté catholique rochelaise triomphait définitive-ment.

Nous ne pouvons nous empêcher d'établir une compa-raison, pour ce qui regarde seulement les apothicaires, entre ce qui se passa dans notre ville et ce que l'on a constaté dans notre région. Si la répression fut à La Ro-chelle vexatoire, tracassière, processive, brutale aussi sans doute, on ne constate pas de ces actes de cruauté qui marquèrent tristement l'époque des dragonnades dans certaines villes voisines. M. Rambaud a relaté, dans son *Histoire de la pharmacie en Poitou*, un grand nombre

---

(1) Arch. de l'Hôtel de Ville. Liasses.
(2) *Idem.*

d'exemples de cette répression terrible du protestantisme par les dragons de Louvois.

Nous n'avons rien trouvé de semblable à La Rochelle et, si les apothicaires protestants de notre ville furent, par des vexations et des procès, exclus de leur profession, il n'en est aucun qui ait eu à subir des actes de cruauté comparables à ceux qui furent infligés au malheureux apothicaire Liège, de Saint-Maixent-en-Poitou (1).

---

(1) L'apothicaire Liège, fermement attaché à sa religion, se vit d'abord obligé de donner asile à un nombre considérable de dragons, qui mirent son logis à sec. Aucun résultat n'étant obtenu, les soldats « pendirent sous les aisselles » l'apothicaire et sa femme, balançant ensuite les deux corps et les faisant se heurter l'un à l'autre. Puis ils nouèrent au cou de Liège une « serviette fine », à chaque bout de laquelle ils attachèrent un seau plein d'eau. L'étranglement obligeant le malheureux à tirer la langue, ses bourreaux la lui percèrent « avec des canivets fort aigus ». Sa foi céda et il abjura le protestantisme au moment où on allait violer ses filles (Bull. de la Société de l'histoire du protestantisme, 1905, p. 351).

Il y eut à La Rochelle, au XVIIIe siècle un apothicaire du nom de Liège. Peut-être descendait-il de l'infortuné martyr de Saint-Maixent.

CHAPITRE V

Installation d'une Pharmacie.
L'inspection des boutiques d'Apothicaires.
Comptes d'Apothicaires.
Les Clystères.

N vieil auteur indiquait en ces termes com-
ment les apothicaires de jadis devaient choi-
sir une maison : « Ung chacun apothicaire se
« doit eslire un lieu commode et propice, à
« sçavoir qui soit situé en bel aire, arrière du soleil méri-
« dional, non subject à vent, pluye, poussière, ne fumée...
« Ce seroit une chose bien faicte et ordonnée si les offi-
« cines ou boutiques des dicts apothicaires estoyent
« closes, ainsi que celle des barbiers et orbatteurs. Et
« devez sçavoir que non seulement convient avoir lieu
« propice, mais aussi est licite avoir vaisseaux propres et
« convenables pour reposer ung chacun médicament et

« composition. Et à ce propos, disent Dioscoride et Sala-
« din, qu'on doibt tenir les drogues et médecines aromati-
« ques en boîtes d'or ou d'argent, d'yvoire, jaspe ou albastre,
« ou bien en vaisseaux dorés ou argentés. Ce que tenons
« encore aujourd'hui par coustume ancienne, faisant
« peindre et dorer nos boistes. »

L'installation intérieure d'une officine devait aussi comprendre un grenier, pour conserver les plantes, et un
logement convenable destiné à l'apothicaire, à sa famille
et à ses apprentis (1). Il était bon, pour le maître, de
pouvoir surveiller sa boutique par une petite ouverture,
« à ceste fin qu'il soit toujours aux escoutes et qu'il épie
« d'ordinairement si ses apprentifs et serviteurs sont à
« leurs devoirs, s'ils reçoivent aimablement les étrangers
« s'ils distribuent et vendent fidèlement et sans tromperies
« les drogues et compositions. »

Nos vieilles maisons rochelaises ne répondaient peut-être
pas toujours à ces exigences, mais les apothicaires faisaient
sans doute plus attention à l'emplacement commercial de
leurs boutiques qu'aux détails d'aménagement intérieur du
local qu'ils occupaient.

Au dehors, et jusque vers le milieu du XVIIe siècle, les
boutiques s'ornaient généralement d'enseignes, rappelant
la profession. Le souvenir d'une seule de ces enseignes
nous a été conservé, c'est celle qui portait le titre « Au
Mortier d'Or » et pendait à une officine située au coin de
la rue du Raisin, en face la fontaine du Pilori (2).

Nous ne savons si les anciennes apothicaireries de notre
ville continrent des « boites d'or, argent, yvoire, jaspe ou albastre » recommandées pour la conservation des « médecines
aromatiques », mais elles possédaient toutes de ces vases
pharmaceutiques, si recherchés de nos jours par les collec-
tionneurs et dont quelques spécimens ont été respectés par

(1) Œuvres de J. de Renou.
(2) Bibl. La Rochelle. Mss. 318, p. 77.

le temps. Ces récipients, de forme. originale et d'orne-
mentation pittoresque, agrémentés d'inscriptions bizarres,
se divisent en trois catégories : Les pots à canon, où l'on
mettait les opiats,. les conserves, les électuaires et les
grandes confections, comme la Thériaque et le Mithridat ;
les chevrettes,.en forme de petites cruches, qui contenaient les sirops et les mellites ; enfin les pots à grosse
panse et à col plus ou moins allongé, où se conservaient
les eaux distillées.

Bien qu'il existât des faïenceries dans notre région,
elles ne fabriquaient pas de ces récipients spéciaux, et les
pots de pharmacie, fournis après le moyen âge par les
fabriques d'Italie, provinrent surtout ensuite des faïenceries françaises de Rouen et de Nevers.

Nous avons reproduit quelques-uns des pots pharmaceutiques conservés à. La Rochelle. Il en est qui provien-
nent de la pharmacie Jambu (1) (pl. IV), d'autres appartiennent à la belle collection de l'hôpital Saint-Louis
(pl. V) classée parmi les monuments historiques. Il y a
là, notamment, un énorme pot à thériaque qui montre bien
de quel fréquent usage était autrefois cette panacée.

Il faut accorder une mention spéciale à l'admirable collection de vases pharmaceutiques conservés à l'hôpital
militaire de La Rochelle (ancien hôpital Saint-Barthomé
ou de la Charité). Ces vases, au nombre de 82, sont en porcelaine de Nevers, leur contour est des plus gracieux et
affecte la forme d'une urne dont les anses sont constituées
par deux serpents entrelacés, de couleur naturelle. Les
dessins qui ornent la porcelaine sont de couleur bleue.
Les couvercles sont surmontés d'un fruit, de couleur naturelle, supporté par une feuille de l'arbre correspondant.
Il y a deux tailles de vases et vingt-deux d'entre eux ne

---

(1) Les Jambu se sont succédés dans cette officine qui était située rue du
Temple, pendant trois générations, depuis 1755 jusque vers 1870. Il est très vrai
semblable que cette maison, très ancienne, fut occupée par des apothicaires bien
avant les Jambu.

Vieux pots de pharmacie, Musée de La Rochelle.

portent aucune inscription. L'inventaire de 1791 accusait 115 de ces bocaux (1), 33 ont donc disparu et il est à souhaiter, comme le dit le docteur Delmas, que ce soit là un sacrifice définitif. La Commission des Monuments Historiques doit prendre sous sa protection ce magnifique vestige du passé. Nous reproduisons, avec quelques-uns des vases de l'hôpital Aufrédi (pl. VI), l'ensemble de la pharmacie que l'on peut encore admirer aujourd'hui (pl. VII), dont on a respecté la forme archaïque et les superbes boiseries sculptées en acajou massif.

En dehors des pots de faïence, il est un autre accessoire qui sollicitait jadis l'imagination artistique des apothicaires ou des fabricants : nous voulons parler du mortier, instrument de travail important, constamment utilisé et qui figure presque toujours sur les vieilles gravures ayant notre profession pour sujet. Certains apothicaires eurent des mortiers plus ou moins ciselés et ornés d'armoiries ou d'attributs pharmaceutiques. Il n'en est resté qu'un seul dans notre ville, et le musée archéologique possède ce beau spécimen des mortiers décorés en usage autrefois. Celui-ci (pl. VIII) provient de l'hôpital général, il est en bronze et mesure 27 centimètres de hauteur et 42 centimètres de diamètre à l'ouverture. Près du bord supérieur se trouve cette phrase latine :

DEUS CHARITAS EST ET QUI MANET IN CHARITATE IN DEO MANET
ET DEUS IN EO

Entre les deux poignées, terminées par des têtes d'animaux, on lit sur l'une des faces les vers suivants :

En mil-six-cents-vingt et neuf
Je fus fabriqué tout neuf
Pour rendre aux pauvres service

(1) Delmas, *L'hôpital militaire d'Aufrédy.*

Et en souffrant mille coups
D'un son agréable et doux
Et à tous autres propice.

L'autre face porte :

C'est l'œuvre de Charité
Qui m'a par nécessité
A La Rochelle faict faire
Pour estre mis en ce lieu
Afin d'y servir à Dieu
Et à ses membres complaire.

En ce qui concerne l'arsenal des drogues que contenaient les anciennes pharmacies de notre ville, nous ne
connaissons qu'un document détaillé, c'est l'inventaire de
la pharmacie de l'hôpital Aufrédi, fait en 1791 par le
maître de la Communauté Goujaud et le frère apothicaire
Lucien Pellieux. Voici la nomenclature des remèdes in-
ventoriés :

Inventaire de la Pharmacie

Fait par Maître Goujaud, Expert; frère Lucien Pellieux, Apothicaire (1)

MÉDICAMENTS

	Livr.	Onc.		Livr.	Onc.
Onguent mercuriel	3		Cotholicon double	6	
Extrait de genièvre	8		Confection de harnech		8
Poudre de diascordium	4		Extrait de chicorée		4
Conserve de Cinorro-dons	4		Diagrède en poudre		8
			Nard indique		8
Sel essentiel de quin-quina	3		Myrrhe en poudre		2
			Valériane en poudre		8
Extrait de bourrache		8	Scordium en poudre		8
Extrait de chélidoine		8	Gomme adragante		2
Extrait de Galbanum		8	Cantharide en poudre		8
Thériaque	5		Agaric en poudre		8

(1) Delmas, *L'hôpital militaire d'Aufrédy.*

	Livr.	Onc.		Livr.	Onc.
Poudre pour les dents .		6	Laudanum solide. . .	4	
Gentiane en poudre . .		8	DANS LES TIROIRS		
Pilules de Bacher. . . .		8	Contrayerva		3
Pilules de Beloste. . .		13	Tormentille.		3
Pilules Moston. . . .		8	Racine de quintefeuille.		6
Pilules Cynoglosse . .		12	Aristoloche.		6
Diascordium	4		Souchet long		6
Sel de Nitre·	2		Racines d'emeum. . .	6	
Alkali minéral. . . .	1		— d'asarum . .		2
Tutie préparée . . .	4		Hermodates	1	
Yeux d'écrevisses non			Dictame blanc. . . .		2
préparés		8	Iris de Florence . . .		4
Sel d'Epsom.	4		Caustres		4
Magnésie blanche . .	1		Quinquina en poudre .	1	
Poudre incisive . . .		3	Ipéca	1	
Cachou préparé . . .		2	Rhubarbe		2
Coquilles d'huitres pré-			Semences de Citron . .		8
parées.	8		Graines d'Avignon . .		6
Sel ammoniac	8		Carpo Balsamum. . .		8
Caroline en poudre . .	2		Racines de turbith . .		4
Gingembre en poudre .		3	Semences de pivoine. .		6
Poivre long en poudre .		8	— violettes .		6
Origan		8	— jusquiame.	1	8
Chamædrés.		3	Graine de Cubébe . .		2
Stæchas d'Arabie. . .	1		Iris de Florence en pou-		
Galéga en poudre. . .	1		dre		2
Rhubarbe en poudre. .		2	Cloportes en poudre . .	3	
Calomel en poudre . .		2	Euphorbe en poudre. .	2	
Esprit de vin aigre . .	2		Serpentoire de Virginie.	1	4
Baume du Commandeur	3		Cigüe en poudre . . .		2
— de Fioraventi. .	2		Oliban		3
Vinaigre des 4 voleurs .	2		Safran de Mars apéritif .	6	
Eau de la reine de Hon-			Arum en poudre . . .		8
grie (1)	4		Eau de menthe spiri-		
Esprit de Mendererus .	2		tueuse.		2

(1) Très ancien remède obtenu en distillant une macération alcoolique de fleurs de romarin.

	Livr.	Onc.
Vinaigre concentré à-la gelée		3
Esprit de Cannelle		2
Eau-de-vie allemande		6
Esprit de vipère		1
Eau vulnéraire spiritueuse		18
Eau générale		8
— de rose		18
Teinture de Cantharide		3
Elixir de longue-vie		8
Collyre de Lanfranc		2
Vin émétique		8
Esprit de sel	1	8
Esprit de soufre		8
Gouttes anodines d'Angleterre		8
Esprit de sel dulcifié		4
Acide sulfureux volatif		6
Suc d'acacia		1
Opium		1
Vipères concassées		2
Os de cœur de cerf (1)		4
Castoréum		1
Sang de bouquetin		1
Eponges fines		3
Blanc de baleine		2
Benjoin		2
Gomme de Copal		4
Gomme		16
Résine de Jalap		1
Succin		1

	Livr.	Onc.
Sagapenum	1	8
Opoponax		8
Bdelium		2
Camphre		2
Cire vierge		2
Camæphilis en poudre		2
Vipères en poudre		2
Castor		2
Centaurée en poudre		2
Coloquinte		2
Alkali végétal		2
Carpo balsamum		2
Eau mercurielle		4
Teinture de myrrhe et d'aloès		4
Collyre divin		4

ARMOIRE DU BAS

	Livr.	Onc.
Specaman		2
Savon médicinal		1
Sapotille		2
Emplâtre de minium		8
— botanum		2
— tetrapharmacum		10
— nuremberg		2
— mucilage		3
— épispastique		1
— cire vierge		1
— d'oxiérocon		1

(1) L'usage de l'os de cœur de cerf venait des Arabes. Ce produit, d'après les anciens thérapeutes, jouissait de propriétés singulières contre tous les poisons et, en même temps, contre les « passions du cœur ». C'était aussi un préservatif de la peste. Médicament assez rare, l'os de cœur de cerf était remplacé souvent par des « anneaux de l'aspre artère du bœuf ». — (Gilbert, *Union Pharm.*, 1895. page 248.)

Collection de vieux pots de pharmacie. Hôpital Saint-Louis

	Livr.	Onc.		Livr.	Onc.
Emplâtre de diachylon gommé		3	Cascarille préparée		6
— diachylon simple		1	Trochisque de murium		2
			— escarotique		1
			— alkandaal		1
Noix vomiques		6	Poudre tempérante		2
Arum		2	Diacartami		1
Epiturie		1	Vitriol bleu		2
Capillaire		8	Extrait de saturne		8
Sirop antiscorbutique	2	b.	Sirop de Coloquinte	1	ch.
Graines de pourpier		1	— des 5 racines	1	b.
Graines de moutarde		2	— de coings	1	—
— carvi		2	— de chicorée	2	—
— thlaspi		2	— de cynoglosse	1	—
— cresson		2	Huile de Palma-christi	1	—
Girofle		1	Pareira brava		2
Cannelle blanche		8	Simarouba		1
— fine		2	Quinquina entier		5
Macis		1/2	Séné		3
Bitume de Judée	1		Manne		6
Pierre ponce	10		Squine		4
Zinc	2		Sassafras		2
Colcotar	1		Safran en poudre		3
Borax		4	Suc de réglisse		3
Vitriol blanc		8	Huile de succin rectifiée		1
— vert	2		Teinture d'absinthe		4
Alun de roche		6	Teinture de girofle		4
Fleur de soufre		1	Poudre cornachine		1
Antimoine		12	Essence de genièvre		2
Racine de pyrètre	4		— d'anis		2
Santal Citrin en poudre	1	4	— de lavande		1
Terra mérita		1	Fleur de zinc		2 gros
Orcanette		8	Teinture de Cannelle		6
Semen-contra		1	Pierre hématite		3
Agaric du Levant		10	— à Cautères		2
Noix de Galle		3	Baume du Canada	1	
Mercure doux		4	Teinture de Castor		2
Précipité blanc		6	Elixir de Propriété	1	
— rouge		1	Eau de Rabel	1	

	Livr.	Onc.		Livr.	Onc.
Baume de Fioraventi .		8	Teinture de mars tarta-		
Térébenthine cuite . .		8	risée		1
Bols fébrifuges . . .		4	Potasse		6
Tamarin gris		1	Panacée mercurielle. .		3

Le tout estimé : 1000 livres, 4 sols (1).

En dehors d'un certain nombre de produits chimiques étudiés et couramment employés à la fin du XVIIIᵉ siècle, on retrouve dans cette nomenclature la plupart des remèdes polypharmaques mentionnés dans les plus anciens traités de thérapeutique et dont le temps n'avait pas amoindri la vogue. L'étrange composition de quelques-uns de ces remèdes, leurs noms baroques, nous font sourire aujourd'hui et cependant ils n'étaient pas absolument dénués de valeur. Beaucoup de curatifs modernes ne sont bien souvent qu'une application, plus scientifique et plus raisonnée, de ces vieilles compositions pharmaceutiques et, dans le succès très récent de l'acide formique et des formiates, il n'y avait pas autre chose que la rénovation de l' « huile de Fourmis », du « Baume acoustique de Minderer » ou de « l'huile de Mynsicht », dans lesquels ces industrieux insectes apportaient, sans le savoir, leur acide formique comme principe actif. La thérapeutique est aussi, comme l'histoire, un perpétuel recommencement.

Un ancien document (2), qui date du début du XVIIIᵉ siècle, nous permet de signaler parmi les médicaments les plus fréquemment utilisés : La casse, le séné, le sirop de noire prune (nerprun), la rhubarbe, la thériaque, l'huile d'anis, la noix vomique, l'orviétan, la pierre vulnéraire, l'arsenic, le thé Péco, l'huile de philosophe, l'huile de sapience, l'eau d'orange, l'eau de mélisse, l'huile de Copahu, le cristal minéral, le quinquina, le blanc de baleine, le sel

(1) Dʳ Delmas, *L'hôpital Aufrédy*, pages 106 et suivantes.
(2) *Cartulaire de l'Abbaye de la Grâce-Dieu. — Arch. Hist. de Saintonge et d'Aunis*, t. XXVII.

de Seignette et enfin les « Eaux tirées d'Availle en Poitou » (1). L'inspection des boutiques d'apothicaires va nous signaler encore d'autres remèdes, employés dans les officines rochelaises, et nous montrer la surveillance qui s'exerçait chez les maîtres pour contrôler la qualité de leurs médicaments.

* *
*

L'inspection des pharmacies est une obligation fort ancienne. Elle est une des formes du contrôle, parfois tyrannique, mais souvent justifié, qui s'exerçait dans les diverses corporations d'arts et métiers.

Dès 1312 Philippe IV le Bel se préoccupait d' « oster, « faire oster et cesser les grands barats, fraudes et triche- « ries » qui se pouvaient commettre dans les corps de marchands, et promulguait une ordonnance enjoignant aux « espiciers-apothicaires » d'avoir des poids et des mesures pour la vente « à son commun peuple ». Une autre ordonnance de 1322 confiait à la corporation des apothicaires parisiens, le soin de vérifier les poids et mesures.

En 1336, Philippe VI de Valois rendit une nouvelle ordonnance par laquelle les doyens et maîtres de la « très salubre Faculté de médecine de Paris », devaient « visiter la « qualité des médecines laxatives et opiates, pour savoir « qu'elles soient bonnes et fraîches » (2). Ce fut l'origine de l'inspection des boutiques d'apothicaires, dont l'institution fut confirmée plus explicitement par l'ordonnance de Jean-le-Bon, en 1353 : « Jehan, par la grâce de Dieu... en « faveur de la prospérité et santé de nos subjects... dé- « sormais, chacun an deux fois sera faite diligente visita- « tion, par le maître du métier d'apothicaire, chez tous « les apothicaires de la ville de Paris et des suburbes...

---

(1) L'eau minérale d'Availles a eu jadis une très grande vogue à La Rochelle.
(2) André-Pontier, *Histoire de la Pharmacie.*

« Le maistre du métier sera assisté de deux maistres
« en médecine nommés par le doyen de la Faculté et de
« deux apothicaires élus par notre prévost de Paris... » (1).

Cette inspection des drogues et médicaments vendus
par les apothicaires, fut étendue peu à peu à toute la
France et les vieux statuts des communautés mentionnè-
rent les règles suivant lesquelles devaient s'effectuer les
visites.

L'inspection des pharmacies à La Rochelle existait bien
avant les statuts de 1601 et nous en trouvons la preuve
dans cette note de Mervault (2) qui relate la saisie faite
en 1516, par les maîtres-gardes apothicaires, de divers
produits non conformes aux règlements.

Dans les statuts de 1601, huit articles étaient consacrés à la visite des officines d'apothicaires : L'inspection
devait avoir lieu tous les six mois, par les gardes de la
Communauté, en présence d'un des eschevins ou pairs,
désigné par le maire de la ville. Chaque maître était tenu
de « faire ouverture des coffres, boîtes, pots, vaisseaux et
« ormoires en sa boutique et arrière-boutique ou autres
« parts de son logis. » Des garanties étaient données aux
inspectés contre les erreurs ou la sévérité injustifiée des
inspecteurs, ce qui n'était autre chose que l'expertise contradictoire, introduite dans nos lois modernes sur la
répression des fraudes.

Ces articles du vieux règlement professionnel étaient
muets sur le rôle des médecins, mais par les statuts additionnels de 1678 leur présence devenait obligatoire, en
même temps que le nombre des visites était réduit à une
par an, laquelle devait être faite au mois de septembre :

« Les maistres et gardes seront tenus de faire une fois
« l'an, au commencement du mois de septembre, la visite

---

(1) André-Pontier, *Hist. de la Pharmacie.*
(2) Mervault, Bibl. de La Rochelle, Mss, 3074.

Pots de pharmacie de l'Hôpital Aufrédi.

« dans les boutiques des autres maistres, en présence du
« substitud et du plus ancien médecin. »

Nous avons trouvé quelques procès-verbaux de visite,
qui nous donnent des détails sur la façon dont les inspecteurs accomplissaient leur mission à La Rochelle, en
même temps qu'ils nous font connaître quelques-uns des
remèdes de l'ancienne thérapeutique. Le premier de ces
documents date de 1655 (1) et relate tous les incidents de
l'inspection accomplie le 15 août chez les divers maîtres
apothicaires. Nous y remarquons tout d'abord, qu'au lieu
d'un des eschevins ou pairs de la ville, dont la présence
était imposée par les statuts de 1601, c'est le Lieutenant
de police qui accompagne les maîtres-gardes. La commission est composée en outre du médecin Jean Marchand.

Le magistrat, le médecin et les deux maîtres-gardes
Couzard et Cadet, se rendent donc dans les diverses
pharmacies. La première visite est faite chez Guyaud, qui
présente le « catalogue des eaux, drogues, médicamens
« et compositions que les apothicaires sont tenus d'avoir
« indispensablement dans leurs boutiques, suivant qu'il a
« été advisé par les médecins de cette ville, convoqués à
« cet effect.» La boutique est trouvée garnie de tous les médicaments inscrits « audit catalogue, sans altérations ni
deffaults. »

Il n'en est pas de même chez Elie Seignette, contre
lequel luttait alors la Communauté, qui se voit d'abord
reprocher l'exercice de sa profession et chez lequel tous
les médicaments sont trouvés détestables (2).

Dans la boutique de la veuve Marbeuf, tenue par l'apothicaire protestant Isaac Baulot, on trouve « l'eau de
« coings aigre et corrompue, l'eau de laitue défaillante,
« ainsi que l'auzimel scillitique ; la thériaque et la confec-

(1) Archives Hôtel de Ville, liasses.
(2) V. plus loin.

« tion d'alkermes sont deffectueuses. Le beurre de souffre
« et l'huille de térébantine manquent. »

Chez la veuve Chaumon, qui a pour gérant Aimé Rousseau, protestant aussi, de très nombreuses drogues sont
altérées, corrompues et défectueuses.

Jacques Massiot, suspecté de religion réformée, gère
l'officine de la veuve Mignot. Ses eaux distillées, sirops,
emplâtres et miels sont gâtés.

Même constatation chez deux autres protestants : Langellier, poursuivi par la communauté, qui voulait l'empêcher
d'exercer la pharmacie, et Jacques Boucher-Bauval.

Dans les officines de Mayaud et de Ranconnet, tout est
d'excellente qualité et ces deux apothicaires visitent à
leur tour les drogues des maîtres-gardes, qu'ils trouvent
de qualité parfaite.

Il est permis de se demander jusqu'à quel point les inspecteurs étaient impartiaux, lorsqu'on voit découvrir les
mauvais remèdes dans les seules officines tenues par des
protestants, à cette époque où la lutte religieuse entrait
déjà dans une phase aiguë.

Un autre procès-verbal de visite des drogues, daté du
10 octobre 1656 (1), mentionne la présence de deux
médecins dans la commission. Le maître-garde Couzard,
le « Meileur ami des Carmes de La Rochelle » est remplacé par Mayaud, ami des protestants. Faut-il attribuer à
la présence de ce dernier le résultat favorable de l'inspection pour les apothicaires appartenant à la religion
réformée ? Peut-être, car le document ne mentionne
d'observations que pour Elie Seignette, toujours en butte
à la plus violente hostilité. Chez l'apothicaire Ranconnet,
les inspecteurs trouvent que « l'essence de matiole n'est
« pas de la bonté et qualité requise. Le vin d'émétique
« est fait avec du vin tourné et gasté. Le sirop de limon
« est gasté et corrompu. La poudre artritique est com-

---

(1) Arch. Hôtel de Ville. Liasses.

« posée suivant la description des pillules artritiques de
« Baudron et non sellon la description de laditte poudre
« et partant, estant donnée pour poudre, seroit nuisible
« plustôt que proffitable, attendu que les pillules et
« poudres artritiques n'ont le même effect ».

Dans l'officine de Cadet, on trouve « l'huille de souffre
« deffectueuse », il présente « de l'eau forte mêlée avec
« de l'eau pour de l'huille de vitriol. Le beurre de souffre
« est sophistiqué, contrefait et deffectueux. L'huille de
« girofle est contrefaite et non véritable. Le dyaconé
« rullan n'est fait sellon la prescription du rullan, suivant
« et au désir dudit dispensaire. Les poudres tant aroma-
« tiques que aultres ne doivent pas estre dans une seule
« boite, attendu les diverses qualités d'icelles et les incon-
« vénients qui en peuvent résulter. Elles doivent estre
« séparément dans des boîtes particulières, ainsi que cela
« se pratique dans les autres boutiques.

Massiot reçoit aussi des observations pour « l'huille de
« philosophe, qui est passée, la thériaque qui n'est pas de
« la bonté requise et les trochisques d'alkendaal, trouvés
« corrompus ».

Dans un dernier procès-verbal du XVII⁰ siècle, daté du
26 janvier 1662 (1), nous retrouvons l'hostilité impitoyable
des maîtres catholiques contre Seignette, Langellier,
Massiot et Baulot, apothicaires protestants. Chez eux
seulement on signale de nombreuses drogues altérées ou
sophistiquées, tandis que leurs confrères sont généralement exempts de tout reproche.

Nous n'avons rencontré que deux documents relatifs à
l'inspection des pharmacies au XVIII⁰ siècle. Les maîtres-
gardes se conformaient-ils alors exactement aux statuts ?
On peut croire à leur négligence, devant l'insistance que
mettaient les médecins, lors de la réception des apothicaires, à réclamer les visites régulières des officines.

---

(1) Arch. Hôtel de Ville. Liasses.

Sur un procès-verbal du 3 novembre 1752 (1), nous ne retrouvons plus les nombreuses observations faites au XVIIe siècle dans les documents relatés ci-dessus. Toutes les drogues sont trouvées de qualité parfaite. Il faut noter que la visite eut lieu sur une décision du Procureur du Roi et toujours en présence du Lieutenant de Police.

En 1764, c'est sur la demande de deux membres du Collège royal de médecine qu'eut lieu l'inspection. Les relations étaient alors assez tendues entre le Collège de médecine et les apothicaires rochelais, aussi les observations sont-elles surtout présentées par les médecins (2). Les apothicaires font seulement observer à Nadau que son kermès n'est pas préparé convenablement et qu'il doit substituer, dans la préparation, « la liqueur de nitre « fixe au sel de tartre alkali, dont il a coutume de se ser- « vir ». Quant à Guillemot, il se voit contraint de « jeter « lui-même sur son fumier », devant les inspecteurs, sa confection d'hyacinthe et sa thériaque, qui sont « gastées « par vétusté ».

En dehors de ces visites, déterminées par les règlements corporatifs, les officines pouvaient être inspectées dans certaines occasions et pour des causes spéciales. C'est ainsi qu'en 1735, un édit du Roi, daté du 22 mars, ayant appelé l'attention des magistrats sur la vente « faite depuis « quelque temps d'une écorce appelée quinquina faux, ou « faux quinquina, ou quinquina femelle », le Procureur du Roi fit faire à La Rochelle, une visite chez tous les apothicaires et droguistes, pour voir s'ils ne détenaient pas de cette drogue. dont la vente était interdite. Un procès-verbal, daté du 28 juin 1735 (3), mentionne les résultats de cette inspection qui fit découvrir du quinquina de mauvaise qualité chez un droguiste de la ville.

La visite et le contrôle des poids et des balances em-

(1) Arch. Hôtel de Ville.
(2) V. chap. Médecins et apothicaires.
(3) Arch. Hôtel de Ville. Liasses.

La pharmacie de l'Hôpital Aufrédi.

ployés par les marchands n'étaient pas à La Rochelle, du
ressort des maîtres apothicaires, car une ordonnance de
Philippe le Bel, datée de 1312, reconnaissait ce droit au
Corps de ville (1). C'était la confirmation d'un des plus
anciens privilèges de notre ville, mentionné dans une
Charte de 1282 (2).

Toutes les anciennes corporations étaient ainsi soumises
au contrôle et à l'inspection, mais il semble que chez les
apothicaires on ait institué des règlements plus rigoureux
sur ce point, ce qui était naturel, étant donné le caractère
de notre profession et la destination des substances médicamenteuses. « L'intérêt et le bien public » expliquaient,
dans les statuts mêmes, ces sages mesures et ce sont les
mêmes raisons qu'invoquaient les médecins pour justifier
leur présence dans les commissions d'inspection. En
réalité, ils y voyaient surtout une affirmation de leur
supériorité morale sur les apothicaires et un moyen
d'assurer le maintien de léur prépondérance. Aussi se
heurtèrent-ils toujours à une résistance opiniâtre, de la
part des Pharmaciens de jadis, qui estimaient ce contrôle
médical inutile, inefficace et vexatoire. Mais le public ne
s'en plaignait pas, trouvant sans doute que ces règlements
d'inspection ne lui donnaient jamais trop de garanties
morales et matérielles, vis-à-vis de remèdes dont on atten-
dait la santé et qui étaient réputés vendus à prix d'or.

*
* *

Les comptes d'apothicaires ont, depuis des siècles, une
détestable réputation. Certes, ces longs mémoires, énu-
mérant en termes bizarres les remèdes anciens, peuvent
prêter à sourire, mais on a tort d'accuser les notes d'apothicaires d'avoir été démesurément grossies. D'ailleurs,
les vieux statuts rochelais faisaient un devoir aux mem-

(1) Jourdan, *Ephémérides*, page 78.
(2) *Id.*

bres de la Communauté de ne pas vendre leurs remèdes
au-dessus d'un prix normal : « et se contentera d'un sal-
« laire compettant, soit pour ses drogues et vaccations, sans
« les enchérir ny exiger de plus » (art. 68). Enfin, une
sorte de surveillance et de réglementation fut exercée autrefois, à juste titre peut-être, sur la tarification des substances médicinales.

Un arrêt du Parlement, du 27 octobre 1632, prescrivait
au Lieutenant de police de Paris de dresser tous les trois
ans un tarif des médicaments en présence de deux médecins et des apothicaires (1). Dans plusieurs villes de France,
l'intervention des médecins fit obtenir une réglementation
semblable ; c'est ainsi que ceux de Poitiers réclamèrent
en 1688 le droit de contrôler le prix des remèdes (2). Nous
n'avons trouvé sur ce point aucune intervention des médecins rochelais.

Si les mémoires des anciens apothicaires étaient souvent fort longs et couvraient de nombreux feuillets, c'est
qu'ils représentaient généralement les fournitures de plusieurs années. Car les clients, d'après les notes que nous
avons examinées, ne semblaient pas se dépêcher à payer.

Les religieux Augustins de La Rochelle, par exemple,
payaient en janvier 1668 à Cadet, « leur apothicaire », la
somme de 120 livres, pour les fournitures de trois années.
En 1674, ils lui payaient 40 livres pour le même laps de
temps et en 1677, 50 livres (3).

Ces longs délais de paiement sont observés partout, et
M. Rambaud, pour le Poitou, en cite qui atteignent
huit, douze et même vingt-huit ans. On conçoit facilement la longueur que pouvaient avoir les mémoires, si les
clients étaient obligés de se médicamenter souvent.

Nous retrouvons encore le règlement à long terme chez
les Carmes de La Rochelle. Les comptes de ces religieux,

(1) Bibl. Nat. Mss. f. fr. 21.738 (cité par M. Rambaud).
(2) Rambaud, *La Pharmacie en Poitou.*
(3) Arch. départ. H. 6.

conservés aux Archives départementales (1), s'étalent sur près de soixante années et nous allons les examiner en détail, car ils sont fort intéressants.

De 1652 à 1656, les Carmes avaient pour apothicaire le maître rochelais Guiard, associé avec son gendre Couzard. La note des fournitures pharmaceutiques s'élève à 56 livres dix sols. Quittance en est donnée gratis par Guiard et Couzard, en reconnaissance des soins pris à leur sujet par le R. P. Prieur des Carmes. Le mémoire de 1657 et 1658 se monte à 44 livres 10 sols. Couzard est seul fournisseur depuis la mort de son beau-père et il donne quittance en ces termes : « Je soubsigné, tient « quitte les R. P. Carmes du contenu en la partie cy-« dessus, en conséquence des messes et prières qu'ils ont « dittes et diront cy-après, suivant la prière qui leur en « a esté faitte, pour le repos de l'âme de deffunct Pierre « Guiard mon beau-père. »

En 1662, Couzard fournit sa note, beaucoup plus longue que les autres, mais sur laquelle ne figure aucun prix. A quoi bon tarifer ses drogues, puisqu'il en fait cadeau aux religieux dans les termes suivants : « Je soubsigné, « recognois avoir fait don ainsi que je fais..... par ces « présentes, aux RR. PP. Carmes de La Rochelle de « tous les médicamens cy-dessus et des aultres parts que « je leur ay fourni dans toutes leurs maladies depuis le « neuf septembre mil six cent cinquante-huit jusques au « dixième septembre mil six cent soixante-deux, dont et « desquels, par vertu de ce et des raisons à moi réservées, « je tiens quitte le R. P. Prieur de la Maison desdits « RR. PP. Carmes et pareillement tous autres qu'il « appartiendra. »

Une telle générosité valait à l'apothicaire la gratitude des Pères, aussi est-il mentionné au dos du mémoire :

---

(1) Arch. départ. H. 52.

« Quittance donnée gratis par M. Couzard, le meileur
« ami des Carmes de La Rochelle. »

Les mémoires de 1663 à 1665 et de 1666 à 1669 ne
portent aucun prix et sont toujours acquittés gratuitement « en raison des messes que les RR. PP. ont pu dire
à l'intention de nostre famille ». Il en est ainsi jusqu'en
1686. Mais Couzard s'associe alors avec un autre apothicaire nommé Cheureau. Les mémoires portent aussitôt
des prix et sont acquittés par les Pères. Celui fourni en
1686 s'élève à 68 livres 45 sols.

Les Révérends Carmes rochelais devaient aimer tout
particulièrement cette gratuité des remèdes et ils auraient
bien voulu être traités par leur médecin comme ils
l'avaient été durant si longtemps par leur apothicaire
Couzard.

En 1690, ils avaient comme médecin attitré, le docteur
Guillotin, qui les soignait depuis douze ans et n'avait
jamais reçu les moindres honoraires. Il leur réclama une
somme de « 30 livres pour chaque année » pour les soins
donnés aux religieux. Cette demande ne fut pas du goût
de ceux-ci et ils répondirent que jusqu'au moment de
la rupture avec Guillotin, ils avaient toujours cru
qu'il leur donnait ses soins par charité. « En cette con-
« sidération ils ont rendu à ce médecin plusieurs bons
« offices et lui ont de temps en temps fait quelques grati-
« fications qui peuvent bien équivalloir aux soins don-
« nés, lesquels dans la vérité ont été fort médiocres ;
« néanmoins, pour montrer qu'ils en veulent uzer avec
« toutte sorte de circonspection, ils sont prêts à se rap-
« porter au sieur Couzard, appoticaire, sur ce qui peut
« estre légitimement dû au demandeur, par ce qu'il a
« une parfaite cognoissance des ordonnances qu'il peut
« avoir faitte pour eux et de tous les soins qu'il a pris
« dans les occasions qui se sont présentées » (1).

---

(1) Arch. départ. H. 52.

Planche VIII.

Mortier de bronze. Musée archéologique de La Rochelle.

Cet arbitrage est tout à fait caractéristique de l'indépendance que surent conserver nos apothicaires rochelais vis-à-vis du Collège des médecins. Qu'auraient dit Gui Patin et la « Très Salubre Faculté de Paris » si un apothicaire de la capitale avait été ainsi appelé à trancher un différend médical ?

Les religieux Carmes ne purent faire triompher leur cause et durent payer à Guillotin la somme de 100 livres, les frais du procès restant à leur charge.

Les liens de sympathie qui unissaient les Carmes à leur « meileur ami » l'apothicaire Couzard, devaient eux-mêmes se rompre. Soit parce que, depuis l'association avec Cheureau, les Carmes étaient tenus de payer leurs médicaments, soit pour une autre raison, un différend surgit entre eux et leur apothicaire, qui se vit réclamer des arrérages pour location de clos, de magasin, de maison et « prêt à lui fait ». Couzard répondit en exigeant le paiement de sa note, que les Pères trouvèrent sans doute exagérée, car ils la soumirent au contrôle de deux autres apothicaires. Un accord intervint enfin entre les parties et ce fut Couzard qui solda en 1693 la différence entre ce qu'il devait et ce qui lui était dû « pour tous les remèdes fournis par lui et consorts » (1). Les mémoires étaient alors plus élevés et atteignaient jusqu'à 156 livres.

Cheureau demeura bientôt le seul pharmacien des Carmes, car il acheta la part de Couzard, qui fut nommé Conseiller du Roy et Lieutenant criminel de La Rochelle (2).

Jusqu'en 1710 les notes d'apothicaire sont fournies par Cheureau qui envoie les mémoires parfois tous les ans, parfois tous les trois ans.

Voici deux spécimens de ces vieux comptes pharmaceutiques : l'un de 1652 à 1656, l'autre datant de 1698.

---

(1) Arch. départ. H. 52.
(2) *Id.*

Pendant le demi-siècle qui les sépare la nature des remèdes n'a pas varié (1).

Les Révérends Pères Carmes doivent :

1652. — 10 octobre 1652. Clystères laxatifs à 12 sols pièce . . . . 1 l. 16 s.

1653. — Du 28 may 1653. Pour deux religieux Carmes, deux médecines purgatives à 25 sols la prise 2   50

Du 15e juillet. Pour le Père Prieur, une médecine . 1   05

Du 17 et 19. Deux clystères 1   04

Du 22 août. Pour le Père Léonard, deux aposesmes cephaliques, l'un au matin l'autre au soir 2   10

Du 23. Un bolus purgatif . . . . ·1   05

Du 24. Deux prises aposesme réitéré suivant l'ordonnance. 2   10

Du 2 et 15 sept. Pour le Père Prieur, deux clystères. 1   04

Du 29. Une médecine. 1   04

Du 13 octobre. Pour le Père Léonard, un clystère . 0   12

Plus deux prises oposesme purgative suivant l'ordonnance. 2   10

Du 15, Pour le d. P. Léonard, un clystère 0   12

Plus pour addition de 1 once de casse mondée . . 1

Du 3 nov. Pour un Carme venu du Portugal, un bolus purgatif 1   05

Plus deux onces conserve de rose. 0   10

Du 25 décembre. Pour le Père Calixte, pour pommade 0   03

Du 12. Deux onces, conserve de rose 0   10

Pour Isidore, un clystère 0   12

1654. — Du 17 janvier 1654. Pour le Père .... son clystère. 0   12

Du 8 may. Pour un Père Carme, un clystère contre la colique 0   12

Du 11. Une once catholicon fin 0   12

Plus pour deux onces huille viollat et quatre onces capillaire. 0   12

_____

(1) Arch. départ. H. 52.

Du 14. Pour le Père Ignace, un minératif. . . .	1	05
Du 15. Son minératif réitéré.	1	05
Du 15 et 16 décembre. Pour le Père Isidore, deux clystères	1	04
Plus une prise d'eau composée contre la gravelle.	1	05
Du 19. Une médecine purgative fort composée. .	1	05
1655. — Du 13 et 18 janvier 1655. Deux clystères réitérés	1	04
Du 19. Une prise anosdine purgative	1	05
Plus une prise anosdine réitérée sur les 2 heures après-midy	1	05
Du 5 feb. Pour le frère Maurin, 3 pinctes ptisanne	0	12
Du 15. Pour le Père Placide Saint-Julien, une prise poudre purgative	1	05
Du 22. Sa prise poudre réitérée	1	05
Du 5 juin. Pour le Père Procureur, une once onguent dessicatif	0	05
1656. — Du 19 juillet 1656. Pour le Père sacristain, un clystère	0	12
Plus au soir une prise potion rafraîchissante. . .	1	05
Du 20 et 22. Deux clystères.	1	04
Plus la potion rafraischissante réitérée	1	05
Du 23 une médecine	1	05
Plus au soir, un julep cordial et rafraischissant. .	1	05
Du 24. Deux prises julep rafraischissant, réitéré matin et soir	2	10
Du 25. Une potion sommifère composée	1	05
Du 26. Une médecine.	1	05
Du 29 dudit, 1er et 4 août. Trois clystères	1	16
Du 6. Une bouteille teinture purgative et apéritive composée et clarifiée pour deux prises à 25 s. la prise	2	10
Somme totale.	56 l. 10 s.	

Partie fournye aux Révérends Pères Carmes depuis leur dernier compte, deüe à Cheureau, maitre appotiquaire à La Rochelle.

Doivent les Révérends Pères Carmes :

1698. — Du 5ᵉ may. Pour le père Simon Stocq, un clistère laxatif composé. . . . . 0 l. 16 s.

Du 2ᵉ juillet. Pour le Père Supérieur, une médecine composée avec senné, manne, rheubarbe, electuers, syrop et autres 2 05

Du 12ᵉ. Pour le Père Toussaint, un clistère . . . 0 16

Plus une potion laxative et apéritive composée. . 2 05

Du 31ᵉ. Son clistère réitéré. 0 16

Plus sa potion laxative comme dessus 2 05

Plus au soir son clistère réitéré 0 16

Plus, pour le Père Provincial, un gargarisme composé 1 05

Du 22ᵉ aoust. Pour le Père sacriste, un clistère laxatif composé 0 16

Plus une médecine laxative composée 2 05

Du 9ᵉ sept. Pour un Père estranger, un clistère laxatif composé 0 16

Plus du 9ᵉ sept. 1698. Pour le Père estranger, son clistère réitéré. 0 16

Du 15ᵉ nov. Pour le Père René, un clistère laxatif composé. 0 16

Du 18 mars 1699. Une collire pour les yeux . . . 0 16

Plus une petite emplastre vesicatoire pour mettre derrière l'oreille 0 02

Plus, au soir, un clistère laxatif. 0 16

Du 19ᵉ. 1/2 once onguent dessicatif. 0 02

Du 1ᵉʳ avril. Pour le Père Toussaint, un clistère fort composé 0 16

Du 13ᵉ. Pour le Père Simon, un clistère. . . . 0 16

                                        Somme toute. 19 11

Si l'on compare les notes d'apothicaires, dont le prix des remèdes dépasse rarement deux livres, aux comptes des chirurgiens, on constate que les médicaments fournis par ces derniers l'étaient à un taux notablement supérieur.

Voici, par exemple, le mémoire du chirurgien Goudeau, daté de 1703, qui figure dans les papiers des Carmes rochelais (1).

Compte du chirurgien Goudeau, fourni en 1703.

Premièrement, pour une médecine fort composée. .	2 l.	
Pour dix bouteilles ptisanne apéritive.	5	
Pour quatre juleps	4	
Pour six prises de poudre hidrogogne, à 10 sols. .	3	
Pour quatre lavements	3	
Pour une médecine fort composée.	2	
Pour huit bouteilles de ptisanne sudorifique à 15 sols fait.	6	
Pour une potion cordialle.	2	10 s.
Pour une autre	2	10
	30	

Tous ces remèdes fournis par Goudeau l'étaient illégalement et à l'encontre des statuts des maîtres apothicaires. L'empiètement des barbiers-chirurgiens sur les attributions de nos ancêtres professionnels était d'ailleurs constant et nous rapportons, dans un autre chapitre, tous les documents que nous avons trouvés sur la lutte soutenue par les apothicaires rochelais pour faire respecter leurs droits.

Nous avons vu, dans les notes d'apothicaires reproduites plus haut, de quelle fréquence était autrefois la préparation des clystères.

Ce nom de clystère donné au remède, dérivait du nom de l'instrument qui servait primitivement à son administration. Avant l'invention de la seringue, c'est-à-dire dès avant l'époque d'Hippocrate et dans les temps qui suivirent, jusqu'à la fin du XVe siècle, on se servait d'une outre

---

(1) Arch. départ. H. 52.

fixée à une canule en roseau. Ce vénérable engin, dont
l'origine se perd dans l'obscurité des âges, s'appelait « clystère » (1). La seringue fut inventée par un italien nommé
Gatenaria (2) et peu d'objets ont eu, dans l'art de guérir,
une vogue aussi populaire.

Il est difficile de songer aux apothicaires de jadis sans
évoquer en même temps la seringue, car la préparation
et l'administration des clystères, le principal remède de la
vieille thérapeutique, étaient entièrement du ressort de nos
ancêtres en pharmacie. On conserve encore dans une
famille de notre région, comme une précieuse relique,
certain carré d'étoffe ayant un trou au milieu. Cette étoffe
était destinée, lorsque l'apothicaire venait administrer son
remède, à voiler aux regards de l'opérateur la.... face du
patient, en ne laissant pénétrer, par le trou de l'étoffe, que
l'indispensable extrémité de la seringue.

Des règles précisaient à quel moment il était préférable
d'administrer les clystères : «Si on ordonne un clystère
« au lieu de médecine, sans déterminer de l'heure pour le
« prendre : c'est le meilleur de le donner au matin à
« jeun : ou bien à l'heure des vespres, une heure ou envi-
« ron devant le souper, après la digestion du disner. Et
« là où seroit quelques douleurs pressives, comme colique
« nephritique, ou autre maladie subite : en ce cas le faut
« donner à l'instant et à toutes heures du jour, enjoingnant
« au patient de le tenir par l'espace d'une heure ou envi-
« ron, estant couché sur le côté dolent, s'il est possible :
« et ainsi en proffitera mieux » (3).

Le prix de cette bienfaisante médication a varié autrefois, d'après les documents que nous avons examinés, entre
12 sols et 16 sols. A Poitiers, il n'était que de 15 sols. Le
prix ne variait pas suivant la composition et nous le trou-

(1) Ch. Sallier, *Les origines de la pharmacie et les apothicaires.* Loc. cit.
(2) *Id.*
(3) Enchiridion de l'Apothicaire. Bibl. La Roch., n° 9107, page 255.

vous dans une note de 1693 fixé à 16 sols non seulement
pour les clystères simples, mais encore pour les « clystères fort composez » et même pour un « clystère laxatif
et carminatif très compozé administré à deux heures après
minuit ». Un lavement fourni et administré à domicile,
même la nuit, pour 16 sols ! On avouera qu'à ce prix les
apothicaires de jadis n'ont pas justifié la mauvaise réputation de leurs comptes et cette modicité explique peut-
être pourquoi on avait si fréquemment recours à leurs
bons offices (1).

La confection et l'administration d'un clystère pouvaient
engager la responsabilité des anciens pharmaciens, à
l'égal de médicaments comportant les plus violents toxi-
ques. On en aura un exemple par la lecture du document suivant, qui est bien la plus extraordinaire — et
rigoureusement authentique — cocasserie que nous ait
léguée la pharmacie des temps passés.

Un apothicaire de Saint-Martin-de-Ré (2), nommé Blanchard, avait vu porter contre lui une plainte pour non
administration d'un clystère ordonné par un chirurgien.
L'enquête faite à la suite de la plainte donna les résultats
et conclusions suivants :

*Enquête faite le 28 juin 1770 à Saint-Martin de Ré
par des Maistres en sirurgie et sirurgiens ordinaires.*

Aujourd'hui vingt-huit du moys de juing MDCCLXX ès une
maison prosche du Hâvre du bourg de Saint-Martin de Ré, les
soussignés Maistres en sirurgie et sirurgiens ordinaires du Roy,
nous sommes assemblés pour voir le corps du nommé Alphin,
officier dans le bataillon de Languedoc, à qui l'un de nous avait

---

(1) Il est vrai que le sol avait à cette époque une valeur supérieure à notre
sou actuel.

(2) Saint-Martin-de-Ré faisait partie de la Généralité de La Rochelle. Ses
apothicaires étaient, en conséquence, reçus par la Communauté de La Rochelle,
de laquelle ils dépendaient.

fait ordonnance pour un clystère composé, et qui était passé de vie à trépas sans le recevoir.

A quoi le maistre apothicaire Blanchard, contre qui plainte a été portée, nous a dit :

Qu'il s'était présenté hier, vingt-sept, au domicile d'Alphin, étant porteur d'une seringue en bon état, pour réouvrir et deffermer les courants cholédoques et qu'il avait cherché à l'insinuer suivant les règles de l'art (*tuto et juconde*), mais inutilement et avec grand empeschement et fascherie.

Qu'il avait cependant regardé de plus près (*in fundamento*) et qu'ayant écarté les posters, il avait aperçu, contre tous usages et coustumes, un œil qui le regardait en face, ce qui n'était jamais arrivé depuis sept vingt ans (1) qu'il pratiquait ; qu'il avait jugé que son honneur était outragé et qu'il s'était retiré de céans.

D'après cette cognoissance, nous soubsignés, Maistre sirurgien, nous avons procédé à l'examen du *fundamentum*.

Le poster étant ouvert, nous avons rencontré un fragment de cristal qui faisait œil et qui regardait. Jugeant le cas neuf et extraordinaire, mais exempt de maléfice, jonglerie ou autre perfidie, nous avons interrogé les gens de service, qui nous ont appris qu'Alphin avait accoustume de mettre son œil dans un verre d'eau et qu'il avait pu l'avaler dans son délire.

C'est pourquoi nous avons jugé que Blanchard, maistre apothicaire, adolé et outragé, avait sagement agi en se retirant pour attendre la visite du sirurgien ordinaire du Roy et déclarons que les torts et rebellerie sont du côté du mort.

De tout quoy certifions véritable entre les mains de Bilaud, notoire royal, requis à cet effet, au jour, moys et an que dessus et avons signé.

Signé à la minute : Niel, ch. ord. du Roy ; Delcour, Manescaut-Bilaud, notaire royal.

Contrôlé à Saint-Martin de Ré, le dix septembre 1770. Reçu 14 sols.

Signé : (Illisible).

Cachet de cire rouge avec un lambelle (2).

---

(1) Le greffier a dû commettre ici un *lapsus calami* et voulait sans doute écrire « vingt-sept ans ».

(2) Bibl. de La Rochelle. Mss. 1358, folio 101.

La première page du manuscrit contenant les statuts des maîtres chirurgiens, avec les armoiries de quelques maîtres.

CHAPITRE VI

Relations entre les Apothicaires
et les
Chirurgiens Rochelais.

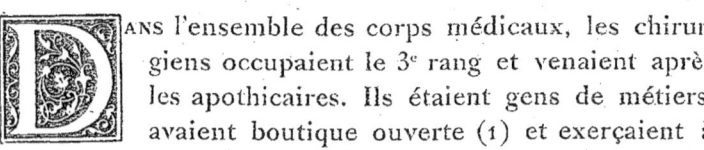

Ans l'ensemble des corps médicaux, les chirurgiens occupaient le 3ᵉ rang et venaient après les apothicaires. Ils étaient gens de métiers, avaient boutique ouverte (1) et exerçaient à l'origine les fonctions de barbier, en même temps qu'ils donnaient leurs soins aux malades ; aussi les trouve-t-on désignés, dans nombre de documents, sous le nom de barbiers-chirurgiens (2).

---

(1) Nous avons trouvé dans les registres de la police, année 1702, la condamnation à l'amende d'un chirurgien coupable d'avoir tenu les deux côtés de sa boutique ouverts et fait raser pendant la grand'messe du dimanche.

(2) En dehors des soins qu'on leur demandait, les chirurgiens étaient chargés de « faire le poil, la couronne et les saignées ». Ils prenaient 3 livres pour arracher une dent.

(*Cartulaire de l'abbaye de la Grâce-Dieu,* Musset, *Archives historiques de Saintonge et Aunis,* t. XXVII)

« Spécialement affecté, dit Baudot (1), aux soins exter-
« nes, le chirurgien s'était développé à la faveur des
« guerres, des pestes et des grands malheurs, aux temps
« rudes des siècles passés. Peu à peu, les mœurs adou-
« cies l'avaient plié au sort commun et le chirurgien dut
« s'assouplir et généraliser son art. Pour ne pas disparaî-
« tre, il se vit obligé, dès lors, d'empiéter sur le domaine
« de la médecine et de la pharmacie. »

Cet empiètement sur les attributions des apothicaires
et la lutte de ceux-ci pour défendre leurs droits, eurent,
dans notre ville, une intensité toute particulière, par suite
du grand nombre de chirurgiens qui se trouvaient à La
Rochelle aux XVIe, XVIIe et XVIIIe siècles (2). Les grands
navires qui partaient de notre port pour de lointains voyages, étaient, en effet, tenus d'avoir à bord un chirurgien,
muni d'un coffre à médicaments dont les statuts de 1678,
après une ordonnance de l'Intendant de la Généralité,
avaient attribué aux apothicaires le droit de visite.

L'habitude de manipuler des remèdes, l'oisiveté dans laquelle ils se trouvaient à leur retour au port, peut-être
aussi quelques recettes ou quelques drogues particulières,
rapportées des pays visités, devaient inciter les chirurgiens à contrevenir aux statuts pharmaceutiques.

Les relations entre les deux professions semblent cependant avoir été, au moins pendant un certain temps, em-
preintes de cordialité. Nous en jugeons par ce fait qu'en
1632 (3), à l'examen final de réception du maître apothi-

---

(1) Baudot, *La Pharmacie en Bourgogne*.

D'après un état des corps de mestiers de La Rochelle, dressé en 1718, il y
avait cette année-là, dans notre ville, 17 chirurgiens et 30 garçons chirurgiens,
contre 8 apothicaires et 5 garçons apothicaires. (Musset, *Simples aperçus sur les
corporations d'arts et métiers à La Rochelle*). On voit l'importance extraordinaire qu'avait la corporation des chirurgiens, dans une ville qui n'avait pas vingt
mille habitants.

(2) Les chirurgiens avaient été définitivement érigés en Communauté par des
statuts datés de 1600, dont nous reproduisons les deux premières pages.

(3) Archives Hôtel de Ville.

caire Pierre Chartron, les chirurgiens étaient invités au même titre que les médecins.

Mais les hostitilités devaient bientôt commencer entre eux. Devant les empiétements des chirurgiens sur leurs prérogatives, les maîtres apothicaires leur intentaient un procès en 1644 et obtenaient, le 23 mars (1), un jugement faisant défense de contrevenir à leurs statuts, sous peine de 100 livres d'amende. Réciproquement, défense était faite aux demandeurs, d'empiéter sur les attributions des chirurgiens. Ces derniers firent appel, mais le jugement fut confirmé définitivement en 1646 (2).

Le résultat fut nul. Aussi le 16 juin 1647 (3), voyons-nous un maître apothicaire, Jehan Seignette (4), assigner seul David Lalande et « d'autres chirurgiens », en même temps que les « Maîtres-gardes apothicaires, pour se joindre à lui si bon leur semble ».

Seignette demandait que les délinquants fussent condamnés à l'amende portée par les jugements de 1644 et 1646, pour avoir « continué à exercer l'art de pharmacie ».

Les chirurgiens répliquèrent que la demande introduite contre eux était « vexatoire », que Seignette n'avait « qua-
« lité pour poursuivre cette action, laquelle était nulle,
« d'autant que, par sa demande vague et incertaine, il n'a-
« vait point cité sur quoy les deffendeurs avaient contre-
« venu au règlement entre les apothicaires et les chirur-
« giens ».

Quant aux autres maîtres, que Seignette voulait engager dans sa plainte, ils déclarèrent ne pouvoir se joindre à la cause avant d'avoir eu communication des jugements invoqués.

---

(1) Archives Hôtel de Ville.
(2) Archives Hôtel de Ville.
(3) Archives Hôtel de Ville.
(4) Jehan Seignette, maître apothicaire, était le père de l'apothicaire Seignette et du médecin Jehan. Nous parlons plus loin, très longuement, de cette famille rochelaise.

Cette communication leur fut faite et à l'audience suivante, le juge ordonna (1) que les adversaires s'assemble-
raient dans la maison de l'un d'entre eux, pour décider de
leur conduite et dire, après examen des jugements, si les
règlements professionnels anciens avaient été violés.

Les deux parties ne satisfirent pas à l'ordonnance et
l'assemblée n'eut pas lieu. Une autre sentence intervint
alors, enjoignant cette fois aux maîtres-gardes de s'assembler dans la maison du doyen des médecins. L'accord ne
s'y fit pas et le juge prescrivit une nouvelle réunion sous
quinzaine, toujours en la maison du doyen, « pour estre,
« devant les médecins, les fonctions délimitées auxquelles
« ils seront soubmis par nécessité ». Mais les chirurgiens
et les apothicaires ne comparurent pas dans les délais
indiqués et le juge les condamna à l'amende le 23 mars
1647, en défendant, aux parties en cause, d'empiéter sur
leurs attributions respectives (2).

Le 24 août 1668, Colbert du Terron, Intendant de la
Généralité de La Rochelle, publiait son ordonnance concernant les Coffres de Navires (3) :

« Sur les plaintes qui nous sont journellement faites, que plu-
« sieurs chirurgiens tout à fait ignorans en la pharmacie, s'ingè-
« rent de fournir les médicaments tant simples que composés,
« nécessaires pour les coffres de marine, tant dans les vaisseaux du
« Roy de la compagnie des Indes, que des marchands, ce qui est
« tout à fait contraire aux statuts des maistres apothicaires de
« cette ville, au service du Roy et du public », défense était faite
aux chirurgiens de composer les coffres, en laissant ce soin aux
seuls apothicaires.

« .... Et comme il se peult commettre de l'abus, aussy bien du
« costé des maistres-apothicaires que des chirurgiens, ... ordonné
« que visite sera faite desdits coffres par le sieur André Mayault,
« maistre apothicaire en ceste ville, en présence du sieur Edme

---

(1) Archives Hôtel de Ville.
(2) Archives Hôtel de Ville.
(3) Arch. départ. Fond de l'Amirauté.

« Goudeau, chirurgien de ceste ville, que nous avons commis à
« ceste fin, pour examiner si le tout est bien de la qualité requise ».
Les vacations de Mayault étaient fixées dans l'ordonnance à la
somme de 3 livres 4 sols.

Cette ordonnance allait devenir une arme entre les
mains des apothicaires et leur permettre d'engager de
nombreux procès contre leurs rivaux.

En 1670 (1), nous retrouvons un conflit entre les chirurgiens et les apothicaires et, sur la plainte de ces
derniers, une condamnation fut prononcée pour déli-
vrance illégale de remèdes.

En juin 1671 (2), les maîtres-gardes de la Communauté
intentèrent un procès contre le chirurgien « Etienne Gaul-
« tier, qui prépare, vend et fournit toutes sortes de com-
« positions aux marchands qui envoient des vaisseaux sur
« mer, ce qui est au préjudice des statuts de la Commu-
« nauté des apothicaires et du public, attendu l'incapacité
« dudit Gaultier ». Ils demandèrent aux juges de la police
de se transporter avec le greffier dans la maison de ce dernier, pour y voir des coffres et les saisir.

La visite chez Gaultier eut lieu le 26 juin et l'on trouva
35 pots de faïence, contenant « egyptiac, teryaque, casto-
« reum, althea, conserve de roses, miel, cristal minéral,
« capsicum, sang de dragon, onguent rosat, conserve al-
« kermès, confection d'hyacinthe, catolicum, emplâtre
« diapalme, diachylon, vigo, esprit de vitriol, esprit de
« souffre, essence d'anis, huile de camomille, huile de
« mélilot, syrop de pavots rouges, syrop d'absynthe, eau
« de plantain, huile de laurier. » Dans l'arrière-boutique
se trouvait un réfrigérant, un mortier et son pilon, un
fourneau. Plusieurs des remèdes étaient de mauvaise qualité et mal préparés.

Le procès ne traîna pas en longueur et le lendemain

---

(1) Arch. de La Rochelle. Reg. de Police.
(2) Arch. Hôtel de Ville.

27 juin, une condamnation fut prononcée contre le chirurgien délinquant. Ses remèdes furent en outre confisqués
au profit de la Communauté pharmaceutique.

Le 23 septembre 1694 (1) les maîtres-gardes Cheureau et
Brochard adressaient aux « Juges-magistrats » une nouvelle
plainte contre un chirurgien, Rouël de Chateauneuf, expo-
sant que des « personnes étrangères à leur profession font
« des coffres de médicaments pour envoyer aux colonies »
et demandant que les juges voulussent bien se rendre
avec eux chez ces particuliers pour y faire les constata-
tions nécessaires. Il en fut ainsi ordonné et une descente
de police eut lieu chez Rouël de Chateauneuf. On y découvrit des coffres et on les saisit, malgré les protestations et
les raisons invoquées par ce dernier, puis les magistrats nommèrent deux experts, les apothicaires Elie Seignette et Laborde, pour examiner le contenu de ces coffres
et donner leur avis sur la valeur des médicaments qu'ils
contenaient.

Seignette et Laborde remirent le 30 octobre 1694 (2) le
rapport suivant :

« ..... avons trouvé que
« La thériaque est défectueuse, estant vieillie et de mauvaise
« qualité.
« Le mithridat est une vieille composition, si peu aromatique
« qu'on ne peut pas dire qu'elle soit bonne.
« La confection de hyacinte n'est ny de la couleur, ny de la
« consistance, ny de l'odeur, ny du goust qu'elle doit avoir.
« Le laudanum n'a ny le goust, ny l'odeur, ny la couleur du
« laudanum opiaticum, ny de l'extrait d'opium, de sorte qu'on ne
« peut s'en servir sûrement.
« La conserve chynorraudon est très mal conditionnée, elle
« boulionne et est d'un rouge passé et a des grumiaux comme s'il
« y avoit des parties grossières, au lieu qu'elle ne boulionne ja-

---

(1) Arch. Hôtel de Ville.
(2) Arch. Hôtel de Ville.

« mais, qu'elle doit estre d'un rouge obscur et d'une consistance
« fort lisse.

« Tous les sirops, à la réserve de celuy de chicorée composé
« sont de mauvaise qualité, sont descuits, boulionnent et com-
« mencent à s'aigrir, particulièrement celuy de pavot blanc, qui
« boulionne beaucoup et est extrêmement descuit et aigre.

« Le coral rouge ou trochisant est très mal préparé, il est si
« grossier que non seulement on le remarque estant sous les dents,
« mais mèsme entre les doigts. .

« Le sublimé doux laisse une mauvaise impression sur la langue
« si on l'y laisse quelque temps, qui fait congnoistre qu'il n'est
« pas assez dulcifié et ne doit pas estre administré intérieurement.

« Le précipité rouge de mercure n'en est point du tout. C'est
« du minium, qui est une préparation de plomb, qui ne peut
« servir aux mesmes usages, estant fort opposé au précipité.

« L'emplastre de Diapalme est extrêmement vieux, de sorte qu'il
« se pouvoit mettre en poudre et n'est pas de bonne consistance...

« L'emplastre de Bronica (Brionica ?) est fort mauvaise, pleine
« de grumiaux, fort dure et d'une autre couleur que la ditte em-
« plastre. L'extérieur est en verd et le dedans ne l'est pas, ce qui
« fait croire que c'est une vieille emplastre remalaxée à laquelle
« on a ajouté du verd-de-gris, qui est fort opposé aux usages
« qu'on en fait.

« La confection d'alkermès paraît n'estre que du syrop de
« kermes avec quelque poudre, sauf or, ny argent, ny musc, ny
« autre et n'a pas la consistance qu'elle doit avoir. »

Ce rapport sévère ne pouvait que valoir au chirurgien
poursuivi un juste condamnation. Elle lui fut infligée le
15 décembre 1694 (1), en ordonnant que « lesdits remè-
« des et médicaments qui sont de qualité deffectueuse,
« seront rejettés en notre présence et celle du Procureur du
« Roy, avec défense, au dit Chateauneuf, de plus à l'ave-
« nir faire ny débiter aucunes drogues ny médicamens
« en cette ville, à peine de 100 livres d'amende. » Et le
22 décembre 1694 (2), « sur les dix heures du matin »,

_____

(1) Archives de l'Hôtel de Ville. Police.
(2) Archives de l'Hôtel de Ville. Police.

Rouël de Chateauneuf se présentait à la Sénéchaussée, où, par devant Guillaume Sibille, sieur de Millau, Conseiller du Roy, on lui rendit le coffre vide de tous les produits, qui furent confisqués et détruits.

Le résultat de ce procès n'eut aucun effet sur le délinquant et nous voyons en 1696 (1), les maîtres-gardes Brochard et Cheureau poursuivre à nouveau le chirurgien Rouël de Chateauneuf (2) et le faire condamner à 5o livres d'amende.

Un troisième procès fut intenté le 3o mai 1698 (3) à cet incorrigible chirurgien par les maîtres-gardes de la Communauté des apothicaires. Sur requête adressée à « Monsieur le Maire et à Messieurs les Eschevins », une visite fut faite en la maison du sieur Chateauneuf, qui, « enfreint constamment la défense faite à tous les chirur- « giens de vendre, débiter, fournir ny composer aucun « remède » et, malgré ses protestations, l'on mit sous scellés un coffre contenant :

« Une livre confection d'alkermès, une livre confection « d'hyacinte, une livre quatre onces de thériaque, une livre « de castoreum fin, une livre conserve de quinorrhodon, « une livre de miel, une livre de diaprun, douze onces de « mundissicatif, douze onces de dessicatif rouge, douze « onces de térébenthine fine, douze onces d'althæa, huit « onces d'album, une demi-livre de suppuratif, douze « onces de rosat, douze onces de baume d'arceus, esprit « de gemme de térébenthine, quatre livres de diapalme, « laudanum, scamonée, vésicatoire, antimoine diaphoréti- « que, mercure, corne de cerf, tartre soluble, précipité « rouge. »

---

(1) Archives de l'Hôtel de Ville. Police.

(2) Rouël de Chateauneuf avait été nommé chirurgien-major des troupes et une maison lui avait été accordée au « bout de la ville pour loger, panser et médica- « menter les soldats atteints de maladie vénérienne. » (Arch. du Présidial de La Rochelle. B. 1619).

(3) Archives de l'Hôtel de Ville. Police.

Nous n'avons pas trouvé, au cours de nos recherches, les pièces mentionnant l'épilogue de ce procès, mais il est vraisemblable que les apothicaires durent obtenir une nouvelle condamnation contre le chirurgien Rouël de Chateauneuf. Elle ne produisit, d'ailleurs, pas plus d'effet que les précédentes, puisque nous retrouvons encore Chateauneuf aux prises avec la Communauté pharmaceutique en l'année 1701 (1). Des coffres contenant des médicaments furent découverts chez lui et, malgré la protestation de Chateauneuf, alléguant qu'en sa qualité de « chirurgien-major de cette ville, il lui est permis d'avoir remèdes pour soigner les soldats », ces remèdes furent mis sous scellés et déposés « dans une maison voisine, « où pend pour enseigne : à la Côte de St-Domingue », pour y être examinés par gens de connaissance nommés à cet effet. Le 17 septembre 1704 (2), le jugement fut rendu et, devant les récidives de Rouël de Chateauneuf, il condamna ce chirurgien à 150 livres d'amende et à la confiscation des 2 coffres au profit de l'Hôpital général de cette ville, avec « défense de plus à l'avenir récidiver, vendre « donner ou débiter, ni faire commerce pour ailleurs « d'anciennes drogues préparées, poudres, syrops, pillules, « eaux, essences, onguens ou autres remèdes dépendant « dudit art de pharmacie. » Rouël fit appel, mais la condamnation fut confirmée le 20 juin 1705 (3). Nous ne trouvons dès lors plus trace de ce chirurgien dans les procès engagés par les apothicaires. Ceux-ci n'allaient d'ailleurs pas être toujours aussi heureux dans leurs revendications.

En juillet 1718 (4) les maîtres gardes de la Communauté, Jean Goujaud et Daniel Guynot, faisaient dresser

(1) Arch. Hôtel de Ville.
(2) Arch. Hôtel de Ville.
(3) Arch. Hôtel de Ville.
(4) Arch. Hôtel de Ville.

un procès-verbal, constatant la présence chez un voiturier arrivant de Niort, de drogues destinées à un chirurgien nommé Beauregard. Celui-ci fut poursuivi par les maîtres rochelais, qui avaient intercepté une lettre contenant deux factures, adressée à Beauregard par un apothicaire de Niort. Ils se plaignaient d'une entente entre Beauregard et Baptiste Broussel, chirurgien sur le « vaisseau porte-galères », pour la revente des drogues expédiées, dont ils se partageaient les bénéfices. Le jugement, rendu le 28 juin 1719 (1), débouta de leur demande les maîtres-gardes de la Communauté avec défense d'intercepter les lettres adressées à leur adversaire et obligation de restituer les médicaments saisis.

Les empiètements des chirurgiens sur les attributions des apothicaires étaient extrêmement fréquents à cette époque, non seulement à La Rochelle, mais dans tout le royaume de France. Aussi voyons-nous les Communautés pharmaceutiques porter plus haut leurs revendications et s'efforcer d'obtenir du pouvoir royal lui-même, un règlement efficace pour la protection de leurs droits. C'est ainsi qu'en 1671 fut rendu un « arrest notable » de la Cour du Parlement, portant règlement entre les « chirurgiens et les apothicaires » (2), conséquence d'un procès entre les deux corporations de la ville de Tours. Mais, comme malgré ce règlement, les infractions continuaient, le roi Louis XIV, saisi de plusieurs plaintes, fit publier un arrêt du Conseil d'État du 20 juin 1724 par lequel étaient nettement délimités les droits et les devoirs des deux professions (3).

Nous allons montrer comment les apothicaires rochelais, forts de cette intervention suprême, surent obtenir à leur tour une sentence royale contre les chirurgiens de leur ville.

---

(1) Arch. Hôtel de Ville. Police.
(2) Arch. Hôtel de Ville. Police.
(3) Arch. Hôtel de Ville. Police.

Ils intentèrent un procès en 1737 (1) à Jean Maumont-Laborie, maître chirurgien et citèrent solidairement la « Communauté des Maîtres-Chirurgiens de cette ville et « dépendances assignés en la personne du sieur Venet, « prévôt en exercice. » Le jugement de ce procès fut rendu le 23 janvier 1737 (2). Il commençait par fixer les droits des deux parties dans les termes suivants :

« Défense (aux chirurgiens) de plus, à l'avenir, compo-« ser, vendre ni débiter aucuns remèdes, tant chimiques « que galéniques, simples et composés ; potions laxatives « altératives ou confortatives, juleps, syrops, pilules, opia-« tes et autres remèdes, dont la composition et la vente « sont privativement attribuées auxdits maîtres apothi-« caires ; sauf ceux nécessaires pour traiter les maladies « vénériennes ou secrètes, ensemble les tumeurs, playes, « ulcères, fractures ou luxations, tant par opération de la « main que par application des remèdes extérieurs ; a « l'effet de quoy, pourra (le chirurgien) avoir seulement et « tenir chez lui cautères, emplastres, onguens, linimens, « baumes et poudres convenables ausdites opérations, « sans toutefois qu'il puisse les vendre, ny débiter autre-« ment ; ...... tous lesquels remèdes il sera permis aus-« dits maîtres apothicaires d'avoir et tenir dans leurs « boutiques, pour les vendre et débiter au public...... leur « avons fait deffence (aux apothicaires) de leur consente-« ment, d'entreprendre sur l'art et profession desdits maî-« tres-chirurgiens et de faire aucune opération chirurgi-« calle ». La condamnation suivait ces lignes, infligeant le paiement des dépens à la Communauté des Chirurgiens et à Maumont-Laborie.

Satisfaits de cette sentence, qui précisait avec détails les droits de chacun, les apothicaires rochelais transmirent le jugement, ainsi que ceux précédemment rendus en leur faveur, à la Cour du Parlement, et obtinrent du

---

(1) Arch. Hôtel de Ville. Police.
(2) Id.

roi un arrêt confirmatif le 10 mars 1738 (1). Ce très intéressant document fut imprimé sous le titre suivant :

« Sentence de police de La Rochelle et arrest confirma-
« tif du Parlement de Paris, portant règlement entre les
« maîtres apothicaires et les maîtres chirurgiens de la
« ville de La Rochelle, des quinzième janvier 1737 et 10
« mars 1738. »

L'arrêt définitif fut signifié « au sieur Laborie et à la
« Communauté des Maîtres-Chirurgiens en la personne
« du sieur Toutant de Beauregard, lieutenant du premier
« chirurgien du Roy », le 5 avril 1738.

Le succès remporté par les apothicaires, dans la lutte
ardente qui mit aux prises les deux corporations, aurait
dû, semble-t-il, enrayer à jamais les empiètements des
chirurgiens. Il n'en fut rien, et nous trouvons encore, dans les pièces de procédure des archives de l'Hôtel
de Ville, quelques documents sur ce sujet.

Après l'obtention de l'arrêt du Parlement, la Communauté rochelaise s'était réunie et avait pris d'im-
portantes décisions pour empêcher l'exercice de la
pharmacie par les chirurgiens. De ces décisions, résul-
tait pour tous les membres, la défense de vendre,
donner ou fournir aux maîtres-chirurgiens ou à
leurs garçons, « sauf dans les maladies vénériennes ou
« secrètes, ou pour les plaies, fractures, luxations, tu-
« meurs ou autres maladies externes, ou enfin pour leur
« personne même, leurs femmes, enfants, domestiques
« ou pensionnaires, aucunes médecines, potions, opiattes,
« sirops, loochs, apozèmes et autres remèdes semblables,
« dépendant de la pharmacie, pour les administrer et
« fournir aux malades, soit qu'ils soient ordonnés par les
« médecins ou que les chirurgiens les voulussent faire
« faire de leur idée ». Il n'était même pas permis « à au-

(1) Archives Hôtel de Ville.

« cun des maîtres apothicaires, à leurs veuves privilégiées
« et associés, de porter eux-mêmes ou d'envoyer par
« leurs garçons, chez les malades, aucuns des remèdes
« cy-dessus spécifiés, pour le compte en total ou en partie
« desdits chirurgiens. Que s'il arrivoit que quelqu'un fust
« découvert pour avoir, avec les chirurgiens, quelque
« intelligence secrète, pour fournir aux malades dépen-
« dant de la pharmacie, pour le compte en tout ou en
« partie desdits chirurgiens, quelque remède dépendant
« dudit art de la pharmacie et non des chirurgiens cy-
« dessus expliquées, et qu'il prestât son nom ou son mi-
« nistère auxdits chirurgiens ou les facilitte sous quelque
« prétexte que ce soit, pour contrevenir à leurs statuts et
« règlements ou au présent acte, il seroit poursuivi contre
« luy au nom et aux frais de la Communauté (1).

Cette délibération corporative montre que certains
maîtres dans un but de lucre évident, s'entendaient
avec des chirurgiens, et c'est pour ce motif que
furent poursuivis, en 1740, le chirurgien Lassalle et le
maître apothicaire François Chambault. Ce dernier était
accusé d'avoir fourni au chirurgien des médicaments rele-
vant exclusivement de la pharmacie. Les faits litigieux ne
parurent sans doute pas très bien établis aux magistrats,
car, dans une première sentence datée du 30 juin 1740, ils
obligèrent « ledit Lassalle à se purger par serment » qu'il
n'avait composé ni administré les remèdes. Mais les apothicaires répliquèrent et firent entendre le témoin Mangou
et sa femme, précisant que Lassalle « a fourni à la femme
« du nommé Mangou, aubergiste en cette ville, une mé-
« decine, plusieurs prises d'opiates purgatives et cordial-
« les et neuf prises d'opiates fébrifuges, pour une fièvre
« tierce qu'elle avoit et une oppression de poitrine. » Un
jugement définitif du 15 juillet 1740 défendit au chirurgien

(1) Procès de la Commun. des Apoth. contre le chirurgien Lassalle et l'apoth.
Chambault. Concl. des Apoth., 1740. Arch. de l'Hôtel de Ville.

d'empiéter sur les droits des apothicaires et de délivrer des « remèdes de pharmacie ». Pour tous dommages-
intérêts, il fut condamné aux dépens du procès. Quant à
l'apothicaire Chambault, il se tira indemne de cette affaire,
dans laquelle la Communauté semblait cependant intervenir énergiquement contre lui (1).

La condamnation de Lasalle valut aux apothicaires rochelais un nouvel arrêt confirmatif du Parlement de Paris,
daté de 1744 (2).

En cette même année 1744 (3), un autre procès fut intenté à deux chirurgiens, pour avoir « administré et composé des remèdes concernant la pharmacie». L'un, Michel
Cougnon, fut condamné à 90 livres de dommages-intérêts,
l'autre, nommé Hugon, se vit infliger une amende de 150
livres. En 1750, une nouvelle plainte fut déposée par les
maîtres-gardes de la Communauté, contre Toutant de
Beauregard et Jouaneau (4). Le procès qui en résulta dura
quinze mois et on voit, tout au long des dépositions de
nombreux témoins, combien les relations étaient tendues
entre les deux corporations rivales. Le jugement fut rendu
en septembre 1751 (5) : il acquittait Jouaneau dont la
culpabilité n'avait pu être établie, mais condamnait Beauregard. En 1753 (6), deux procès mirent à nouveau face
à face les adversaires : dans l'un, les apothicaires eurent
nettement le dessous, tous les témoins cités ayant été
favorables aux chirurgiens. L'autre procès fut plus heureux pour les demandeurs, qui obtinrent la condamnation
du chirurgien Lavienne.

Nos documents sur les relations entre les anciennes
communautés des apothicaires et des chirurgiens roche-

---

(1) Archives de l'Hôtel de Ville de La Rochelle.
(2) Archives de l'Hôtel de Ville de La Rochelle.
(3) Archives de l'Hôtel de Ville de La Rochelle.
(4) Archives de l'Hôtel de Ville.
(5) Archives de l'Hôtel de Ville.
(6) Archives de l'Hôtel de Ville.

lais s'arrêtent à cette époque. Après avoir, pendant plus d'un siècle, lutté ardemment contre les barbiers-chirurgiens et soutenu, jusqu'auprès du Roi, la défense de leurs attributions, les apothicaires allaient voir leurs rivaux se séparer d'eux et dans un effort de montée, se rapprocher peu à peu des médecins, à l'évolution scientifique desquels ils devaient rester bientôt définitivement mêlés (1).

---

(1) L'importance de la Communauté des Maîtres-Chirurgiens rochelais était telle à la fin du XVIIIe siècle, qu'il fut fondé par ses soins, dans notre ville, une école publique de chirurgie, sur laquelle le journal des « Annonces, Affiches et Avis divers de la Généralité de La Rochelle », donne les renseignements suivants (22 novembre 1776) :

ÉCOLE PUBLIQUE DE CHIRURGIE

Les maîtres en chirurgie de cette ville feront désormais tous les ans, à commencer de cette année, un cour complet de chirurgie dans leur salle de Saint-Côme dans l'ordre suivant :

Un cour d'ostéologie, qui commencera aux premiers jours de novembre par le sieur Gabaude.

Un cours d'anatomie, aux premiers jours de décembre, par le sieur Goujaud maître ès-arts.

Un cours d'opérations, dans les premiers jours de février, par le sieur Salmon.

Un cours des principes, dans les premiers jours d'avril, savoir : le cours de physiologie et hygiène, par le sieur Goujaud ; celui de pathologie, par le sieur Salmon ; celui de thérapeutique, par le sieur Toutant Beauregard, maître ès-arts.

Un cours des maladies des os, aux premiers jours de juillet, par le sieur Gabaude.

Enfin, un cours d'accouchemens, dans les premiers jours d'août, par le sieur Toutant-Beauregard.

M. Jallan, maître ès-arts, professeur et démonstrateur adjoint, remplira la première place vacante.

L'ouverture de ce cours a été honorée de la présence de Monseigneur l'Intendant ; elle a été faite le jeudi 14 de ce mois par le sieur Gabaude, qui a prononcé un discours anologue à la circonstance. Il continue ses démonstrations tous les lundi, mercredi et vendredi, à trois heures précises (Bibl. de La Rochelle, n° 3407).

CHAPITRE VII

Les Médecins et les Apothicaires.

NDRÉ-Pontier, dans son intéressante histoire de la Pharmacie, a longuement exposé les diverses phases de la lutte très vive qui mit aux prises, à Paris, la Faculté de Médecine et les Apothicaires de jadis, contre lesquels s'exerça, pendant longtemps, la verve sarcastique de ce Juvénal des Apothicaires, le fameux médecin Gui Patin. Notre confrère Baudot, l'historiographe de la Pharmacie en Bourgogne, en relatant le curieux plaidoyer de 1605 au Parlement de Bourgogne, nous a fait connaître tous les détails de cette rivalité traditionnelle, dont les pamphlets échangés entre Lisset-Benancio et Pierre Braillier (1), furent une des premières manifestations publiques.

(1) Déclaration des abuz et tromperies que font les apothicaires, fort utiles et nécessaires à ung chacun studieux et curieux de la santé, par maistre Lisset-Benancio, médecin à Fontenay-le-Comte (1557). Déclaration des abus et ignorances des médecins, œuvre très profitable à ung chacun studieux et curieux de sa santé, par Pierre Braillier, marchand-apothicaire à Lyon, pour réponse contre Lisset-Benancio (Lyon, 1557.)

Dans toute la France, on a trouvé les traces de cette lutte et de cette rivalité, dans laquelle apparaît manifestement le désir pour les médecins, de soumettre les apothicaires à leur influence. Cependant, on ne constate généralement pas dans leurs querelles cette procédure abondante qui appuyait toujours les revendications des apothicaires contre les chirurgiens. Les plaintes de la Faculté sont, la plupart du temps, basées sur des questions de préséance et d'ailleurs, dans l'ordre social, les médecins occupaient un rang plus élevé que les apothicaires.

Nous n'avons pas trouvé, parmi les documents se rattachant à l'histoire des pharmaciens rochelais, un seul exemple de procès entre leur Communauté et le Collège Royal de Médecine de La Rochelle.

Sur les plaintes et doléances des Etats-Généraux assemblés à Blois en novembre 1576, Henri III rendit une ordonnance prescrivant que : « Ne sera reçu aucun maître « apothicaire es-ville où il y aura Université, que les doc- « teurs régens en médecine n'ayent esté présents aux « actes et examens et ne l'ayent approuvé, aussi en leur « présence seront visitées deux fois l'an les boutiques des « apothicaires (1).

Cette ordonnance qui consacrait formellement l'autorité des médecins sur nos ancêtres professionnels, n'eut cependant aucune sanction dans les statuts rochelais de 1601 ; nous ne voyons, en effet, figurer les médecins qu'à l'examen final de la réception, et non au cours des autres épreuves. Quant aux articles ayant trait à la visite des boutiques, ils ne leur confèrent pas non plus à cette époque le droit d'y prendre part, et les fonctions d'inspecteurs ne furent attribuées aux médecins que dans les statuts de 1678 (2).

---

(1) Isambert.
(2) Article 8.

Les médecins de La Rochelle ayant obtenu du roi l'approbation du Collège Royal qu'ils fondèrent en 1681, un concordat fut passé en cette même année entre le nouveau Collège et la Communauté des apothicaires (1). Ce concordat établissait les prérogatives des médecins, fixait les règles protocolaires suivant lesquelles le doyen devait être invité aux examens d'honneur des maîtres apothicaires et la somme (32 livres) à payer pour « droits de séance et de présence » aux actes de la maîtrise. Interdiction était faite aux apothicaires de se livrer à l'exercice de la médecine, ce qui était très ouvertement pratiqué, dans les campagnes surtout.

Les membres du Collège Royal s'efforcèrent sans doute de conserver intactes toutes ces prérogatives et d'assurer leurs droits sur la Communauté pharmaceutique, mais nos apothicaires semblent n'avoir jamais voulu accepter de leur plein gré, les clauses de ce concordat, et si pendant un certain temps ils s'y soumirent, nous allons les voir s'efforcer de conquérir la liberté absolue qui semblait indispensable à leur dignité.

Jusqu'en 1757, les pièces de réception des maîtres apothicaires que nous avons trouvées, n'offrent rien de particulier sur la présence des médecins aux examens. Ils y assistent régulièrement et ne font pas d'observations spéciales. Le 21 juin 1757, l'apothicaire Magre se présente à la « Chambre du Conseil du Palais-Royal », pour y subir la dernière formalité de l'admission : l'examen d'honneur. Il fait constater au Lieutenant général de Police qu'il a régulièrement convoqué les médecins et les maîtres de la Communauté, à l'effet de procéder ce jour-là à sa réception. Les maîtres apothicaires se rendent seuls à la convocation, les médecins font défaut et le procès-verbal relate qu'après les avoir vainement attendus pendant une

---

(1) Archives de l'Hôtel de Ville, actes de réception des maîtres apothicaires.

heure, il est passé outre et procédé à l'admission du candidat (1).

Le même fait se reproduit à l'examen de l'apothicaire Collonier, le 14 janvier 1760 (2).

En août 1763, le syndic du Collège Royal de médecine, Destrapierre, assiste à la réception de Goujaud (3). Il n'y fait aucune observation, mais les relations sont déjà fort tendues entre médecins et apothicaires et le conflit éclate lors de l'examen public de Joseph Nadau, en mai 1766 (4). Au cours de cette cérémonie, le doyen des médecins déclare que, depuis quelque temps, « les « apothicaires affectent de se soustraire au concordat de « 1681 d'une manière aussi indécente qu'incivile, qu'ils « n'ont été invités à l'examen de Nadau que par l'aspirant « seulement, alors que, par sentence de ce siège, ils de- « vaient être invités par l'aspirant et son conducteur. » Il ajoute que les droits d'examen n'ont pas été payés au Collège de Médecine. Enfin, pour terminer cette protestation, il requiert « qu'il soit défendu aux apothicaires et « à leurs garçons d'exercer la médecine ainsi qu'ils le « font journellement, et que les visites des boutiques « soient faites régulièrement deux fois par an. »

Devant ce vigoureux réquisitoire, les apothicaires ne pouvaient s'incliner et l'un des maîtres-gardes, Jambu, oppose « qu'ils se réservent de répondre en temps et lieu, « faisant toutes protestations et ne signant que par égard « et pour ne pas retarder la réception de Nadau. »

Le 13 août 1768 (5), à l'examen de François Bourdin, le médecin Dupuy recommence l'attaque. Il déclare que dans

---

(1) Archives de l'Hôtel de Ville.
(2) Archives de l'Hôtel de Ville
(3) Archives de l'Hôtel de Ville.
(4) Archives de l'Hôtel de Ville.
(5) Archives de l'Hôtel de Ville.

les villes de Lyon, Orléans, Marseille, où il y a « Faculté
ou Collège de Médecine », les « médecins sont dans
« l'usage de nommer des députés pour présider aux exa-
« mens des aspirants à la maîtrise de Pharmacie, les
« interroger et les présenter au serment, ce pourquoy il
« est dû des droits et émoluments ; que les médecins de
« La Rochelle ayant été érigés en Collège, ils doivent
« jouir des mêmes avantages ». Il demande en outre
« qu'il soit exprimé dans la forme du serment que l'aspi-
« rant doit prêter, qu'il ne s'immiscera en l'exercice de la
« médecine, sous quelque prétexte que ce soit, qu'il sera
« sédentaire en sa boutique pour éviter les quiproquos (1)
« et qu'il ne délivrera médicamens soit simples, soit com-
« posés, encore moins de poisons ou drogues réputées
« telles, sans ordonnances de médecin. »

Les apothicaires s'opposent à nouveau à ces prétentions
et répondent : « Que l'on ne suivra point en cette ville
« l'usage des villes de Marseille, Lyon, Orléans et qu'ils
« s'en tiennent au surplus à leurs statuts et règlements,
« conformément aux précédentes réceptions qui y ont été
« faites, que quant aux droits que les médecins préten-
« dent leur être dus, il y a eu un jugement de ce siège en
« 1752 qui les a déboutés de leurs prétentions à cet
« égard. »

Nous retrouvons la même protestation des médecins, la
même attitude des apothicaires dans divers procès-verbaux
d'examens d'honneur que nous avons examinés : ceux de
Dominique Liège (1777), de Nadau (1780), de Robert
(1783), de Courjarret (1784).

Le Collège Royal ne reçut jamais satisfaction de la Communauté des maîtres apothicaires rochelais, qui manifes-
taient vis-à-vis de la « Faculté » une indépendance d'allures

---

(1) Archives de l'Hôtel de Ville.

dont il est peu d'exemples dans l'histoire de notre profession.

En ce qui concerne la présence des médecins à l'inspection des apothicaireries, nous avons dit que les statuts de 1601 ne leur accordaient sur ce point aucune prérogative et qu'il fallait arriver aux statuts additionnels de 1678 pour voir le corps médical représenté dans la Commission chargée des visites. Mais bien avant cette date, les médecins rochelais assistaient officiellement les maîtres-gardes dans l'inspection annuelle des pharmacies.

Nous avons d'ailleurs trouvé, dans un procès-verbal de 1655 (1), que les médecins de la ville s'étaient assemblés pour dresser un « Catalogue des eaux, drogues, médicamens et compositions » que les apothicaires étaient « tenus d'avoir indispensablement en leurs boutiques. »

Dans son ouvrage sur la Pharmacie en Poitou, M. Rambaud signale que, dès 1586, les médecins de la ville de Poitiers demandaient à faire partie du jury d'inspection et voyaient leur demande acceptée en 1588. A Niort, Thouars, Saint-Maixent, Parthenay, les mêmes droits étaient conférés aux docteurs.

Ceux de La Rochelle les réclamèrent-ils à leur tour ?

Aucune preuve de leurs revendications ne nous est fournie, mais en 1655 (2), un procès-verbal de visite mentionne la présence du médecin Jean Marchand dans la Commission qui inspecte ; en 1656 (3), un procès-verbal signale deux médecins ; en 1662 (4), un seul est mentionné.

Leur rôle semble bien effacé dans ces procès-verbaux

---

(1) Archives de l'Hôtel de Ville.
(2) Archives de l'Hôtel de Ville. Procès-verbal de visite des boutiques d'apothicaires.
(3) Arch. de l'Hôtel de Ville.
(4) Id.

où ne figurent que des observations faites par les maîtres-gardes de la Communauté des apothicaires.

Par contre, au XVIIIᵉ siècle, et très vraisemblablement depuis la fondation du Collège de médecine, l'autorité de ses membres semble s'être considérablement affermie dans l'inspection des officines. Nous en trouvons un exemple dans un procès-verbal de mai 1764 (1), qui relate les visites faites chez les différents apothicaires de notre ville par le Lieutenant général de Police, assisté de Jambu et Michel Goujaud, gardes de la Communauté, et des médecins Destrapierre et Dupuy. Le document rapporte seulement deux observations de Jambu et de Goujaud. Il n'en est pas de même pour les médecins, qui font remarquer à l'apothicaire Collonier (reçu maître en 1760) « qu'à « l'égard de certaines résines formées en biscotins purga- « tifs, ils avaient eu de mauvaises suites et peuvent encore « en avoir ». Ils lui enjoignent de « n'être pas si prompt « dans la distribution de ladite résine ou biscotin » et lui défendent « d'en distribuer sans l'ordonnance des méde- « cins, sous les peines de droit. » Chez Nadau, les médecins présentent des observations sur la nomenclature des drogues, priant l'apothicaire de ne plus « les dépaïser » et de se conformer à la nomenclature admise. Le même reproche est adressé à Hyacinthe Magre.

Enfin, les médecins ne se contentaient pas d'exercer un contrôle sur les médicaments, ils vérifiaient encore les ordonnances remises aux maîtres-apothicaires, dans le but d'y relever les infractions commises à l'égard du Collège de médecine par les chirurgiens. C'est ainsi qu'au cours de l'inspection de 1764, les médecins trouvèrent chez Goujaud deux ordonnances « formées en caractère de « médecine et signées par Rives, chirurgien de cette ville, « qu'ils ont ostées dudit crochet, saisies et requis qu'il « nous plut de parapher et en ordonner le dépôt à notre

---

(1) Archives de l'Hôtel de Ville.

« greffe, avec protestation de se pourvoir contre ledit
« Rives. » Une troisième ordonnance fut, dans les mêmes
conditions, saisie chez l'apothicaire Magre (1).

Quelques autres procès-verbaux de visite, demeurés
jusqu'à nos jours, mentionnent les mêmes remarques ou
des incidents analogues, montrant que, vis-à-vis de la
Communauté des Apothicaires, le Collège Royal de médecine tenait à affirmer sa prépondérance.

Mais il était des questions sur lesquelles l'accord se faisait entre eux, ainsi que nous le révèlent les « Affiches et
Avis Divers de la Généralité », où nous trouvons, au 3
mars 1775, la note suivante :

« Les Doyen, syndic et agrégé du Collège Royal de
« Médecine de cette ville, annoncent que, conformément
« à leurs statuts, ils continueront d'assister gratuitement
« de leurs conseils, les pauvres malades. Ils s'assembleront
« désormais à cet effet, chez M. le Doyen dudit Collège.

« La Communauté des apothicaires, dont la bienfai-
» sance et le désintéressement sont connus, a fait savoir
« à Monsieur le Syndic, par le premier maître-garde,

---

(1) A titre documentaire, voici le libellé de ces ordonnances :
Séné, gros ii — Manne, once ii — Poudre idragogne, XXV grains.
Sel végétal, gros ii.
Pour une vairée de potion, pour un rafineur chez M. de Bossé.
    4 avril 1764.   Signé : Rives.

* *

Casse, un bâton ; Rubarbe, un gros ; Manne, once i ; Jalap en poudre,
20 grains ; Sel végétal, gros ii.
Pour une vairée de potion purgative.
Pour Madame Boidon.
    Ce 18 mars 1764.   Signé : Rives.

* *

Kinquinad, once i — Sel armoniac, gros i — Incorporés le tout avec sirop de
pêché. Le tout pour huit prises d'aupiate, dans les deux premières prises joue-
gnés rubarbe, grosse 3, poudre idragogne XX grains.
Pour Monsieur de Bocé.
Marqués les deux dernières prises.
    Ce 4 avril 1764.   Signé : Rives.

« qu'elle était prête à exécuter toutes les ordonnances
« émanées dudit Collège, les jours qu'ils tiendraient les
« dites assemblées, pourvu que les porteurs d'ordonnan-
« ces apportent la preuve de leur indigence.

« MM. les Curés sont priés d'en avertir leurs parois-
« siens et de certifier quels sont ceux qui sont dans le cas
« de recourir à ces soins gratuits. »

La charité et la bienfaisance étaient le terrain sur lequel
se trouvaient unis les médecins et les apothicaires rochelais.

CHAPITRE VIII

Apothicaires et Epiciers.
L'exercice illégal de la Pharmacie.
Droguistes, Colporteurs, Charlatans.

———

VANT les statuts de 1601 qui fixèrent définitive-
ment dans notre ville, les attributions et les
devoirs des apothicaires, la profession pharmaceutique était confondue avec l'épicerie. Il
en était d'ailleurs ainsi dans toute la France, et à Paris même,
où la confusion entre les espiciers-apothicaires et les mar-
chands-espiciers, persista jusqu'à la fin du XVIIIᵉ siècle.

A La Rochelle, nous ne trouvons pas de corporation
d'épiciers simples et ce commerce resta libre jusqu'à l'édit
de 1777, qui provoqua la formation d'une Communauté et
de Statuts dont nous parlerons plus loin. Le règlement de
1601, après une période de désordre et de confusion, distingua donc d'une façon très nette la profession de phar-

macien, mais ceux qui l'exerçaient n'en continuèrent pas moins à vendre, en raison d'habitudes fort anciennes, certaines drogues et divers produits d'épicerie qui ne sont plus aujourd'hui du domaine pharmaceutique.

Les statuts de 1601 consacrèrent ces habitudes aux articles 28, 33, 34, 35, et indiquèrent que les maîtres-regardes chargés de l'inspection « visiteront aussy toutes autres « choses, ouvrages et marchandises dont les appotiquaires « ont accoustumé d'uzer, comme confitures, dragées, « chandelles de cire et bougies, huiles... et que le tout « soit de bonté qu'il appartient... »

Plus loin il fut défendu aux maîtres « de faire aulcune « confiture ni d'icelle tenir et vendre, qui soient en aucune « façon sophistiquées et faites que de bon sucre et de bon « fruict, comme aussy pareillement sophistiquer et mesler « les espisseries de choses mauvaises et qui ne sont pas « de l'épice..... et pour le regard de l'ouvrage de cire, « comme chandelle, bougie et barillets, les feront de « bonne cire neufve, sans qu'il leur soit permis d'en mes- « ler de vieille qui ait servi, que un quard seulement au « plus pour le leignement (1)..... Comme pareillement « leur est deffendu de mesler aux torches et flambeaux « qu'on porte par les rues que le quard de rousine au plus « et pour ceux de la table seront de cire pure sans au- « cune rousine ni autre chose qui en puisse amoindrir la « bonté ».

En dehors des apothicaires, le commerce de ces produits était fait concurremment par les marchands droguistes, les épiciers, les ciriers et les confiseurs qui n'étaient pas réunis en Communauté. La liberté de ce commerce existait donc, mais elle cessa après la publication de l'édit de 1777, et les épiciers, confiseurs, droguistes et ciriers, fusionnèrent pour l'élaboration d'un règlement commun.

Le projet de règlement fut soumis à l'Intendant de la

(1) Mèche.

Généralité en 1785 (1), et parmi ses différents articles, nous retiendrons seulement le quatrième et le cinquième qui intéressaient la Communauté des apothicaires. L'article 4 était ainsi rédigé : « Les marchands épiciers ne pour- « ront vendre et débiter aucuns sels, compositions ou « préparations entrantes au corps humain, en forme de « médicamens, ni faire aucune mixtion de drogues sim- « ples pour administrer en forme de médecine ; ils ne « pourront faire la vente et le débit des drogues simples « servant à la médecine, qu'au poids de commerce et non « au poids médicinal, à l'exception néanmoins de la « manne, de la casse, de la rhubarbe et du séné, ainsi que « des bois et racines qu'ils pourront vendre à tous poids, « le tout en nature et sans préjudice du droit des apothi- « caires. »

Le projet d'article 5 accordait aux épiciers la vente libre de tous produits chimiques, même de poisons violents. Les officiers de police, consultés sur ces statuts, firent observer que la « différence du poids médicinal et du « poids du commerce pouvait occasionner des erreurs « bien dangereuses » et on demanda pour le reste l'avis de la Communauté des apothicaires. Les membres de cette Communauté s'assemblèrent le 13 mars 1786, à la Chambre de Commerce, et signèrent, au nombre de huit (2), la délibération suivante sur la vente des sels chimiques :

Comme la plupart de ces sels sont en usage dans les différents arts, il serait difficile d'excepter ceux qui n'y auraient pas de rapport. Cependant on pense que l'on peut réserver tous les sels neutres, comme sel duobus, tartre vitriolé, polychreste, végétal, glauber, ebsom, de Rivière, tartre martial, cristal minéral, tartre stibié, terre foliée de tartre. On observe de même à l'égard de

---

(1) Archives départementales.

(2) Dergny, Magre, Jambu, Goujaud fils, Nadau aîné, Courjarret, Nadau jeune, Augustin Fleury (Arch. Hôtel de Ville).

ceux réputés poisons qui devraient être réservés aux seuls pharmaciens, qui en connoissent particulièrement les dangereux
effets, tels le sublimé corrosif, l'arsenic, le sel de saturne, le vitriol
de Chypre qui a pour base le cuivre, comme aussi de la même nature les cristaux de Venus, connus sous le nom de verdet distillé,
les cristaux de lune et généralement les sels et précipités mercu-
riels, etc. Nous en rapportant d'ailleurs à la prudence de Messieurs
de la Magistrature (1).

L'intendant de la Généralité appuya les observations de la Communauté des apothicaires, estimant que l'on devait conserver à
ceux-ci le droit exclusif de vendre le sublimé corrosif, l'arsenic, le
sel de saturne, etc... dont le commerce serait du plus grand danger entre les mains des épiciers (2).

Malgré la sage demande des apothicaires et l'avis favorable émis par l'Intendant, on autorisa, dans des conditions restrictives il est vrai, la vente de ces poisons par
les épiciers de la nouvelle communauté.

Dans les statuts qui furent définitivement homologués
en 1788, nous remarquons en effet qu'à l'article 4 on ajouta
une clause relative à l'inspection : « Les maîtres de la dite
« communauté seront tenus de souffrir les visites qui
« seront faites dans leurs boutiques et magasins par les
« médecins et les apothicaires de la dite ville, conjointe-
« ment, et de leur représenter les drogues servant à la
« médecine pour en constater la qualité. »

Quant à l'article 5, nous le reproduisons tout entier, non
seulement pour sa teneur, fort intéressante, mais aussi
parce que plusieurs de ses prescriptions figurent encore de
nos jours dans la loi sur la vente des subtances véné-
neuses :

Article 5 (3). — L'édit du mois de janvier 1682 sera exécuté; en
conséquence, défenses sont faites et sous les peines y portées, aux
maîtres de ladite Communauté, de vendre et distribuer l'arsenic, le

---

(1) Archives de l'Hôtel de Ville.
(2) Archives départementales.
(3) Archives départementales.

réalgar, le sublimé et autres drogues réputées poison, si ce n'est à des personnes connues et domiciliées, auxquelles elles sont nécessaires pour leurs professions et à la charge par elles d'inscrire de suite et sans aucun blanc ni interligne, sur un registre tenu à cet effet par chaque maître et qui sera paraphé par le juge de police, leurs noms, qualités et demeures, le jour qu'elles auront pris les dites drogues, leur quantité et l'emploi auquel elles sont destinées ; à l'égard des personnes étrangères ou inconnues, ou de celles qui ne sauront pas écrire, il ne leur sera distribué aucune des dites drogues si elles ne sont accompagnées de personnes domiciliées et connues ; seront au surplus tous les poisons et drogues dangereuses tenus et gardés en lieu sûr et séparé, sous la clef du maître seul, sans que les femmes, enfans, aprentis, garçons ou domestiques en puissent disposer, vendre ou débiter.

Si, en vertu d'une commune origine et d'habitudes anciennes, les apothicaires continuèrent à vendre certains produits exploités parallèlement par les épiciers, ceux-ci à leur tour ne se firent pas faute d'empiéter sur le domaine de la pharmacie. Mais les apothicaires aussitôt se dressaient, et pour se défendre contre une concurrence illicite, opposaient la rigueur de leurs statuts. Il en résulta de nombreux procès et la lutte qui mit aux prises les épiciers et les apothicaires dans presque toutes les villes de France a été relatée en d'abondants chapitres par ceux qui se sont occupés de l'histoire de la Pharmacie.

La Rochelle n'a probablement pas dû faire exception à cette règle ; cependant, au lieu des nombreux documents que l'on rencontre à l'ordinaire, sur ces sortes de procès, nous n'avons trouvé qu'une seule cause où les maîtres de la Communauté soient intervenus contre un épicier. En 1761 (1), une plainte fut déposée contre Pierre Guillemot, marchand épicier droguiste, pour que « défense lui fut faite de vendre aucune composition, « confection, emplâtres, huiles, onguents, syrops et au- « tres préparations tant galéniques que chimiques. »

_____

(1) Archives de l'Hôtel de Ville. Liasses.

Une première sentence rendue le 19 avril 1763 ordonna que le défendeur « accordera ou discordera les faits soutenus par les demandeurs » et le 26 mai suivant, Guillemot vint soutenir pour sa défense qu'il ne vendait que des drogues et des épices, « pour les choses de pharmacie il les « prenait chez les apothicaires, mais le sieur Nadau lui en « a refusé depuis l'instance contre lui introduite », il demanda donc qu'il fut « ordonné aux apothicaires de lui « fournir ces préparations ou bien qu'il fut autorisé à s'en « procurer ailleurs, dans d'autres villes. » Guillemot invoquait au surplus un arrêt du 11 juillet 1742, par lequel « la Com- « munauté des maîtres épiciers grossiers-droguistes de la « ville de Paris était maintenue dans le droit de vendre « et débiter les quatre grandes compositions galéniques : « thériaque, mithridate, alkermès et hiacinthe et toutes « les préparations chimiques ». Il voulait que pareil droit fut reconnu aux épiciers-droguistes de La Rochelle.

Les apothicaires répliquèrent en soutenant que Guillemot était coupable de contravention à leurs statuts pour avoir : « Vendu deux gros de Séné, une once de manne, deux « gros de sel de Glauber, trente grains de poudre corna- « chine, pour infuser dans une décoction de chicorée sau- « vage et dissoudre dans la colature ;

« 2° Vendu une once d'onguent d'althea, une once « d'huile de laurier, une once de suppuratif ;

« 3° D'avoir délivré une mixtion hydragogue composée « avec l'antimoine cristallisé, le safran de mars apéritif, « la scammonée et le sirop de limon ;

« 4° D'avoir délivré pour opiate purgative et fébrifuge, « deux gros de quina en poudre, un gros de succotrin, un « demi-gros de poudre cornachine, un gros d'antimoine « diaphorétique, quinze grains de mercure doux et miel « rosat. »

Contre ces accusations précises, Guillemot soutint qu'il avait le droit de vendre les produits incriminés, puisque la plupart des composants étaient des drogues simples dont le débit lui était permis. Le miel rosat et l'onguent avaient été préparés et fournis par un apothicaire.

L'affaire revint devant le Lieutenant général de Police, les 21, 23 et 25 juin 1763, pour l'audition des apothicaires et des témoins. Ces derniers furent tous favorables à l'épicier poursuivi et déclarèrent qu'il n'avait pas fabriqué de remèdes.

On donna tort à la Communauté et on la débouta de sa plainte par un jugement rendu le 17 mai 1764. L'affaire eut du retentissement et la sentence ne fut certainement pas du goût des apothicaires, qui firent courir le bruit de la condamnation de Guillemot, ajoutant que celui-ci n'était plus droguiste et qu'il vendait des drogues de mauvaise qualité. De plus, ils trouvèrent un quidam rendu très malade par du tartre stibié vendu par lui.

Ces racontars amenèrent de la part de l'épicier-droguiste, une demande d'affichage du jugement et il semble qu'il continua, à la faveur de celui-ci, ses empiétements sur les prérogatives des apothicaires, car nous le trouvons encore aux prises avec la Communauté le 13 juillet 1764, pour avoir vendu à un chirurgien de Dompierre un pot de thériaque, un pot d'huile de laurier et un pot d'autres drogues. On saisit les remèdes chez le cabaretier Jacques Grimal et l'expertise en fut confiée à deux apothicaires de Rochefort, qui déclarèrent le 30 juillet : « Ouverture « faite du petit pot blanc de fayance, nous l'avons reconnu « aux deux tiers plein de thériaque, qui est un composé « d'une infinité d'ingrédiens, dans la confection de laquelle « il y en a beaucoup d'autres qui sont particulièrement « composés et qui dans leur tout font un remède cor- « dial et alexipharmaque, dont la qualité pour elle- « même est assez passable et sa propriété ordinaire ;

« 2° L'huile de laurier est bonne mais vieille. C'est un remède composé ;

« 3° L'autre pot contient de l'onguent d'althea, remède « composé, il est de bonne qualité. »

Le résultat de cette seconde affaire, qui semblait plus favorable à la Communauté pharmaceutique ne nous est pas connu.

Si nous nous sommes aussi longuement étendu sur ce différend, c'est qu'à lui seul, il montre bien la facilité avec laquelle la corporation des épiciers pouvait empiéter sur celle des apothicaires et fait ressortir très nettement, comme l'a dit M. Baudot (1), « que les drogues simples « pouvaient être vendues par les épiciers, tandis que tous « les remèdes composés étaient exclusivement réservés « aux apothicaires. Le travail de mélange, de transforma- « tion, de préparation dans un but médical était donc « bien l'une des caractéristiques de ces derniers. »

*
* *

Mais nos ancêtres professionnels avaient à lutter contre d'autres concurrents irréguliers, plus entreprenants encore, et qui pratiquaient l'exercice illégal de la Pharmacie sur tout le territoire français : c'étaient les Colporteurs et les Charlatans.

Les Colporteurs que l'on trouve désignés aussi sous le nom de « coureurs » ou « couratiers », causaient à tous les métiers établis un préjudice sérieux, non seulement par l'avilissement des prix de leurs marchandises, mais aussi par la facilité des ventes occultes et par un débit rapide des produits qu'ils apportaient.

Pour se défendre, toutes les corporations introduisaient dans leurs statuts des articles prohibitifs ou restrictifs contre les agissements des coureurs.

C'est ainsi que nous trouvons sur ce sujet, dans les statuts des apothicaires rochelais, l'article 45 disant que : Les maîtres-regardes auront tous pouvoirs pour visiter et contrôler les drogues vendues par les « coureurs ». Les

---

(1) Baudot, *La Pharmacie en Bourgogne*, page 286.

produits défectueux seront saisis et les marchands « chas-
tiez selon la raison. »

Ces couratiers vendeurs de drogues étaient très nombreux autrefois et nous avons, au cours de nos recherches,
trouvé un certain nombre de documents qui prouvent
combien les apothicaires de notre ville surveillaient leurs
agissements.

Dans un procès-verbal sans date (1), nous voyons les
maîtres de la Communauté, accompagnés du Lieutenant général de Police, se rendre « à l'auberge du Mou-
« ton, où étaient descendus les frères Lombard, marchands
« droguistes forains. » Ils se font ouvrir « six balles ou
« paniers dont quatre fermés à clef » et constatent
« que les drogues sont marchandes sauf toutefois des vi-
« pères (2) et des mirobalans, qui se sont trouvés défec-
« tueux, ainsi que deux livres de faux aimant. Opposition
« faite aussy sur environ deux onces de précipité rouge
« et environ deux onces de pierre infernale, qui sont
« préparations chimiques dépendant de la pharmacie. » —
Enfin, les apothicaires inspecteurs font remarquer
qu'aucune des drogues, qu'aucun paquet ne sont « ni dési-
« gnés, ni étiquetés, pas même le sublimé, le plus subtil
« de tous les poisons, qui est meslé avec d'autres
« drogues. » On peut juger par là des dangers véritables
qui pouvaient résulter de ces ventes de médicaments.

En général, les colporteurs qui arrivaient dans la ville,
négligeaient complètement d'avertir la Communauté des
apothicaires et ils avaient, sans doute, des raisons sérieuses pour ne pas faire contrôler la qualité de leurs
produits.

Le 27 août 1700 (3), à la requête des maîtres, les

(1) Arch. Hôtel de Ville. Police.
(2) L'emploi des vipères était extrêmement fréquent dans la pharmacopée des
XVIe, XVIIe et XVIIIe siècles et notre confrère Rambaud, dans son ouvrage
sur La Pharmacie en Poitou, a écrit sur ce sujet un chapitre des plus intéressants.
(3) Archives de l'Hôtel de Ville.

gardes de la Communauté, accompagnés des magistrats de la police et du greffier, se rendirent à l'auberge « des trois Chandeliers », où un marchand nommé Jourdan, « originaire de Nismes », était descendu. On trouva dans une chambre « le nommé Jourdan, entouré « d'une quantité de drogues composées (thériaque, « alkermès, hyacynthe, etc.) ». Les drogues furent saisies, la chambre mise sous scellés et le colporteur fut sans doute poursuivi, mais la suite de l'affaire ne nous est pas connue. Cette auberge des trois Chandeliers devait avoir la faveur des couratiers, car nous y voyons une autre descente de police, en mai 1709 (1), à la requête de Cheureau et Decombs, maîtres-gardes apothicaires. On saisit encore dans deux chambres les drogues apportées par deux marchands, originaires l'un de Marseille, l'autre d'Angoulême, qui furent condamnés à l'amende le 17 août suivant (2).

En 1716 (3), la Communauté poursuivit encore deux autres marchands, les sieurs Dupas et Gilbert, mentionnant dans sa plainte la défense « faite d'apporter en la « ville aucunes drogues qu'elles n'aient été vues et visitées « par les maîtres-gardes apothicaires, pour savoir si elles « sont de bonne qualité. » Les deux marchands furent condamnés, mais ce procès offre une particularité : c'est de nous montrer que les colporteurs n'étaient pas toujours des gens totalement étrangers à la profession d'apothicaire, car le sieur Gilbert, venu en colporteur à La Rochelle, se présenta à la maîtrise et fut admis le 29 août 1716 (4), sans que le procès-verbal de réception fasse mention d'une opposition quelconque de la part de la Communauté.

---

(1) Arch. de l'Hôtel de Ville.
(2) Id.
(3) Id.
(4) Id.

Les irrégularités commises par les colporteurs de drogues différaient de celles commises par les charlatans. Tandis que les premiers étaient surtout vendeurs d'une assez grande quantité de produits, dont ils approvisionnaient les droguistes, les épiciers et souvent les apothicaires eux-mêmes, les charlatans s'adressaient directement au public pour la vente d'un remède ou de quelques remèdes spéciaux, sur lesquels ils attiraient l'attention des habitants par des procédés de réclame divers.

Par l'article 46 de leurs anciens statuts, les apothicaires avaient cherché à prohiber ces ventes : « Et pareillement « pour empescher le mal qui peut venir de tels coureurs, « seront chassez tous charlatans et triacleurs (1), sans « qu'il leur soit permis de mettre leurs impostures et « fausses drogues en publicq et par les carrefours de cette « ville et fauxbourgs, ny d'en bailler et vendre en privé « aucuns..... Avec deffense à tous autres de vendre aucune « composition vénéneuse, sous prétexte de mort aux rats « ou autrement. » Mais les « triacleurs » et batteleurs bravaient tous les statuts et leur nombre, à travers la France, était considérable aux XVIIe et XVIIIe siècles. Ils puisaient dans la crédulité et dans l'ignorance des masses leurs éléments de succès, et nous pouvons facilement nous expliquer ce succès, si nous considérons que de nos jours encore, où l'ignorance a presque disparu, la crédulité populaire permet aux empiriques, dormeuses ou sorciers, de continuer les procédés des charlatans du XVIIe siècle.

La confiance qu'on accordait à ceux-ci était donc extraordinaire :

Est ainsy que chacun s'empresse
A faire le Pharmacien,
Le marchand, le praticien,
Et tous les fols y font la presse,

(1) Vendeurs de thériaque.

disait un apothicaire resté inconnu du XVIII⁰ siècle (1).
A La Rochelle, comme dans toutes les villes de France,
nous voyons ces individus exploiter l'humanité souffrante
et les croyances des foules. En voici quelques exemples,
pris dans les documents de nos Archives municipales :

En 1696 (2), le 14 juillet, « De Lange Marthorel, opéra-
« teur oculiste, natif de Sallerne en Italie, distributeur
« d'un préservatif admirable pour la conservation du
« corps humain », adressait à Monsieur le Maire et aux
eschevins une supplique pour obtenir l'autorisation de
vendre son « Préservatif et autres remèdes, sur son théâ-
« tre, en public et en particulier », ajoutant qu'il avait
« servy les villes principalles et capitalles du roïau-
« me. »

La demande, transmise au Procureur du Roy reçut
l'agrément de celui-ci sans qu'il y fut question de prendre l'avis des maîtres apothicaires, et l'opérateur oculiste
italien put dresser ses tréteaux pour vendre ses remèdes.
Car ces charlatans opéraient généralement en plein air et
employaient, pour attirer la foule, les mêmes moyens que
nous avons vu utiliser de nos jours par certains arra-
cheurs de dents forains.

Si le charlatan négligeait de demander l'autorisation,
alors les apothicaires intervenaient vite. C'est ainsi qu'un
nommé Jean Raynal (3) ayant commencé à soigner des
malades et à vendre des remèdes sans y être autorisé,
fut aussitôt poursuivi, en novembre 1696, par la Communauté pharmaceutique qui le fit condamner à 30
livres d'amende. Raynal protesta et se rendit à l'Hôtel de
Ville, accompagné de nombreux malades traités par lui,
dont il invoqua le témoignage. Puis il adressa une supplique aux magistrats, disant « qu'il avait été appelé
« par plusieurs personnes de qualité, bourgeois et

(1) Bibliothèque de l'Arsenal. Cité par Rambaud.
(2) Archives Hôtel de Ville.
(3) Archives de l'Hôtel de Ville.

« habitans de cette ville, pour leur guérison de fièvre
« carte et flux de sang, dont il a des secrets particuliers
« et expérimentés » et demandant à rester à La Rochelle
pendant deux mois seulement, pour y achever de guérir
« les maladies qu'il avait entreprises. »

Avant de faire droit à sa requête, le Procureur du Roy
ordonna la comparution des maîtres apothicaires « pour avoir
leur advis ». Et cet avis ne fut pas favorable à Raynal,
car le jugement (1) confirma la première condamnation,
exigeant, si le charlatan voulait rester, l'obligation pour lui
de passer les examens d'apothicaire et d'en faire la demande sous trois jours. Nous n'avons jamais trouvé le
nom de ce guérisseur parmi ceux des apothicaires rochelais et il dut probablement, après sa condamnation, aller
continuer ses guérisons ailleurs.

Au XVIII⁰ siècle, les charlatans prenaient un peu plus
de vernis et, pour opérer plus facilement, s'efforçaient
d'obtenir un brevet royal ou une autorisation d'un
puissant personnage, ce qui, avec de l'argent, était assez
facile. Les magistrats, aussi bien que la Communauté des
apothicaires, n'avaient alors qu'à s'incliner devant ces
brevetés et l'autorisation de vendre leurs remèdes ne leur
était jamais refusée.

Ils se paraient aussi de titres fastueux, afin de mieux
capter la confiance des malades crédules.

Voici le 16 juillet 1750 (2), François Padonatello, qui
demande à vendre un baume pour les « playes simples,
« les brûlures, les foulures de tendons », en vertu d'un
brevet accordé par le « Premier Médecin de Sa Majesté,
« pour le temps et espace de trois années ». Il est à remarquer que la plupart de ces charlatans étaient étrangers,
italiens surtout, et leur succès se trouvait peut-être favorisé par un langage ou un costume particuliers, des

(1) Archives de l'Hôtel de Ville.
(2) Id.

mœurs bizarres, qui justifiaient le proverbe : A beau mentir qui vient de loin.

Comme on devait être émerveillé devant les titres seuls de ce Jean Grécy, « agrégé et admis par le collège de « médecine de Liège, officier de santé de la chambre du « Roy de Portugal, privilégié de sa sérénissime puissance « l'évêque prince de Liège », qui demandait le 14 février 1754 (1) à rester quelque temps à La Rochelle, « pour y « donner part de ses tallens au public, vendre et distribuer « ses remèdes, tant en public qu'en particulier... et de « dresser façon de table de la grandeur de 10 ou 12 pieds « sur la place Barentin, pour y faire ses opérations. » L'officier de santé de la chambre du Roy de Portugal allait même beaucoup plus loin dans sa demande : jugeant sans doute qu'un charlatan de son envergure était suffisant, dans une ville comme La Rochelle, il voulait qu'il lui fut « permis de faire arrêter à sa requête tous colpor- « teurs, distributeurs et vendeurs de remèdes, soit in- « ternes ou externes et généralement de telle nature « qu'ils soient ou puissent être, qui ne seraient pas munis « d'une permission du sieur Desenac, premier médecin « du Roy, et tous ceux, quoyque brevetés, qui ne se con- « formeraient pas à leur brevet. »

En 1761 (2), le 1er décembre, c'était un autre italien, Pierre Jalla, qui demandait à vendre son remède contre les cancers et humeurs scrophuleuses, car « l'étude parti- « culière de la chimie l'avait mis en état de vaincre par « la vertu de ses remèdes les maladies les plus cruelles. » Il avait aussi un brevet du premier médecin du Roi.

A la même date, (3), Jean-François Bertha, suisse, chirurgien-oculiste et opérateur, était autorisé à vendre en public son orviétan, « tant en baume qu'en poudre « et en opiate, comme aussi à opérer sur les yeux

---

(1) Archives de l'Hôtel de Ville.
(2) *Id.*
(3) *Id.*

« et sur les maladies qui peuvent attaquer cette
« partie et y employer pour la guérison les remèdes qui
« y seront propres. » Ce charlatan demandait non seulement à vendre sur les places publiques mais aussi à pouvoir « faire distribuer des imprimés en conséquence ».
C'est la première fois que nous voyons ce genre de publicité être utilisé ; il deviendra, par la suite, régulièrement
employé.

Parfois les charlatans dressaient un théâtre, comme
« Pierre-Sébastien Baudoin, le sieur Toscan et ses associés privilégiés », qui, après s'être pourvus d'un certificat
du « sieur Dupuy, docteur en médecine de La Rochelle »,
demandaient, le 14 mars 1772, à pouvoir faire construire
un théâtre « en tel endroit » qu'il leur plairait pour la
vente de « leur orviétan, tant en poudre, teinture, élixir,
qu'en opiat ».

L'autorisation accordée permettait la construction
sur la place du Château, mais à la condition de ne
donner aucune représentation les « lundi, mercredi et
« vendredi au soir pendant le Carême, ni durant les
« offices divins ».

Nous trouvons toujours les mêmes procédés jusqu'à la
fin du XVIIIe siècle. François d'Anglebernes, « habitant
la ville d'Orléans, botaniste de profession », demandait, le
17 janvier 1781, à vendre à La Rochelle « l'antidote appelé
« orviétan de Rome ». Celui-ci vendait pour le compte
du « sieur Julien-Edme-Marie Regnard et demoiselle
« Marguerite Zéléziar, dont il avait obtenu commission
« enregistrée au greffe de la Prévôté de l'Hôtel de Ville,
« à Paris, faisant défense à tous médecins, chirurgiens et
« apothicaires de le troubler ni inquiéter dans ses fonc-
« tions ». L'autorisation fut accordée selon l'habitude,
mais à la condition que l'orviétan serait « vu, examiné et
même décomposé par les médecins-jurés de cette ville » (1).

---

(1) Arch. de l'Hôtel de Ville.

Le médecin Dupuy trouva les drogues de bonne qualité et le charlatan put les vendre au public.

On voit combien tous ces marchands de panacées abondaient autrefois, encouragés partout par une immense crédulité. Ils eurent une influence incontestable sur la pharmacie de jadis et il faut attribuer à des triacleurs ou charlatans, l'origine de certaines formules polypharmaques qui ont heureusement disparu de la thérapeutique actuelle.

C'est par eux aussi que l'on peut expliquer le succès de ces remèdes de bonnes femmes, secrets de famille qu'on se transmettait avec soin et dont nous avons trouvé quelques spécimens vraiment curieux.

Cependant, au point de vue de la santé publique, les agissements des charlatans constituaient un véritable danger, qui justifiait la protestation énergique des apothicaires. La loi de germinal devait enfin supprimer définitivement tous ces marchands d'orviétan, de thériaque et autres antidotes et faire cesser sur ce point les plus regrettables abus.

CHAPITRE IX

Les Apothicaires de l'Amirauté.

———

USQU'EN 1668, les médicaments de secours embarqués à bord des navires, n'étaient, à La Rochelle, soumis à aucune réglementation. Les nombreux vaisseaux de guerre ou de commerce qui partaient de notre port pour des voyages au long cours, possédaient un ou plusieurs chirurgiens, chargés de veiller sur la santé de l'équipage et celle des passagers et qui avaient à leur disposition des coffres pharmaceutiques, leur permettant de faire face à toutes les éventualités. La liberté dont jouissaient les chirurgiens pour composer leurs coffres, la facilité qu'ils avaient ainsi de préparer et d'acheter des remèdes sur lesquels ne s'exerçait aucun contrôle, amenèrent de fréquents abus, dont s'émut l'Intendant de la Généralité, Colbert du Terron. D'autre part la Communauté des apothicaires, jalouse de conserver intactes ses prérogatives, n'assistait pas sans récriminer aux agissements de ses rivaux, qui empiétaient constamment sur les attributions pharmaceutiques.

10

Voulant mettre un terme à ces abus et reconnaissant l'utilité d'un contrôle exercé par les apothicaires, Colbert du Terron publia son ordonnance de 1668 (1), qui interdisait aux chirurgiens de composer des coffres à médicaments pour embarquer sur les navires, laissait ce soin aux apothicaires et instituait en même temps une inspection spéciale de ces coffres, dont fut chargé pour la première fois le maître-apothicaire André Mayaud.

Ces importants et justes privilèges répondaient aux vœux de la Communauté, qui les fit confirmer à nouveau dans les statuts additionnels de 1678 (art. 9), et le contrôle pharmaceutique reçut une si haute approbation, que dans la grande ordonnance sur la marine, publiée en 1681, Louis XIV consacra en ces termes l'initiative de l'Intendant du Terron : « Le coffre sera visité par le « plus ancien maître en chirurgie du lieu et par le plus « ancien apothicaire, autre néanmoins que celui qui aura fourni les drogues. » (Titre VI, art. 4).

La fonction d'inspecteur, attribuée par cette ordonnance au plus ancien apothicaire, ne fut cependant pas toujours remplie au XVIIe siècle par ceux qui en avaient le droit, car nous avons trouvé (2) un nommé Boudeau, qui visitait les coffres sans être maître apothicaire, en 1686 et 1687. Boudeau ne faisait aucun rapport sur l'état des drogues, il en attestait simplement, toujours en termes identiques, la parfaite qualité et touchait quarante sols pour chaque vacation.

Au commencement du XVIIIe siècle, le 5 juin 1717, parut un nouveau règlement royal sur la marine, qui modifia les dispositions de l'ordonnance de 1681, en ce qui concernait la visite des coffres de chirurgie. Au lieu d'en attribuer le droit de visite au plus ancien maître apothicaire, l'article 6 de ce nouvel édit prescrivait que l'inspection

---

(1) V. page 108.
(2) Arch. départ. Fond amirauté, liasses.

serait faite par des chirurgiens et des apothicaires nommés et commissionnés à cet effet. Un tarif de vacations était en même temps établi, qui fixait à vingt sols l'indemnité à toucher par chaque inspecteur.

Les apothicaires nommés spécialement, en vertu du règlement de 1717, portèrent le titre d'Apothicaires de l'Amirauté. Ils figuraient, sur les registres-contrôles, à la suite des officiers et des membres du tribunal de l'Amirauté.

Le grand avocat et jurisconsulte rochelais Valin, dans son *Commentaire sur l'Ordonnance de la Marine* (1), consacra quelques pages à l'étude des articles qui traitaient du service de santé à bord des navires :

Il y a dans ce Siège, dit-il, deux chirurgiens et deux apothicaires pour le service de l'Amirauté. Tous quatre font ou paroissent faire la visite du coffre, les deux chirurgiens d'un côté et les deux apothicaires de l'autre, sans doute parce que le règlement parle d'eux au plurier. Cependant comme cet article (l'art. 4 de l'ordonnance de 1681) auquel le règlement ne paroit pas avoir dérogé, n'exige la visite que de la part d'un chirurgien et d'un apothicaire, ce seroit assez du certificat d'un de chaque profession. Il en résulteroit cet avantage que les vingt sols pour chacun n'iroient qu'à quarante sols en tout, au lieu de quatres livres que l'on fait payer à ce sujet.

S'il y avait quatre chirurgiens et quatre apothicaires au lieu de deux, tous prétendroient-ils avoir le droit de signer les certificats, pour multiplier les vingt sols ? Ce seroit constamment un abus. Le règlement est donc mal entendu et il y a abus tout de même, en ce que les certificats sont signés des deux chirurgiens et des deux apothicaires, tandis que la signature d'un de chaque côté suffiroit.

Au surplus, rien n'empêche qu'un des deux apothicaires jurés ne fournisse les drogues, mais alors à cause de la disposition de cet article, et parce que la raison en est évidente, ce n'est pas lui;

_____

(1) Valin, *Commentaire sur l'ordonnance de la marine*, 1761. Bibl. de La Rochelle, n° 6762, t. II, pages 501 et suivantes.

mais l'autre ou un autre à son défaut, qui doit donner le certificat de la visite avec le chirurgien.

De même que le chirurgien a le droit de faire la visite des drogues et des médicamens aussi bien que des instrumens, de même l'apothicaire est fondé à visiter les instrumens en même temps que les drogues. Ils se servent réciproquement de contrôleurs et l'on sait qu'il n'y a pas beaucoup d'harmonie entre ces deux professions.

Les chirurgiens du bord étaient tenus de faire inspecter leur coffre trois jours au moins avant le départ et les inspecteurs devaient accomplir leur mission vingt-quatre heures après qu'ils en avaient été requis, à peine de trente livres d'amende.

La création des Apothicaires de l'Amirauté fut, au début, une source nouvelle de désaccords entre les membres de la Communauté pharmaceutique rochelaise, car ceux qui furent commissionnés pour la visite des coffres, profitèrent de leur situation spéciale pour fournir eux-mêmes les médicaments et les drogues de ces coffres. Ceci détruisait évidemment la garantie imposée par l'ordonnance royale et était contraire à l'esprit même du règlement sur la marine. En 1723, les officiers de l'Amirauté, ayant reçu plusieurs plaintes des apothicaires évincés dans la fourniture, demandèrent des instructions à M. de Valincourt, « Secrétaire des Commandements de S. A. S. l'Amiral de France », qui leur répondit (1) : « Il est bon que vous « fassiez notifier de nouveau aux apothicaires que vous « avès à La Rochelle, que l'ordre de Son Altesse Sérénis- « sime est si expresse, qu'il sera exécuté dans toute sa « rigueur ». Cet ordre, qui interdisait aux apothicaires commissionnés d'inspecter les médicaments fournis par eux, ne reçut cependant aucune exécution et en 1730 le maître apothicaire Guinot s'adressa de nouveau au tribunal maritime. Il remit aux juges un placet, dans lequel il

_____

(1) Arch. départ. Fond amirauté, liasses.

exposait « que les sieurs Nadau et Chambault, tous deux
« pourvus d'une commission pour la visite des coffres de
« médicaments », fournissaient eux-mêmes la plus grande
partie des drogues et que, par conséquent, il était nécessaire de nommer un troisième apothicaire pour visiter les
produits fournis par les deux autres. Cette dernière demande ne fut pas agréée, mais les officiers de l'Amirauté
reconnurent qu'il était contraire aux « bonnes règles » de
laisser fournir les drogues par ceux qui les devaient visiter. Ce qui n'empêcha d'ailleurs pas les inspecteurs de
continuer à faire ainsi. L'apothicaire Guinot, opiniâtre à
défendre ses droits, intenta, en janvier 1734, un procès à
Chambault, parce que celui-ci avait contrôlé des médicaments qu'il avait fournis. Le tribunal de l'Amirauté rendit,
le 27 février 1734 (1), un jugement qui faisait droit à la
demande de Guinot, mais les apothicaires de l'Amirauté,
s'estimant lésés, adressèrent alors une réclamation à
l'Amiral de France, qui fit demander des explications aux
officiers du tribunal maritime rochelais. Ceux-ci répondirent par une longue lettre (2), dans laquelle ils affirmaient
ne pas s'être arrogé le droit de nommer des apothicaires
autres que ceux commissionnés pour la visite des coffres,
mais avoir seulement voulu désigner, dans une circonstance spéciale, un inspecteur autre que celui qui avait fait
la fourniture. Les rivalités des apothicaires étaient assez
sévèrement appréciées au cours de cette lettre : « Vous
« n'avez pas non plus, Messieurs, été sans vous plaindre
« des importunités de ces hommes jaloux les uns des
« autres, puisque nous avons deux lettres de vous à ce
« sujet, l'une du 22 février 1730, l'autre du 26 février 1731,
« par lesquelles vous demandiez l'avis des officiers de
« l'Amirauté, sur la proposition qui vous était faite de
« nommer un troisième apothicaire pour visiter les dro-

(1) Arch. départ. Fond Amirauté, liasses.
(2) Id.

« gues. Cependant les altercations continuent toujours
« entre les apothicaires..... »

Il semble que, par la suite, le service de l'inspection ait
fini par fonctionner de façon normale et sans soulever
d'autres difficultés dans la Communauté pharmaceutique
rochelaise.

Les premiers Apothicaires de l'Amirauté nommés dans
notre ville furent Nadau et Chambault, dont la commission fut enregistrée le 1er mars 1719. Ils exercèrent longtemps leurs fonctions, puisqu'ils étaient mentionnés encore
dans les pièces de 1736. En 1749 fut nommé Hyacinthe
Magre (1), qui conserva son titre pendant trente-un ans,
car il était toujours inspecteur des coffres en 1780, avec
Michel Goujaud, nommé en 1768 (2). En 1789, nous trouvons le nom de Dergny (3). La fonction et le titre durent
tomber en désuétude lorsque fut supprimée la Communauté rochelaise, pendant la tourmente révolutionnaire.

Si la création des inspecteurs spéciaux fit naître quelques abus, faciles à réprimer d'ailleurs, cette institution
eut une incontestable utilité, puisqu'elle permît à ceux
qui possédaient seuls la compétence nécessaire, de garan-

---

(1) Voici la composition d'un coffre fourni le 27 février 1757 par l'apothicaire
de l'Amirauté Magre :

La boëte à instruments.	129 liv. 4 s. 6 d.
3 razoirs, 3 lancettes payées au major. . .	9 liv.
12 livres de vieux linge à 30 s.	18 liv.

A Monsieur Marreau

2 onces de fil, éguilles et soys.	1 liv. 10 s.
2 équelles d'étain...	9. s. 3 d.

A Monsieur Desperoux :

Une seringue et 4 petites ajustoires pour. .	9 liv. 14 s.
plus 2. . . . . . (?)	12 liv.
Le total atteint. . . .	250 liv. 5 s. 9 d.

(Arch. de la Vendée. Famille Gaudin de la Paillollière. Communiqué par M.
Rambaud).

L'importance de cette fourniture suffit sans doute à justifier l'insistance que
mettaient certains apothicaires à vouloir vendre des coffres.

(2) Arch. départ. Fond Amirauté.

(3) Id.

tir la pureté et l'efficacité des médicaments embarqués à bord des navires. Cette sage mesure n'est plus en vigueur de nos jours, les commissions chargées de contrôler le contenu des coffres à médicaments ne comprennent aucun pharmacien. Il est permis de s'en étonner davantage au moment où l'inspection pharmaceutique vient d'être réorganisée et où des décrets ont déterminé la composition rigoureuse des coffres de navires.

CHAPITRE X

Le Commerce des Drogues à La Rochelle.
La Publicité du Remède
à la fin du XVIIIe Siècle.
La Décadence de la Corporation.

ES ordonnances royales de Charles VIII, de Louis XII et de François Ier avaient permis « la des-
« cente des drogueries et espiceries venant du
« levant ou du ponant en tous les ports et havres
« maritimes de ce royaulme, pourvu qu'icelle s'y fist de
« droicte descente des païs et royaumes estrangiers, sans
« avoir esté auparavant regrattées ny vuidées et en payant
« les droicts d'entrée establis par les Roys » (1). Grâce à
cette liberté, un commerce actif de drogues se faisait à La
Rochelle dès le moyen âge (2) et les hardis navigateurs

---

(1) Amos Barbot, *Histoire de La Rochelle. Arch. Histor. de Saint. et d'Aunis.*
T. XVII, p. 73.

(2) A. Pontier, *Histoire de la Pharmacie*, p. 209.

qui partaient de notre port, y rapportaient les produits
d'outre-mer, tels que le sucre, la cannelle, les épices, le
labdanum, l'ambre, l'aloès, etc.

Le 10 septembre 1549, deux ans après son avènement,
Henri II publia une « aultre ordonnance et reiglement
« pour lesdites drogueries et espiceries », dont la descente
devait se faire seulement « sçavoir, de celles qui vien-
« droient par l'Océan en la ville, port et havre de Rouen,
« celles qui viendroient par la mer Méditerranée par la
« ville de Marseille et celles qui viendraient par terre,
« par la ville de Lyon » (1). Cette nouvelle ordonnance,
par la restriction qu'elle apportait aux libertés commerciales, était de nature à porter un coup funeste à notre
port. Aussi le Corps de Ville adressa-t-il une réclamation
au Roi, dont il obtint, en novembre 1550, un nouveau
règlement « et desclaration par patentes, contenant
« octroy, don, permission et congé de pouvoir descendre
« au port et havre de cette ville les espiceries et drogue-
« ries comme ès dites villes de Rouen, Marseille et
« Lyon » (2). Cette ordonnance de Henri II fut confirmée
et enregistrée en 1551 (3).

Le commerce des drogues à La Rochelle devait être
alors très important, car il fut créé des charges spéciales
pour la perception des droits établis sur ces produits.
Nous trouvons ainsi, en 1571, un nommé Pierre Guiton,
« contrôleur des drogueries entrantes en Poitou (4) ». Plus
tard, à des dates indéterminées, mais certainement avant
le siège de 1628, Bobineau (5) et Guyet (6) furent aussi
contrôleurs ou receveurs de ces droits spéciaux.

Un bail à ferme des droits sur les « espiceries et dro-

---

(1) *Arch. Hist. de Saintonge et d'Aunis.* T. XVII, p. 74.
(2) *Id.*
(3) *Id.*, p. 76.
(4) Bibl. de La Rochelle. Mss. 319, p. 230.
(5) *Id.*, p. 207.
(6) *Id.*, p. 119.

« gueries entrant par la mer de ponant à La Rochelle,
« ports havres et isles qui en despendent, amendes, for-
« faitures et confiscations, si elles échoient, » fut fait par
le Roi Henri III en son conseil privé, le 21 août 1581. Par
ce bail, un sieur Claude Béaufremont était fermier par
moitié. Il passa lui-même un bail avec le rochelais Esprin-
chard, en 1583, lui cédant son privilège contre la somme
de 426 écus et deux tiers par an, pour trois ans, payables
à Paris (1).

A propos de ces droits, il est intéressant de rappeler
qu'avant le siège de 1628, le maire, les eschevins, les pairs
et les bourgeois de La Rochelle en étaient exempts. Ils
se montraient fort jaloux de conserver cette faveur, car en
1609, les sieurs de la Chausselière, Boussereau et Viet,
fermiers des taxes sur les drogueries et épiceries, voulant
faire enregistrer leur privilège au bureau de la traite,
durent céder à la protestation du Corps de Ville et con-
sentir au maintien de l'exemption des droits chez les notables rochelais (2).

Le commerce des drogueries dans notre ville permettait aux apothicaires de s'approvisionner facilement
d'un grand nombre de substances, couramment employées dans l'art de guérir. Ainsi était peut-être évitée
chez eux la fréquence des *Qui Pro Quo*, dont on a tant
accusé d'abus les pharmaciens de jadis. On sait l'origine
de cette locution : lorsqu'ils étaient démunis de certains
produits exotiques, d'un réapprovisionnement long et
difficile, les apothicaires pouvaient les remplacer par
d'autres drogues, douées de propriétés analogues et dont
une liste avait été soigneusement dressée en 1536 (3). Ce
n'est certainement pas à La Rochelle qu'a pu naître l'expression « d'apothicaire sans sucre », car il s'y faisait un
commerce très actif de cette substance, qui fut, à l'ori-

---

(1) Arch. départ. Minute de Not, non cotée. Série E.
(2) Bibl. de La Rochelle. Privilèges. Mss. 82, année 1609.
(3) A. Pontier, *Histoire de la Pharmacie*, p. 209.

gine, du ressort presque exclusif de la pharmacie (1).

Les apothicaires des provinces voisines venaient aussi acheter dans notre ville les drogues apportées par les navires et ceci leur permettait d'entretenir des relations suivies avec les pharmaciens rochelais. C'est de La Rochelle que les apothicaires poitevins recevaient presque toutes leurs épices, leurs drogues et autres produits (2) et les célèbres praticiens de Poitiers, Jacques et Paul Contant, dans leur *Commentaire sur Dioscoride* (3), citent un grand nombre de substances médicamenteuses, parmi celles dont notre port faisait le trafic. Ils avaient d'ailleurs à La Rochelle un correspondant instruit, l'apothicaire Moriceau, qui enrichissait leur cabinet de matière médicale et leur adressait des échantillons de drogues intéressantes.

Nous aurons un aperçu des produits importés au XVIIe siècle, par la liste suivante, extraite du *Nouveau Tarif des marchandises* (4) *qui doivent l'un pour cent, entrant en cette ville par la Chaîne.....* (5) *(Arrêts donnés le 16 janvier 1647 et 25 septembre 1655.)*

Alun, le cent pesant	2 sols	Benjoin fin, la liv.	6 den.
Anis de barbarie, le c. p	3	Benjoin commun, le c. p.	16 sols
Anis vert, le c. p.	6	Maniquette, le c. p.	2
Agaric, la livre	6 den.	Muscade, le c. p.	3 liv.
Aloès, la livre.	6	Mastic, le c. p.	1
Antimoine, le c. p.	10 sols	Rhubarbe, la liv.	3 sols
Arsenic, le c. p.	8	Storax liquide, le c. p.	12
Encens, le c. p.	30	Sumac, le c. p.	5 6 den.

---

(1) Les apothicaires de Poitiers recevaient presque tout leur sucre de La Rochelle (Rambaud, *La Pharmacie en Poitou*, p. 371).

(2) Rambaud, *La Pharmacie en Poitou*, p. 371.

(3) Bibl. de La Rochelle, n° 8160.

(4) Arch départ. Document non coté.

(5) Partie déchirée sur le document.

Safran, la liv	4 sols.	
Salsepareille, le c. p.	1 liv.	
Séné du Levant,le c.p.	2 —	
Scammonée, le c. p. .	2 —	
Borrax, la liv. . . .	1 sol.	
Bois de Gayac, le c. p.	8 —	
Calamus, le c. p. . .	6 —	
Camphre, le c. p. . .	4 liv.	
Canelle, le c. p. . .	3 —	
Casse, le c. p. . . .	3 sols.	

Cochenille mestec, la liv.	3 sols.
Cochenille mestec et Sylvestre, la liv. . .	1 —
Coque du Levant,le c.p.	12 —
Coriande (1).	
Fenugrec (1)	
Jalap, le c. p. . . .	5 liv.
Tamarin, le c. p. . .	16 sols.

On voit, par ce tarif, combien les droits étaient élevés pour certaines substances, telles que le camphre, le jalap, la cannelle, la scammonée, la muscade, drogues assez rares sans doute à cette époque et qui devaient coûter fort cher.

Nous avons relevé, dans les archives de la Chambre de Commerce rochelaise (2), toutes les drogues médicinales qui faisaient l'objet d'un trafic au XVIIIᵉ siècle. En voici la liste :

Gingembre.
Campêche.
Cacao.
Rognons de Castor (cotés 6 liv. la livre).
Castoréum.
Gensing.
Salsepareille.
Cochenille.
Noix de Galle.
Bois de gaiac.
— de Sassafras.
— de Santal (citrin et rouge)
— de Storax.
Agaric.
Agnus Castus.

Bézoard.
Cantharides.
Casse du Levant, des Iles, d'Egypte.
Dictame de Crète.
Folium Malabastrum ou feuille indienne.
Hermodattes.
Suc de réglisse.
Manne de la Perse, de la Calabre, de la Sicile.
Musc et Civette.
Sang de Dragon (fin, moyen, faux ou composé).
Scammonée (du Levant, Diagredée dite Mechoacan).

(1) Partie déchirée sur le document.
(2) La Chambre de Commerce fut fondée en 1719.

Séné (grabeau et follicules).   Graine de lin.
Spermaceti.   Safran.
Thé.   Aloès (coté en 1727, 30 liv. la
Vanille.   livre).
Sumac.   Arsenic.
Contrahyerva.   Borax.
Squine.   Camphre.

Il faut ajouter à cette liste le Capillaire du Canada, dont on faisait un actif commerce à La Rochelle.

En 1749 il en arrivait	2 barriques	37 quarteaux.
En 1750 — —	10 —	113 —
En 1751 — —	23 —	98 —
En 1752 — —	39 —	316 (1) —

Sur un état de révision des droits, publié en 1729 (2), nous relevons aussi une liste « d'eaux réputées médicinalles », qui devaient sans doute faire l'objet d'un commerce d'exportation :

Eau de la Reine de Hongrie, pure ou à la bergamotte, eaux divines, eaux impériales, eaux de la princesse, eau sans pareille, eau de mélisse ou eau des Carmes, eau de myrthe et eau de thym, eau de genièvre, eau de sauge, eau styptique, eau vulnéraire.

A la fin du XVIII° siècle nous pouvons encore signaler d'importants arrivages de drogues (3). En 1772, les vaisseaux le *Dauphin* et l'*Arverdy* apportent : Thé vert supérieur, thé vert Tonkay, thé Haysnen, thé Bouy, thé Camphon, thé Pékao, thé Saotchaon, rhubarbe peu piquée en caisses, rhubarbe plus piquée, rhubarbe avariée, cannelle fine première sorte, laque en feuilles, poivre, borax. En 1773, arrivent de nombreux ballots de thé, de la cannelle et des fleurs de cannelle.

---

(1) Archives Chambre de Commerce. Une note manuscrite indique sur une pièce, que les apothicaires rochelais n'employaient pas de capillaire de Montpellier, ayant en grande abondance sur place la plante du Canada.

(2) Archives Chambre de Commerce.

(3) Bibliothèque La Rochelle, Mss. 687 et suiv.

Ce simple exposé suffira à montrer l'intensité du trafic des drogues à La Rochelle pendant plus de trois siècles et le retentissement qu'il a pu avoir, dans notre ville, sur le développement pharmaceutique. Il était intéressant de rappeler cette phase commerciale de la cité rochelaise, à une époque où a cessé complètement chez elle l'importation des produits médicinaux d'outre-mer.

*
* *

C'est à la fin du XVIIIe siècle que La Rochelle vit apparaître l'annonce des remèdes dans la gazette locale publiée à cette époque. La publicité, cet extraordinaire élément commercial qui de nos jours tient une si large place, était alors d'une naïve simplicité. On en jugera par les annonces que nous rapportons ci-dessous. Ces annonces, rédigées par les anciens apothicaires, sont extraites des « Affiches de la Généralité de La Rochelle » (1) ; elles signalent des remèdes divers doués de multiples vertus, comme en possédaient sans doute les grandes panacées polypharmaques. On voit utiliser aussi quelquefois la voie du journal pour d'autres communications, telles que les changements de domicile ou les ventes d'officines.

20 septembre 1771. — Le sieur Collonier, marchand et maître apothicaire à La Rochelle, sous les porches de la Grande-Rue, vend des pastilles de manne, spécifique pour les rhumes de poitrine. Il vend une pommade propre pour enlever et détruire les rougeurs, boutons, etc. Les grandes vertus de ces deux préparations sont connues de M. Seizan, chirurgien-major au régiment de Vivarais, qui s'en est servi pour différentes personnes de cette ville avec autant de succès que l'on puisse désirer.

20 novembre 1772. — On annonce une pommade pour les humeurs froides et une pour la galle, qui se vendent chez M. Magre fils aîné et chez Monsieur son Père, apothicaires.

---

(1) Annonces, affiches et avis divers de la Généralité de La Rochelle de 1770 au commencement du XIXe siècle. Collection partic. de M. Musset et Bibl. de La Rochelle.

30 avril 1773. — On fait savoir qu'il y a dans la ville de Marans un fond de boutique d'apothicaire à vendre présentement ; ladite boutique est très bien assortie, tant en marchandises qu'en ustensiles pour opérer, tant en chimie qu'en pharmacie. Ceux qui voudront s'en accommoder s'adresseront au sieur Barbin, maître apothicaire de ladite ville.

28 mai 1773. — La Commission Royale de Médecine vient d'établir en cette ville un bureau pour la distribution des eaux minérales de France et étrangères. Cet utile établissement, projeté depuis bien des années par MM. les Premiers Médecins du Roy, n'a pu avoir lieu qu'après le choix d'un citoyen zélé et en état de faire les premières avances des eaux qu'il se propose de fournir au public ; c'est le sieur Bruneau, apothicaire, qui a obtenu le brevet le 18 avril dernier.

29 avril 1774. — Le sieur Bruneau, apothicaire en cette ville, a ouvert le bureau de distribution des eaux minérales françaises et étrangères le premier de ce mois. Ce droit lui est confirmé par un brevet de S. M. Les eaux ont été visitées à leur arrivée par M. Destrapierre, médecin à l'hôpital militaire, pourvu par un brevet de S. M. de l'inspection des bureaux.

23 septembre 1774. — Le sieur Goujaud fils, maître apothicaire, donne avis à MM. les médecins, chirurgiens et autres personnes, qu'il est actuellement possesseur d'un remède particulier et efficace pour le rétablissement des suppressions du flux mensuel, pâles couleurs, etc.

26 janvier 1770. — Le sieur Jambut, apothicaire, rue du Temple, à La Rochelle, est chargé de la distribution et vente de l'eau antiputride du sieur de Beaufort, médecin ordinaire du Roy, ancien professeur de médecine à Paris, par approbation de M. Dupuy, médecin de cette ville, qui est dépositaire d'une phiolle de ladite eau, pour servir de comparaison au besoin. Cette eau s'emploie quand il y a maladies existantes ou pour prévenir les maladies.

19 janvier 1776. — La maladie qui règne présentement affectant beaucoup la poitrine, chacun pour calmer les fatigues de la toux et en éviter les progrès, a recours aux remèdes ordinaires, tels que tisannes, loochs, pâtes, tablettes, sucs, etc., remèdes urgents et très nécessaires en pareil cas.

Je propose aujourd'hui, sans désapprouver les remèdes ci-dessus, une farine pectorale dont l'usage a plusieurs fois opéré de bons effets dans des maladies de poitrine très invétérées ; elle est connue de quelques personnes notables de cette ville, il leur en a été fait des demandes pour des pays très éloignés, que je leur ai livré, ayant eu ordre de ne s'adresser qu'à moi.

Je donne ci-joint note des parties et principes qui la composent, afin qu'étant à la connaissance des gens de l'art, ils puissent donner leur avis en cas de consultation à ce sujet.

C'est une farine d'orge empreinte des mucilages et autres principes constituant les plantes, fleurs et fruits pectoraux et béchiques, tels que les figues, raisins, dattes, jujubes, sebestes, etc... Cette farine exige un travail de trente-six heures. Je ne m'attribue point la gloire de cette découverte, je la tiens d'un homme d'un très haut mérite en présence de qui je l'ai travaillée plusieurs fois avec succès (1).

GOUJAUD fils, maître apothicaire.

2 février 1776. — [Sur le même produit]. La farine pectorale annoncée par le sieur Goujaud fils et préparée par lui, se débite par paquets de demi-livre et non au-dessous ; ils seront empreints d'un écriteau gravé, sur lequel sera son adresse et scellés de son cachet aux deux extrémités, portant les lettres initiales de son nom. Il sera délivré un imprimé qui indiquera la manière de s'en servir. Prix de chaque paquet : trois livres.

Jusqu'à ce moment le sieur Goujaud voit avec plaisir des personnes de distinction l'employer avec le plus grand succès, ce qui l'engage à redoubler son attention pour la rendre de jour en jour plus parfaite.

5 avril 1776. — (Sur le même le produit)... Je puis assurer que cette farine, préparée avec soin, guérit les maladies de langueur et d'épuisement par ses qualités nutritives, balsamiques et rafrai-

(1) L'apothicaire Goujaud faisait une publicité active pour sa farine pectorale, qui se vendait un peu partout. Il avait des dépositaires à Paris et un sieur Auprêtre, apothicaire à Dijon, annonçait, en 1785, 1786 et 1787 qu'il tenait un dépôt de ce remède. (Baudot, *La Pharmacie en Bourgogne*, page 526).

chissantes ; elle convient par conséquent dans les maladies de poitrine, dans la consomption ou le splen, dans les fièvres lentes, dans les sueurs, dans les diarrhées colliquatives et aussi à la suite de longues maladies dont on a peine à se remettre. Elle convient en un mot dans tous les cas où l'acrimonie domine et où le baume du sang est comme fondu et presque détruit.

21 avril 1780. — Le sieur Nadau fils, maître en pharmacie à La Rochelle, donne avis au public qu'il est parvenu après bien des recherches, à la composition d'une teinture pour les dents et pour les gencives, qui ne le cède en rien à celle du sieur Greenouch, chimiste anglois.

Le succès de cette découverte l'a conduit à une autre qu'il croit plus satisfaisante pour les dames, d'une eau cosmétique, dite improprement Eau de Perle du Sieur Dubois, chimiste anglois. Ledit sieur Nadau fils en a composé une toute semblable ; il en a soumis les résultats à l'épreuve et M. le premier médecin du Roy en cette ville les a honorés de son approbation.

Le prix de la teinture, y compris la brosse pour les dents est de une livre six sols la phiole. Le prix de l'eau dite de perle est de deux livres huit sols.

13 juin 1783. — Le sieur Magre fils, qui a succédé au sieur Bruno, maître en pharmacie, tient toutes sortes de préparations de chimie et pharmacie pour les embarquements de l'Amérique, ainsi que les tablettes de bouillon propres pour les voyageurs.

24 octobre 1783. — Le sieur Nadau jeune, maître en pharmacie, renouvelle son avis au public pour son Eau de Perle, qui facilite les sorties des boutons chargés de virus, déterge la plaie et nourrit le tissu cellulaire en en calmant les démangeaisons.

26 décembre 1783. — Le sieur Robert, maître apothicaire de cette ville, qui ouvrira incessamment un magasin de pharmacie, offre en attendant au public, une essence dentifique dont la propriété est de calmer les maux de dents à l'instant ; une eau spécifique pour les engelures, pourvu qu'elles ne soient point crevées, de même qu'une crème en très grand usage à Paris pour enlever le rouge, entretenir la fraîcheur de la peau et empêcher les rides. En attendant l'ouverture de son magasin, il est logé chez le sieur Painchaud, Mᵉ tailleur rue Saint-Yon.

11

1ᵉʳ juillet 1785. — M. Dergny, apothicaire en cette ville, rue du Temple, prévient le public qu'il est parvenu à composer une liqueur qui a la propriété de faire cesser la douleur occasionnée par la carie des dents et de détruire la carie récente ou invétérée en conservant la partie saine, sans nuire aux dents voisines.

Se présenter chez lui en personne. La guérison qui suivra immédiatement l'application du remède en dictera le prix. Les pauvres munis d'un certificat de M. le curé seront guéris gratis.

6 janvier 1786. — Le sieur Dergny, apothicaire rappelle son odontique qui détruit absolument la carie des dents, qui guérit également les chicots douloureux, ainsi que les dents cariées sans douleur actuelle. Si par extraordinaire il se trouvoit quelque personne qui ne soit pas guérie, malgré l'exactitude du traitement, M. Dergny remettra l'argent.

17 novembre 1786. — Le sieur Nadeau, docteur es-arts et maître apothicaire de cette ville, désireroit trouver à se démettre de sa pharmacie en faveur d'un étudiant qui auroit, avec l'intention de se fixer dans ce pays, les connaissances et le temps qu'il faut ordinairement pour être promu au grade de maître en pharmacie.

23 février 1787. — Le vinaigre antiscorbutique de M. Dergny, apothicaire, sera de la plus grande utilité pour les voyages de la traite des nègres, dont la réussite dépend souvent de l'usage des bons antiscorbutiques. Ce remède se vend à un prix raisonnable.

3 avril 1789. — Le sieur Dergny renouvelle son annonce pour son merveilleux baume odontalgique, dont le prix est de 3 livres pour les personnes domiciliées, 1 livre 4 sous pour les domestiques et gratis pour les pauvres.

Très fréquemment, on trouvait des annonces ayant trait à la vente des eaux minérales, qui avaient déjà la faveur du public. Cette vente n'était pas libre à la fin du XVIIIᵉ siècle, car nous voyons, le 15 mars 1788, l'apothicaire Augustin Fleury (1) demander au Lieutenant de Police l'enregistrement d'un brevet obtenu du roi, après autorisa-

(1) Arch. Hôtel de ville.

tion de l'Académie de médecine, lui conférant le droit de vendre seul les eaux minérales françaises et étrangères pendant six ans, « à l'exclusion de tous autres et épiciers. »

Cependant les apothicaires n'étaient pas seuls à annoncer des remèdes dans la gazette rochelaise de cette époque. En parcourant les vieilles « Affiches de la Généralité», on est surpris d'y trouver une foule de médicaments spéciaux dont la vente se faisait chez des particuliers ou chez des personnes exerçant des professions très différentes de la pharmacie. L'allure charlatanesque donnée aux annonces, dont les apothicaires eux-mêmes n'étaient pas toujours exempts, s'exaltait alors d'une façon considérable. Nous avons d'ailleurs relevé quelques-unes des insertions les plus pittoresques : elles nous donneront une physionomie de ce qu'était alors l'exercice de la pharmacie.

20 mars 1772. — Le sieur Baudoire, chimiste et botaniste, logé chez M. Bégret, marchand graisseur, se rendra partout où on le fera appeler. Il possède un remède contre maladies de peau, douleurs rhumatismales.

3 avril 1772. — Le sieur de Boiroux, chimiste, logé chez M. Servant, tailleur sur le port, maison de MM. les Ingénieurs, continue de distribuer son remède contre le ver solitaire et des sachets pour préserver ceux qui s'embarquent, des maladies de mer.

12 juin 1772. — M. de Lavienne, chirurgien, possède de l'eau d'Availles en Limousin, qu'il tient directement de M. de Laubonnerie, propriétaire des fontaines minérales d'Availles.

24 septembre 1773. — Le sieur Darbellet-Chéron, marchand en cette ville, vient de recevoir d'Angleterre l'eau de Perles, dite eau de fleurs d'Italie, du fameux Dubois de Londres, si connu par ses expériences chimiques et physiques (1).

---

(1) On trouve dans le journal de la Généralité, un très grand nombre d'annonces faites par le marchand Darbellet-Chéron et concernant des remèdes variés.

28 janvier 1774. — Le sieur Darbellet-Chéron a reçu et vend la vraie fleur de Moutarde d'Angleterre. Cette fleur, par une préparation aisée qu'on en fait soi-même, est la meilleure moutarde connue pour la table et son usage en médecine est plus efficace que toutes les autres moutardes. Elle est stomachique, diaphorétique, antiscorbutique, elle est bonne pour les affections hypocondriaques, soporeuses et les pâles couleurs ; c'est un puissant sternutatoire, elle donne de l'appétit, facilite la digestion et convient aux vieillards et à toutes les personnes phlegmatiques et mélancoliques.

4 mars 1774. — Madame Goutron possède une pommade pour guérir les brûlures en huit jours.

2 décembre 1774. — On trouve chez le sieur Millenet, graveur, rue du Palais, un remède propre à détruire et à prévenir les engelures, c'est le baume du Mont Saint-Godard.

9 décembre 1774. — L'essence de beauté, propre pour toutes sortes de playes et rhumatismes, se trouve chez le sieur Alvarez, marchand, rue du Palais.

7 juillet 1775. — Le sieur Maury, demeurant chez les demoiselles Léger, rue de la Bletterie, croirait manquer à l'humanité s'il ne faisoit part au public d'un remède infaillible contre les maladies dont le globe de l'œil est sujet.

11 août 1775. — Le sieur Darbellet-Chéron, marchand, rue du Palais, a reçu un assortiment de calottes de peau divines, dont la vertu spécifique est connue depuis longtemps.

26 janvier 1770. — Le sieur Dechézeaux, négociant à La Rochelle, débite la pierre styptique ou vulnéraire, composée vers l'an 1700 par le sieur Béraud, chirurgien à Niort. Cette pierre souvent contrefaite sous le nom de Boule de Mars ou de Nancy, n'appartient qu'à la famille qui l'annonce et qui possède seul le secret de sa composition. Elle est bonne pour toutes sortes de playes, soit par le fer, soit par le feu, pour les ulcères, contusions, pertes, coliques, vomissements, pâles couleurs, vapeurs, surdités, maux de tête et de dents, inflammation des yeux, dartres, asthme, morsure des chiens enragés, etc. Elle est aussi excellente pour l'encloueure des chevaux.

26 mars 1779. — Le sieur Darbellet, marchand rue du Palais, a l'entrepôt général exclusif de l'eau antivénérienne, qu'il débite avec tout le succès promis.

(Cette eau avait aussi la propriété de guérir radicalement le scorbut, les maladies cutanées et une foule d'autres affections).

7 mai 1779. — Le sieur Bignon, chymiste de la Faculté de Montpellier, élève de M. Baumé, ayant fait de grandes recherches et surtout dans la partie des cheveux, a trouvé le moyen de les conserver et d'en faire augmenter le nombre, il en ferait même venir sur la main, s'il étoit nécessaire.....

(Ce chimiste annonçait qu'il était muni de certificat des plus célèbres médecins, chirurgiens, apothicaires et de divers seigneurs).

21 juillet 1780. — Annonce pour la Poudre Faynard vulnéraire, qui « arrête toutes sortes d'hémorragies tant internes qu'externes ». La poudre est en dépôt chez un marchand.

20 juin 1783. — Les Pillules de Belloste sont en vente chez M. Corbinaud

4 juin 1784. — Le sieur Darbellet tient un dépôt pour la vente et la distribution, tant en gros qu'en détail, de la poudre d'Irroë, purgative et rafraîchissante.

16 juillet 1784. — Propriétés de la Poudre de M. le Chevalier de Goderneaux, ancien capitaine de Dragons et Chevalier de l'Ordre Royal et Militaire de Saint-Louis, connue en Angleterre sous le nom de Poudre unique.

« Cette poudre, comme dépuratif est un spécifique sûr contre les dartres et les érésipèles, les clous, la galle, le charbon et en général contre toutes les maladies provenant de quelque virus dans le sang, de quelque nature qu'il soit.

L'administration de cette poudre est très aisée et son régime peu gênant. Chacun pourra se guérir soi-même, avec d'autant plus de facilité que son traitement n'exige aucunes préparations, telles que la saignée, la purgation, les bains, ni le secours d'aucun autre remède. Le prix de chaque prise est de 2 livres 8 sols. Avec 25 à 30 prises et rarement plus on guérit les maladies les plus rebelles et les moins curables. S'adresser au bureau d'avis. »

13 janvier 1786. — Madame Delarivallière tient le bureau du sirop balsamique pectoral au même endroit que celui d'écorce d'orme pyramidal.

9 juin 1786. — Le sieur Guillardon, au canton des Flamands, prévient le public qu'il tient le sirop antivermineux des sieurs Lanoix et Macors, de Lyon.

30 octobre 1789. — Darbellet-Chéron, marchand sous le Palais, a fait venir de Paris quelques remèdes simples autant qu'utiles pour le soulagement de l'humanité souffrante.

1er décembre 1792. — Dépôt de l'élixir de Stougton chez un menuisier.

Ainsi, à la fin du XVIIIᵉ siècle, une sorte d'anarchie pharmaceutique régnait dans notre ville. Au mépris des vieux statuts corporatifs, la vente des substances médicinales se faisait partout. La Communauté des apothicaires était à l'agonie et impuissante à maintenir ses droits : son ardeur processive et sa susceptibilité se perdaient dans l'inertie générale où sombraient toutes les corporations et la loi qui les supprima, en 1791, ne changea rien, du moins en ce qui concerne la pharmacie, à une situation qui durait depuis plusieurs années.

Le mal cependant était redoutable. L'absence d'une réglementation dans la vente des médicaments, ne pouvait que compromettre gravement la santé publique et inciter des gens sans scrupules aux abus les plus regrettables. La situation, d'ailleurs, n'était pas particulière à La Rochelle. On en souffrait dans toute la France et partout, aux Communautés défuntes des maîtres apothicaires, avait succédé un état de liberté incompatible avec une profession telle que la pharmacie. Le même fait s'était produit deux siècles auparavant et nous en avons parlé dans le premier chapitre de ce travail. A la fin du XVIᵉ siècle, l'anarchie corporative régnant partout, il avait fallu réorganiser les Communautés d'apothicaires et leur donner des statuts ou des règlements pour supprimer les abus. On fit de même à la fin du XVIIIᵉ siècle et

quand, après les heures troubles de la période révolutionnaire, on dut songer aux grandes réformes inté-
rieures, l'urgence d'une sévère législation pharmaceutique
apparut aux yeux du gouvernement. Mais au lieu du
régime corporatif, dépourvu d'unité, on donna à la pharmacie française une loi d'Etat, la loi de germinal an XI,
qui devait ouvrir à notre profession la voie scientifique
où elle s'est glorieusement épanouie.

Un changement s'opéra aussitôt dans la condition morale et matérielle du pharmacien, successeur de l'apothicaire, et un journal rochelais du 24 septembre 1813 donne
sur ce sujet la pittoresque note suivante :

Modes de 1813. — Que dirait un apothicaire qui aurait quitté
Paris en 1789 et que des affaires d'intérêt appelleraient chez son
successeur ? Plus de *boutique*, c'est une *officine* ; et au nom trivial
d'*apothicaire* on a substitué celui de *pharmacien*. Plus de bocaux
de faïence à étiquettes bleues et à couvercles de carton ; plus de
caraffes en verre commun, de tiroirs de bois de chêne et de boites
de fer blanc. Ce sont des urnes de porphyre, des vases de porcelaine dorée, des flacons de cristal taillé, des coffrets de bois de
citron et des cassolettes de vermeil, qui contiennent les drogues,
les onguents, les opiats, les sirops, les poudres et les élixirs. Point
d'odeurs fades et de tristes desservans du Dieu d'Epidame : c'est
le temple embaumé de l'aimable Hygie, où ses jeunes favoris
meuvent la spatule en fredonnant un air de *Jean de Paris* (1).

Ces lignes, un peu lyriques, soulignent bien la transfor-
mation importante qui s'était accomplie dans notre profession dès l'année 1803. Mais la loi de germinal an XI,
où finit l'histoire locale des Communautés pharmaceutiques, marque aussi le terme de notre sujet. Il ne nous
appartient pas d'entrer dans l'histoire générale de la pharmacie, puisque nous avons voulu simplement rappeler
l'ancienne Communauté rochelaise et les statuts particuliers qui guidèrent pendant deux siècles ses traditions et
ses destinées.

(1) Affiches-Annonces et Avis divers de La Rochelle, 1813. Bibl. La Rochelle.

CHAPITRE XI

Quelques Apothicaires de La Rochelle.

ès le XVIᵉ siècle, existaient dans notre ville des apothicaires qui étaient autre chose que les simples *confectionnarii* du moyen âge, des hommes ayant déjà des connaissances étendues pour l'époque, ou montrant un goût prononcé pour les études et les observations scientifiques. L'importance du mouvement maritime, les relations commerciales avec toutes les régions de France et avec les pays étrangers furent les facteurs qui contribuèrent sans doute au développement intellectuel des Rochelais.

Le premier apothicaire de La Rochelle que nous puissions distinguer ainsi, est Mathurin Motaye, dont parle dans son très pittoresque livre sur la *Divine maladie de Peste,* le médecin Olivier Poupard (1). « Ma-

---

(1) *Conseil divin touchant la maladie divine, et Peste en la ville de La Rochelle,* par Olivier Poupard, poictevin de Saint-Messant, médecin ordinaire de La Rochelle. — Imprimé à La Rochelle, en 1583. Bibl. La Rochelle, n° 3102.

« thurin Motaye, angevin, homme fort grand rechercheur
« d'herbes, fort sçavant apothicaire en ceste ville, a
« trouvé entre les brosses du voisinage rochellois » une
plante nommée scorzonère, que l'on croyait alors originaire exclusivement de Catalogne et à laquelle on attri-
buait les plus extraordinaires vertus contre les morsures
de serpents et de scorpions, contre les venins de toute
sorte et, par analogie, contre la peste, qui était alors con-
sidérée comme provoquée par un venin. L'apothicaire
Motaye, dit encore le docte Poupard « a demeuré long-
« temps en ce païs de Catalogne, et en a si bien aprins
« la langue qu'il la parle mieux que son angevin. » Et,
tandis que certains avaient voulu garder pour eux seuls
la connaissance de la plante et de ses vertus, « autant ou
« plus Mathurin est libéral et prompt à le publier, qui me
« l'a montré à moi et presque à tous les gens du païs, si
« bien qu'elle n'est déjà que trop publicque. »

Tout ce que dit Olivier Poupard sur la scorzonère, dont
il fait une description assez détaillée, lui a évidemment
été indiqué par l'apothicaire botaniste. Nous n'avons rien
trouvé sur la vie pharmaceutique de cet ancêtre professionnel du XVIe siècle.

C'était sans doute un savant distingué aussi que
ce Paul Moriceau, qui enrichissait à la fin du XVIe et au
commencement du XVIIe siècles, le cabinet d'histoire
naturelle des célèbres apothicaires de Poitiers, Contant
père et fils. La reconnaissance qu'ils lui en témoignaient
se retrouve en différents passages de leurs œuvres (1)
et elle s'exalte surtout dans les vers suivants de Paul Contant (2) :

C'est toy cher Moriceau, c'est toy fils de Permesse
Qui me fais posséder une telle richesse,

---

(1) *Les œuvres de Jacques et Paul Contant, maistres apothicaires de la ville
de Poitiers.* Poitiers, 1628, Bibl. de La Rochelle, n° 8160.
(2) *Le Jardin et Cabinet poétique* de Paul Contant, page 28.

C'est de toy que je tiens un si riche thresor,
Que je n'estime moins que les perles et l'or
De l'Inde précieuse ; et que cent fois encore
Ce que voit ce grand œil que le monde redore ;
Ce sont de tes biens faicts, Moriceau : mais croy moy
Qu'un jour j'entonneray ton beau renom : mais quoy ?
En un subject si beau faut-il que je m'arreste ?
Non il ne le faut pas : Muses tost qu'on m'apreste
D'un doucereux nectar un hanap Pithyen,
Pour grimper plus dispos au mont Permessien ;
Où glouton je boiray à longs traicts et sans peine
Des bouillons ambroisins de la source hypocrène,
Pour chanter à jamais, enyvré de votre eau,
Les singularitez que j'ay de Moriceau.

Entre autres curiosités que l'apothicaire de La Rochelle avait offertes à son confrère poitevin, se trouvait un crocodile empaillé. Moriceau décrit cet animal dans son *Jardin poétique* et, pour témoigner sans doute de sa satisfaction, il fait ainsi parler le crocodile (1) :

« Et dis à haute voix (au moins si la parolle
Te vient : mais en cecy je sers de protocole) :
Faictes à Moriceau humble remerciement
Car par luy vous avez l'heureux contentement
De me voir en ce lieu, ayant quitté mon maistre
L'Apollon Rochelois ! pour me faire paroistre
Dedans le cabinet de Contant, qui chez soy
A de quoy contenter l'esprit mesme d'un Roy ! »

Nous avons trouvé peu de documents sur l'apothicaire Moriceau. Il appartenait à la religion réformée et exerçait sa profession en 1611 (2). Il fut bourgeois de la ville et mourut en 1638, peu fortuné sans doute, car des créanciers se présentèrent aussitôt sa mort et les héritiers n'acceptèrent sa succession que sous bénéfice d'inventaire. Le

---

(1) *Le Jardin et Cabinet poétique* de Paul Contant, page 29.
(2) Archives départementales. B. 1597.

curateur nommé pour les enfants mineurs fut l'apothicaire Jehan Seignette (1). Une fille de Paul Moriceau avait épousé Henry Guiton, sieur de la Valade, cousin-germain du glorieux maire de La Rochelle, Jehan Guiton (2).

BOUCHER-BEAUVAL. — Parmi tous les apothicaires rochelais, Boucher-Beauval fut certainement l'une des figures les plus originales. Arcère a écrit sur lui la notice biographique suivante :

Jean Boucher, sieur de Beauval, vint s'établir à La Rochelle vers l'an 1622. Il fut reçu maître apothicaire le 10 août 1627. Les magistrats, quelque temps après, le chargèrent de la composition des médicaments pour l'hôpital de la ville. Il exerça sa profession non en praticien vil esclave de la routine, et dont la main aveugle compose un remède sans que l'esprit ait aucune part à cette opération, mais en homme intelligent, qui approfondissait les principes de son art, et en saisissait les diverses branches, telles que la botanique, la chimie et la connaissance des minéraux. Il s'attacha surtout à la thérapeutique, c'est-à-dire à cette partie qui cherche les remèdes et les applique ensuite, avec une attention réfléchie. Le fruit de ce travail fut un ouvrage dont on fera mention.

Boucher servit doublement La Rochelle, en exerçant un art extrêmement utile, et en qualité de militaire qui se dévoue généreusement au bien public. Enseigne d'une compagnie des milices municipales, il fut chargé en 1636, de défendre la côte de Laleu, menacée par Don Alonzo-Idiago, vice-amiral d'Espagne. lequel avait mouillé dans le canal, avec dix-huit vaisseaux de guerre. Boucher, retranché sur le rivage, fit si bonne contenance durant deux jours entiers, que l'ennemi n'osa tenter le débarquement. C'est le témoignage que rend à ce brave homme Jean de Lescale, Président au siège présidial.

Boucher signala encore son courage et son zèle à la prise des tours, en 1651. On le vit alors, à la tête de sa compagnie, soutenir fièrement contre les assiégés, le marquis de Raroi, capitaine aux Gardes, et La Sablière, commandant des mineurs, tous deux occu-

---

(1) Archives départementales. B. 1562.
(2) Callot, *Histoire de Guiton*.

pés à enlever les pieux qui défendoient l'entrée de la tour Saint-Nicolas. Benjamin d'Estillac, lieutenant général des armées du Roi dans le pays d'Aulnis, et Saint-Germain, commandant de La Rochelle, rendirent publiquement à sa valeur la justice qui lui étoit due et le Roi en fut si satisfait qu'il le mit au nombre de ses apothicaires ordinaires. En 1659, le 9 août, Sa Majesté se trouvant à Saintes, les officiers des milices rocheloises allèrent lui rendre leurs hommages et Boucher porta la parole.

On travailla en 1670 au nettoiement du port et l'on enleva sur l'aire de ce bassin cinq pieds de vase. Cette grande opération, commencée le 29 avril et finie le 2 janvier 1672, fut confiée par M. Colbert du Terron aux soins et à l'inspection de Boucher : il s'étoit acquis, auprès de cet intendant, cette considération précieuse que la vertu et les mérites n'obtiennent pas toujours des grands.

Les chefs de Police ayant fait construire la fontaine royale, demandèrent à Boucher une inscription qui put servir de décoration à cet édifice. Les talents de ce digne citoyen sembloient s'étendre à tout. Il composa les vers suivants, dans lesquels il fait parler La Rochelle :

> Je n'ai point honte de ma prise ;
> Mon sort, quoique triste, fut beau.
> J'ai vu tous les miens au tombeau
> Voulant conserver ma franchise.
> Un grand roi me soumit, toujours victorieux,
> Qui tout juste et clément, de son char glorieux,
> Me fit renaitre de ma cendre.
> Nymphes, qui vous pressez de sortir de ces lieux,
> Publiez que cet Alexandre.
> S'est fait, en me vainquant, maitre des autres Dieux !

Boucher a donné au public :

1° *Le traité de la populaire colique bilieuse du Poitou*, à La Rochelle, chez Toussaint de Gouy, 1673, in-12 de 77 pages, sans compter l'épître dédicatoire et la préface. Beauval observe que ce fut vers l'an 1572 que la colique bilieuse se fit sentir dans le Poitou et que ce fléau terrible étendit ses ravages dans l'Aulnis. Six docteurs en médecine disent dans leur approbation « que l'auteur « est doué de belles connaissances dans la littérature, les sciences

« et les arts et qu'ils jugent nécessaire et très utile l'impression de
« son ouvrage. »

2° Un *Abrégé historique et chronologique de La Rochelle*, imprimé avec le *Traité de la colique* (1).

La Bibliothèque de La Rochelle possède seulement cet *Abrégé historique et chronologique* (2).

L'apothicaire Boucher-Beauval y rappelle, après quelques faits marquants de notre histoire locale, les grands travaux entrepris dans la ville sous sa haute direction. Il s'étend notamment sur la modification qu'il fit apporter à notre vieux monument rochelais : la Grosse Horloge.

L'an 1672, dit-il, a été entrepris et exécuté un ouvrage, le plus hardi, le plus nécessaire et le plus beau qui ait été fait en ladite ville. La porte ancienne du Perrot, que l'on a nommée, depuis que ce quartier a été joint à la susdite ville, le Gros Horloge, avoit deux portes, l'une grande pour passer les charrois et l'autre petite pour le passage des hommes, qui étoient séparées par un gros et massif pilier, qui supportoit la pesanteur d'un si puissant édifice. Et parce que d'ordinaire, à l'entrée des villes, on fait les avenues étroites et courbées, pour éviter les surprises, celle-là l'étoit au dernier point, si bien que l'on ne pouvoit aller librement et commodément de la vieille ville dans ce quartier et sur la rive.

L'on a trouvé moyen, contre la créance presque de tout le monde, d'ôter avec beaucoup d'adresse et de soin ce gros pilier, de joindre lesdites deux portes en une et d'élever en leur place une arcade magnifique, large et fort haute, de rendre par ce moyen le passage fort libre, qui estoit très difficile et incommode auparavant.

L'enthousiasme de Boucher-Beauval pour son œuvre architecturale, ne fut pas partagé par tous ceux qui en jugèrent, et l'ingénieur Claude Masse dit qu'on la consi-

(1) Arcère, *Histoire de La Rochelle et du pays d'Aulnis.*
(2) Bibliothèque de La Rochelle, n° 12434, II, 10.

déra « comme une œuvre de conséquence, quoi que de peu de chose » (1).

Boucher-Beauval, apothicaire à la fois architecte, ingénieur et poète, dut certainement jouer à La Rochelle un rôle sur lequel nous regrettons de ne pas être plus documenté. Il appartenait à la religion réformée, mais, ainsi que nous l'avons indiqué en parlant des apothicaires protestants, il put, vraisemblablement à cause des services rendus par lui à ses concitoyens, exercer en paix sa profession. Son fils fut, au contraire, poursuivi impitoyablement par la Communauté des maîtres apothicaires, qui lui fit interdire le libre exercice de la pharmacie.

GOUJAUD. — Michel Goujaud mérite aussi une mention spéciale. Cet apothicaire, fils de maître, fit son apprentissage chez son père et suivit des cours à Paris. Il fut reçu maître à son tour et admis dans la Communauté de La Rochelle le 20 août 1763 (2).

Il publia dans les *Affiches et avis divers de la Généralité* le 29 décembre 1775 (3), une note sur les « dangers de l'usage du cuivre, entr'autres des robinets « que l'on adapte aux tonneaux pour en extraire le vin ». Cette note prouve les connaissances en chimie de Michel Goujaud et montre en lui un pharmacien qui s'intéressait aux observations scientifiques.

Quoique tout le monde soit instruit des dangereux et terribles effets que produit le cuivre pris intérieurement, dit-il, l'usage de ce métal ne tombe point, il est étonnant de voir avec quelle sécurité on prépare un grand nombre de nos aliments et souvent avec combien peu de précautions.

Il décrivait ensuite l'action du vin et du vinaigre sur les robinets de cuivre, en faisant ressortir l'avantage qu'il

---

(1) Couneau, *La Rochelle disparue.*
(2) Archives Hôtel de Ville.
(3) Bibliothèque de La Rochelle.

y avait à les remplacer par des « jaux de bois, ou encore
« des robinets de fer, dont la rouille, bien loin d'être
« malfaisante, devient un remède salutaire à plusieurs
« personnes, étant connu pour un très bon désoppi-
« latif.

« Les Suédois, gens sages et prudents, se sont défendus
« l'usage du cuivre, quoique la nature ait fait présent
« de ce métal à cette contrée et que ce soit l'un des plus
« forts objets de son commerce. »

Il ne faut, dit Goujaud, employer que des « vaisseaux
« de cuivre bien étamés » et supprimer les robinets de
cuivre, et il conclut ainsi : « ce n'est qu'en portant la
« frayeur dans les esprits, que l'on peut désiller les yeux
« du public et l'obliger à des réflexions sérieuses pour le
« bien de sa courte existence. »

L'apothicaire Goujaud se distingua à La Rochelle, le 22
février 1784, en lançant le premier aérostat qu'on ait pu
contempler dans notre ville. Les « *Affiches de la Généralité* » relatèrent ainsi cet événement sensationnel.

Le sieur Goujaud fils, maître apothicaire, lança dimanche 22
février dernier, sur la place royale de La Rochelle, un globe aéros-
tatique, en présence des chefs et de toute la ville assemblée. Sa
forme et sa propreté flattèrent d'avance les spectateurs ; il fut
rempli de gas dans moins d'une minute ; il forçoit pour partir lorsque la perche qui servoit à l'exaucer s'engagea dans l'anneau au
moment de son élévation. S'étant dégagé par une forte secousse,
qui lui occasionna une déchirure de dix pouces, en forme d'é-
querre, à son extrémité supérieure, il revint droit et s'éleva ma-
jestueusement au bruit des acclamations et d'un applaudissement
général. Son ascension fut telle qu'en moins de treize minutes, il
s'est dérobé à tous les yeux, après avoir été vu de la grosseur
d'une petite étoile même avec les meilleures lunettes d'approche.

Après avoir parcouru diverses aires de vent en parcourant différentes régions, il fut descendre à trois lieues de La Rochelle,
sur l'ancienne route de Marans, où les paysans l'ont mis en pièce
à coups de fourche, après en avoir été fortement effrayés ; ils ont

cependant conservé un oiseau, qui pendoit dans une cage à trois
pieds au-dessous du globe.

Sa forme étoit un peu ovale, terminée par une couronne aplatie ;
son volume étoit de seize pieds de haut et trente-six de circonfé-
rence, d'une couleur d'un beau blanc imitant le taffetas, avec des
bandes bleues, et décoré de fleurs de lys en or ; chaque fuseau
portoit des légendes latines analogues à cette superbe découverte
et à l'honneur des François, de MM. de Mongolfier, Charles, Robert et à l'étonnement des nations (1).

Il est à noter que les célèbres expériences des frères
Montgolfier sur l'aérostation dataient alors de quelques
mois seulement (1783). L'apothicaire Goujaud en suivant
les découvertes de ces hardis novateurs, montrait un esprit
avisé et ami du progrès (2).

Une curieuse épitaphe en vers nous est restée sur cet
ancêtre professionnel. En voici la reproduction.

Epitaphe du Citoyen Goujaud fils,
Apothicaire à La Rochelle,
Mort à la Vendée au service de la Patrie.

Ci-git d'Hipocrate le frère,
Chez les morts trop tôt descendu ;
Il a tant voyagé sur terre
Qu'à la fin le voilà rendu.
Vestales, passant sur sa bière,
Ne vous arrêtez qu'un moment,
Après une courte prière,
Esquivez-vous rapidement.
Si l'alkali fluor de l'Ile de Cithère
S'introduisoit dans son Caveau,
Le nez ressuscité de votre Apothicaire
Eternueroit encore au milieu du tombeau (3).

---

(1) *Affiches, annonces et avis divers de la Généralité de La Rochelle*, 15 mars
1784. Bibliothèque de La Rochelle.

(2) Goujaud était l'oncle de Aimé Goujaud-Bonpland, le célèbre explorateur
et naturaliste, collaborateur de M. de Humboldt.

(3) Bibliothèque de La Rochelle, n° 22854.

L'auteur de ces vers ne nous est pas connu, non plus que celui auquel nous devons l'épitaphe suivante, à tournure très satyrique, faite après la mort d'un autre apothicaire rochelais, Joseph Dergny. Nous avons trouvé le nom de ce dernier dans un grand nombre de documents sur la pharmacie. Dergny fut reçu maître à La Rochelle en 1744, il exerça sa profession pendant plus de 55 ans et fut l'un des deux derniers syndics de la Communauté.

Epitaphe du Citoyen Dergny
Doyen des Apothicaires de La Rochelle, mort en l'an IX.

Ci git un grand apothicaire,
Très grand du côté du talent,
Car de taille il ne l'étoit guère.
Il étoit frais, dispos, court, robuste et galent.
Il avoit le ventre assez libre :
Tout étoit calculé dans chaque région :
Ses urines couloient comme les eaux du Tibre :
Il crachoit peu ; mouchoit avec réflexion.
Il avoit parfois la colique,
Dans les premiers jours du printems,
Dont il corrigeoit le caustique
A l'aide de lubréfians.
S'il éprouvoit quelque torture
Dans ses pénibles fonctions,
Il dénonçoit à la nature
Le résultat de ses digestions.
Toujours égale dans sa parure,
Il se mettoit fort uniment,
Et sa perruque et sa frisure
N'ont jamais varié qu'au bord du monument.
Son teint luisant et pharmaceutique
Câdroit à son accoûtrement :
Il avoit le coup d'œil oblique,
Marchoit et saluoit horizontalement.
Il avoit la jambe efilée,
Et le pied fait à l'unisson,

Chaque cuisse étoit modulée
Sur les contours d'un limaçon.
Il figuroit très bien à table,
Buvoit fort peu, mangeoit solidement.
Convive délicat, ce pharmacope aimable
N'avaloit ordinairement
Qu'après avoir beaucoup trituré l'aliment.
Souvent il se sevroit des travaux botaniques,
Pour se livrer aux détails domestiques.
Selon les mœurs du vieux tems de Marot,
D'Esculape il faisoit, d'un côté la cuisine,
De l'autre il écumait le pot ;
Et quelque naïade anodine
Bouilloit toujours auprès d'un dinde ou d'un gigot.
Il étoit anti-britannique,
Zélé partisan de Bosthon ;
Il égaloit en politique
Le grand général Washington.
Il avoit l'âme belliqueuse,
Il fut soldat au corps des vétérans,
Et dans le feu d'une toux pituiteuse,
Il perdit en héros ses deux premières dents.
Son style étoit diaphorétique,
Onctueux dans l'expression ;
Chaque mot qu'il disoit valoit un balsamique,
Ou du moins une émulsion.
Lorsque quelque malade entroit dans sa boutique,
Il en sortoit plein d'admiration,
Emportant avec lui toujours quelque topique,
Pour tout genre de fluxion.
Jamais aucun air méphitique,
Ni pestilentielle vapeur,
N'osèrent approcher du Vésuve chimique
De ce stoïque parfumeur.
Il distilloit à la cornue,
Il distilloit au bain-mari,
Il avoit une eau pour la vue
Qu'il tiroit du fond du Berry,
Dont la source étoit infinie,

Qu'il faisoit passer en Turquie
Pour bassiner les yeux et le nez du mufti.
Chez lui, tout étoit prolifique,
Son officine avoit un air de volupté,
La nature trouvoit toujours quelque tonique,
Pour aider aux besoins de la fécondité.
Son chef étoit orné d'un large tricolore,
Ayant quatre aunes de circuit.
Ce civique turban le disputoit à Flore,
Lorsque Zéphire la poursuit.
Du matin jusqu'au soir il parcouroit la ville,
Et n'étoit occupé que de paraitre utile.
Il avait d'Hypocrate et de feu Galien,
Et la double encolure et le double maintien.
Il a balayé la nature
Pendant plus de trois fois dix ans !
Passans, sur son tombeau peignez-vous sa figure,
Couverte de rhubarbe et de mirobolans !

Par XXX (1).

Apothicaires ayant exercé à La Rochelle avant 1803, et dont nous avons trouvé les noms au cours de nos recherches (2).

Jehan Guérin, 1471.	Chartron, 1632.
Delaunay, 1580.	J. Cadet, 1641.
Mathurin Motaye, 1583.	Jean Langellier, 1642.
Balthazard Debrie, 1605.	Elie Seignette, 1645.
Moriceau, 1611.	Marbeuf, 1645.
Debetz, 1624.	Hélie Châlon, 1646.
Boucher-Bauval père, 1627.	Massiot, 1648.
Le Sin, 1628.	Rousseau, 1652.
Jehan Seignette, 1628.	Guiard, 1652.

---

(1) Bibl. de La Rochelle, 22854.

(2) Les dates qui accompagnent les noms des apothicaires se rapportent aux documents où nous les avons vus figurer pour la première fois.

Isaac Baulot, 1652.
Guyaud, 1655.
Couzard, 1657.
Ch. Deflondres, 1662.
Mayaud, 1663.
Jacques Boucher-Bauval, 1668.
Brochard, 1672.
Ranconnet, 1677.
Cheureau, 1680.
Ch. Lucat, 1680.
Bourget, 1683.
Pierre Dupont, 1683.
Decombs, 1694.
Lagerle, 1694.
Alexandre Nadau, 1701.
Michel Cheureau, 1701.
André Brochard, 1701.
Jean Duffault, 1704.
Jean Goujaud, 1706.
Martial Garat, 1712.
François Chambault, 1713.
François Gourbaud, 1716.
Gilbert, 1716.
Gabriel Guynot, 1716.

Daniel Nadau, 1734.
Elie-Joseph Dergny, 1743.
François - Pierre Chambault, 1745.
Hiacynthe Magre, 1748.
Michel Goujaud, 1755.
Louis-Sylvestre Jambu, 1755.
Joseph Sabin Magre, 1757.
Bruneau, 1757.
Joseph Collonier, 1760.
Michel Goujaud fils, 1763.
Joseph Nadau, 1766.
Guillemot, 1777.
Nadau, 1780.
Robert, 1783.
Courjaret, 1783.
Augustin Fleury, 1784.
Delabletterie, 1786.
Sylvestre Jambu, 1791.
Jodot, 1793.
    Derniers syndics ou maitres-gardes de la Communauté :
Dergny et Jodot.

LES SEIGNETTE

ET LE SEL POLYCHRESTE

Les Seignette et le sel Polychreste.

———

Nous accorderons, dans cette étude sur l'histoire de la Pharmacie à La Rochelle, une large place à quelques représentants d'une ancienne famille dont la renommée pharmaceutique et médicale fut considérable au XVIIᵉ et au XVIIIᵉ siècles. Nous parlerons longuement de ces « Seignette de La Rochelle », qui, il y a près de trois cents ans, dotèrent la thérapeutique d'un médicament chimique nouveau, dont la célébrité extraordinaire s'étendit à Paris, puis sur tout le royaume de France et gagna même l'Angleterre et l'Amérique : célébrité justifiée, d'ailleurs, puisque le « Sel Polychreste » est toujours en faveur et inscrit au Codex Français sous le nom de « Sel de La Rochelle » et « Sel de Seignette ».

Convaincu de l'importance du rôle qu'ils ont joué jadis dans le domaine médical et pharmaceutique, nous nous efforcerons de mettre en relief trois membres de cette famille : l'apothicaire Jehan Seignette et ses deux fils, le médecin Jehan et l'apothicaire Elie.

Si l'on trouve ici un médecin compris dans notre étude, c'est qu'il était impossible de le laisser en dehors de son frère et de son père. En effet, jusqu'à la mort de ce dernier, les trois hommes furent étroitement unis dans leurs travaux comme dans leur affection et, une fois seuls, les deux frères continuèrent leur féconde et intime collaboration. Le médecin mourut le premier, laissant Elie Seignette poursuivre les travaux commencés et jouir de la grande renommée qu'avaient préparée ensemble le père et ses deux fils.

Le « Sel Polychreste » fut le résultat le plus célèbre et le plus apprécié de ce labeur familial et l'honneur de sa découverte revient bien aux trois Seignette, contrairement à l'opinion que nous avons rencontrée, qui l'attribue au seul médecin Jehan.

Cette erreur est d'ailleurs explicable, car l'étude de la famille Seignette est extrêmement compliquée et partant assez difficile, par suite d'une filiation très abondante, à laquelle s'ajoutent une grande fréquence de prénoms identiques (Jehan et Elie) et des mariages contractés avec des femmes de même nom.

JEHAN SEIGNETTE, maître apothicaire rochelais, naquit en 1592. Son père était marchand, rue Bourserie, à l'enseigne de « la Fortune ». Comme toutes les familles bourgeoises de cette époque, celle-ci avait ses armoiries :

ELIE SEIGNETTE

APOTHICAIRE

(1632 - 1698).

« Parti de gueules au cygne d'argent, nageant sur une rvière du même, ondée d'azur et parti d'argent à la bande ce sable accompagnée en chef d'une tête de loup arranée du même, languée de gueules, et en pointe d'une nse de gueules » (1).

L'apothicaire Jehan Seignette appartenait à la religion réformée, dont il fut d'ailleurs l'un des diacres. Il exerçait la pharmacie dans la maison dite des « Quatre-ents », sise à l'angle de notre actuelle rue du Palais et ce la place des Petits-Bancs (2).

Il connut les horreurs du siège de 1628 et s'y conduisit certainement avec la bravoure et la vaillance qui caracté-isèrent les Rochelois, faisant courageusement son devoir aux remparts. Voici une anecdote qui nous en fournit la preuve : Vers la fin du siège, au mois d'octobre, l'apothi-aire Seignette se trouvait, une nuit, de garde sur les murs qui vont de la Tour Saint-Jean à la Tour de la Lanerne, lorsqu'il entendit un bruit qui venait du côté du chenal et crut voir des ombres se mouvoir. Il cria : « Aux armes ! » et tira un coup de fusil. Les hommes de garde au pied de la Tour de la Chaîne, répondirent à l'appel de l'apothicaire, mais les malheureux étaient tellement amai-gris et affaiblis par la faim, qu'au lieu de porter leurs fu-sils ils s'en servaient comme d'un appui. Arrivés à Sei-gnette, un rayon de lune éclaira le chenal et les pauvres assiégés purent se rendre compte que leur terreur était provoquée par des huîtres, qui, la mer étant basse, fai-saient claquer leurs coquilles (3). Et le chroniqueur Mer-vault ajoute que, si, ce jour-là, les assiégeants avaient pu parvenir jusqu'au chenal, la faiblesse des assiégés ne leur aurait permis aucune résistance.

---

(1) Garnaud, *Livre d'or de la Chambre de Commerce.*

(2) Bibl. de La Rochelle. Mss. 318.

(3) Relaté par Mervault, *Journal du dernier siège de La Rochelle*, p. 585 édition 1671).

Jehan Seignette fut, paraît-il, celui des Rochelais qui
tira le dernier coup de fusil du siège fameux (1).

Mais la défense contre les ennemis ne lui faisait pas
oublier ses devoirs professionnels et il voulut défendre aussi ses compatriotes contre un mal redoutable, le
scorbut, qui causait de grands ravages dans la population.
« On tient que ce mal venoit des salures, comme sardines,
« harans et molües (morues) dont on mangeoit fort alors,
« la viande étant rare et fort chère » (2). Jehan Seignette,
de concert avec le médecin Mathias Gohier, chercha un
remède contre le scorbut et ils le trouvèrent dans une
plante très commune, la moutarde, qui croissait en abondance sur les remparts.

Les médecins ordonnèrent « d'user de l'herbe de mou-
« tarde aux repas pour les sains et quant aux malades
« d'en boire au matin à jeun la valeur d'un verre commun
« exprimé avec du vin blanc ; comme aussi des lavages
« pour la bouche et des lessives pour les jambes, qu'on
« trouvoit toutes prêtes chez le sieur Seignette apoti-
« caire » (3).

Au cours de nos recherches sur l'histoire de la Pharmacie à La Rochelle, nous avons trouvé le nom de Jehan
Seignette dans un grand nombre de pièces inédites, mais
ces documents ne nous éclairent pas sur la physionomie
de l'apothicaire. Nous devons donc nous contenter du
témoignage de son fils Elie, qui dit, dans une brochure
dont nous parlerons plus loin (4), que Jehan Seignette
travaillait beaucoup, « soit en particulier, soit avec les
« médecins », qu'il s'attacha à connaître les drogues et les
plantes et étudia surtout la chimie, science encore mysté-
rieuse à cette époque, et dont l'avenir devait être si bril-
lant. Les nombreuses expériences qu'il fit ainsi et les con-

(1) Delayant, *Histoire des Rochelais.*
(2) Mervault, *Journal du dernier siège de La Rochelle*, p. 219.
(3) Mervault, *Relations du dernier siège de La Rochelle*, p. 219.
(4) Elie Seignette, *Traité du faux Polychreste*, Bibl. Nationale.

naissances qu'il sut acquérir, furent pour ses fils un précieux soutien et le meilleur guide dans les travaux, si délicats alors, qu'entreprirent les trois hommes.

*
* *

De son mariage avec Marie-Suzanne Guillemard, Jehan Seignette eut sept enfants, dont deux seulement nous intéresseront : Jehan et Elie.

Le premier naquit à La Rochelle en février 1623. Il fit ses études médicales à Montpellier, et le choix de cette ville l'entraîna certainement dans la voie où il devait brillamment réussir. Jehan Seignette fut en effet dans la grande université méridionale au moment où celle-ci devenait une école réformatrice dans l'art de guérir. Théophraste Renaudot, médecin montpelliérain, préconisait alors, après les travaux de Paracelse, l'emploi des médicaments chimiques. C'était une révolution dans la thérapeutique, révolution rationnelle, qui aurait dû rallier tous les esprits éclairés, mais qui rencontra une hostilité formidable de la part des médecins parisiens, à la tête desquels était le fameux Gui Patin. Ce fut l'époque de la grave querelle entre médecins : ceux de Paris tenant pour les trois S : Sené, Seringue, Saignée ; ceux de Montpellier, pour les médicaments chimiques. Jehan Seignette fut un disciple de l'école chimique et, lorsqu'il vint exercer la médecine à La Rochelle (1), il put sur les malades eux-mêmes continuer ses observations et se fortifier dans cette idée que les produits chimiques devaient avantageusement remplacer les formules polypharmaques.

Les anciens breuvages étaient d'ailleurs accueillis par

---

(1) Le médecin Jehan Seignette demeurait rue des Saintes-Claires, dans une maison qu'il tenait de sa famille. Cette maison avait été incendiée en partie en 1614, où un M Seignette qui l'habitait et « qui étoit dedans son lict, ne pouvoit « remuer, eust esté bruslé, n'eust été sa jeune fille qui le print par les pieds et « fit tant qu'elle le mist hors de sa maison. » (*Archives historiques Saintonge et Aunis*, vol. XXXVIII, p. 56.)

les malades avec un dégoût profond, et un vieil auteur
nous dit à ce propos que :

L'apothicaire doit présenter ces médecines (médecines laxatives) en joyeuse contenance, récitant au malade quelque conte
ou propos délectable et facétieux pour rire : à cette fin de divertir
la pensée d'iceluy à autre chose, attendu que le pensement des
médecines provoque bien souvent la personne à l'horreur et vo-
missement, ainsi que récite Symphorianus qu'il advint à un quidam, lequel avait les médecines à tel desdaing que l'odeur seule
d'icelle sentie contre son gré lui dévoya tellement l'estomac et le
ventre qu'il fut contraint se vuider par sept fois à l'instant jusques à encourir un accès de fièvre (1).

Dans une brochure qu'il publia en 1675, l'apothicaire Elie
Seignette (2) nous indique clairement vers quelle voie
devait s'orienter le médecin Jehan.

Si tôt, dit-il, que mon frère eut quelques connaissances dans la
médecine, il s'aperçut, étant chez mon père, que la délicatesse des
malades étoit si grande et qu'ils avoient conçu une si forte aver-
sion pour la plupart des remèdes, particulièrement pour les
purgatifs dont on se sert d'ordinaire, que très souvent ils ne le
pouvoient supporter dans leur estomac sans le rejeter et qu'ils
aimaient mieux souffrir leur mal et être privés du soulagement
que de recevoir des remèdes, ce qui l'obligea à en chercher qui
fussent moins dégoûtans et plus faciles à prendre, plus innocens et
plus asseurés que ceux dont on se sert d'ordinaire en médecine.
Après avoir lu quantité d'auteurs anciens et modernes, il se convainquit qu'il n'y avait pas de remèdes plus utiles que les sels et
les eaux minérales, qui sont remplis de sels et d'esprits.

Telle était l'opinion du médecin Jehan Seignette. Mais
à cette époque les horizons chimiques étaient très bornés
et, parmi les travaux connus, la plupart étaient mal faits.
Seignette s'en convainquit et, voulant obtenir des résul-

---

(1) *Enchiridion de l'Apothicaire*, de M. A. Ségillo, page 248.
(2) Seignette, *Traité du faux Polychreste*. Perez, impr. La Rochelle, 1675.
Bibl. Nat. T· 151, n⁰ˢ 1375, 1376, 1377.

tats pratiques, il n'hésita pas à entreprendre une étude raisonnée et des expériences suivies sur les sels connus. Alors intervint la collaboration de son père, qui mit en application ses connaissances chimiques pour la préparation et la composition des produits qu'expérimentait le médecin. Celui-ci choisit ainsi ceux qu'il « crut les plus innocens et dont les effets étaient les plus considérables », il contrôla ces effets sur lui-même et, dit Elie Seignette, « je lui en ai vu prendre moy-même diverses « fois, tant dans la santé que dans la maladie, dès l'année « 1645 ».

C'est en cette année 1645 qu'un autre Seignette se joint dans leurs travaux à son père et à son frère. Elie, fils de l'apothicaire Jehan, était né en 1632. Ayant grandi près de deux travailleurs, à une époque troublée par les passions religieuses, il avait pris lui-même de bonne heure le goût du travail et devenait, à treize ans, apprenti chez son père, dont il devait embrasser la profession.

La collaboration familiale des trois Seignette dura jusqu'en l'année 1648. Le père mourut en cette année, âgé seulement de 56 ans.

Alors, écrit Elie, nous primes chacun notre tâche, Jehan s'appliqua à l'étude, moi aux préparations des remèdes et à les administrer aux malades, à voyager et à faire tout ce qu'il était nécesaire pour acquérir de nouvelles lumières. Ce que nous avons fait avec tant d'assiduité et de patience, que nous n'avons épargné ni biens, ni peine, ni santé, pour surmonter les longs et pénibles travaux et toutes les difficultés qui se rencontrent dans les nouvelles découvertes, comme l'ont avoué même nos ennemis.

Car les ennemis commencèrent de bonne heure à s'acharner contre les Seignette et nous verrons qu'ils ne désarmèrent pas de sitôt.

Elie n'ayant que seize ans et demi à la mort de son père ne pouvait exercer seul « l'art de pharmacie ». Les statuts de la Corporation le lui interdisaient. Sa mère étant morte, il n'avait pas non plus de tutrice et il lui fallait un garçon apothicaire admis par les membres de la Communauté, mais il passa outre au règlement et continua l'exercice de sa profession. Immédiatement ses confrères lui intentèrent un procès, demandant sa condamnation à 500 livres d'amende et la fermeture de sa boutique (1). Le tribunal convoqua les deux frères, Jehan et Elie, et leur demanda ce qu'ils pensaient faire (2). Jehan répondit « qu'il n'avait pas l'intention de tenir la boutique de son père et qu'il laissait ce soin à son frère, celui-ci faisant profession de l'art de Pharmacie ». Par un jugement rendu le 31 juillet 1649 (3), le tribunal autorisa Elie Seignette à exercer jusqu'à l'âge de 20 ans, époque où il pouvait se faire recevoir maître.

Sa vingtième année arriva et le jeune apothicaire négligea complètement de demander à subir les épreuves de la maîtrise. Nous n'en avons pas trouvé la raison, mais c'était alors l'époque où la violence des passions religieuses excitait aux pires injustices, et Seignette était protestant. Peut-être eut-il l'intuition que ses confrères pousseraient l'hostilité jusqu'à refuser de l'admettre. Cela est très probable, car nous avons déjà rencontré un cas analogue.

Elie Seignette, après sa vingtième année, continua donc, au mépris des règlements, à exercer la pharmacie. Ce fut l'occasion de nouveaux procès que lui intenta la Communauté des maîtres apothicaires.

De l'hostilité violente de ses confrères, nous avons trouvé la preuve certaine dans quelques procès-verbaux de visite des boutiques, demeurés dans les archives de l'Hôtel de Ville de La Rochelle.

Conformément aux statuts qui régissaient la corpora-

---

(1) Archives de l'Hôtel de Ville.
(2) *Id.*
(3) *Id.*

tion, les maîtres-gardes *Cousard* et *Cadet,* accompagnés du médecin *Jean Marchand* et du Conseiller du Roy, Lieutenant de Police, procédaient, le 16 août 1655, à leur tournée d'inspection (1).

Lorsqu'ils furent dans l'officine d'Elie Seignette, alors âgé de 23 ans, les maîtres-gardes prononcèrent contre lui un violent réquisitoire, pour démontrer au Lieutenant de Police que « ledit Seignette n'a aucun droit de tenir bou-« tique, n'estant point maistre et n'estant préposé par « aucune veufve de maistre. »

Seignette reconnut n'être pas reçu à la maîtrise, mais avoir continué depuis la mort de son père à exercer la pharmacie en vertu du jugement rendu par la Cour de police de La Rochelle. Devant l'attitude hostile des maîtres-gardes, le Lieutenant de Police leur fit prêter une seconde fois le serment de « rapporter fidellement l'estat des drogues » et la visite commença. Voici comment la rapporte le procès-verbal :

..... Lesquels maistres nous ont dict et fait remarquer que l'eau de chardon bénit estoit bruliée, l'eau de mante défailloit, l'eau de vineth absolument gastée, que la plupart des aultres eaux n'avoient pas leur véritable goust et odeur et qu'il estoit absolument nécessaire de les renouveler.

Et quant aux syrops, que celluy de chicorée estoit fait de cassonade grise, celluy de coings descuit, celluy de pavot blanc mal fait et contre les règles des apothicaires, celluy de fleurs de pesché défailloit et pour ce qui est des mielz, que le miel de mercurial n'estoit sellon la quallité qu'il doit estre, que le miel rozat estoit mal composé, et au regard des conserves, que celle de bétoine et de primevere défailloit, que celle de roze estoit deffectueuse et celle de violette aigre et corrompue, qu'au lieu de confection d'alkermes il nous présentait du syrop avec l'or, que la theriaque estoit falcifiée et deffectueuse en sa composition, que la hiera picra, les pillules estoient deffectueuses, que les huiles

_____

(1) Arch. de l'Hôtel de Ville de La Rochelle. Liasses.

rozat, d'absinthe et de câpres estoient gastées et que celle de ruhe défailloit et que toutes les emplastres devoient estre refaictes.

Il serait permis, devant ces appréciations sévères, de se demander quelles drogues pouvaient bien être bonnes dans la boutique du jeune apothicaire rochelais, si l'on n'était pris de quelques doutes sur la sincérité de l'inspection. Et ces doutes sont justifiés lorsqu'on voit, dans le même procès-verbal, à propos des visites faites chez les autres apothicaires, des alternatives de bienveillance et de sévérité, suivant que l'opération a lieu chez un catholique ou chez un protestant.

La visite faite l'année suivante, le 10 octobre 1656 (1), fut encore une occasion de protestation contre Seignette, parce que celui-ci continuait à tenir boutique sans avoir été reçu maître. Il répondit d'ailleurs, en invoquant le jugement rendu en sa faveur le 31 juillet 1649. L'inspection fut moins sévère, car on trouva toutes les drogues au complet, « sans deffault, alteration ni sophistication « et de la bonté et qualité requises. »

En 1662 (2), un nouveau procès-verbal de visite nous montre que la Communauté ne désarmait pas contre celui qui, incontestablement, devait faire le plus honneur à la Pharmacie rochelaise. Lorsque les inspecteurs arrivèrent chez Seignette, ils demandèrent au Lieutenant de Police que leur visite ne put nuire à l'action pendante contre cet apothicaire, qui ne devait exercer l'art de pharmacie, « n'estant pas reçu maistre. » Et ils trouvèrent aussitôt « l'eau de menthe sans odeur « ni goust, une bouteille de miel scillitique, une de syrop « de coing gastées, l'essence de mattiole non complète et « dans laquelle Seignette ajoutera ce qui manque en pré- « sence de Cadet et Mayaud, maistres gardes, et cela sous « huictaine. »

---

(1) Archives de l'Hôtel de Ville.
(2) *Id.*

Planche XI

Reproduction (recto et verso) des gravures qui ornaient les paquets
de sel Polychreste.

Disons tout de suite que, malgré les menaces de ses confrères, malgré les procès qu'ils lui intentèrent, Elie Seignette ne demanda jamais à subir les examens de maîtrise devant la Communauté des apothicaires rochelais. Nous verrons plus loin comment, par un privilège assez rare, il obtint un brevet royal pour l'exercice de sa profession.

Cependant cette perpétuelle hostilité n'avait pas enlevé à Elie l'ardeur au travail. Nous avons dit, qu'après la mort du père, les deux frères s'étaient remis à l'étude des questions passionnantes et nouvelles auxquelles ils s'étaient consacrés. C'est de peu d'années après cette mort que date la découverte du *Sel Polychreste* dont nous allons maintenant parler.

*
 * *

La date exacte de cette découverte ne peut être donnée : Seignette ne l'indique pas dans sa brochure appelée *Traité du faux Polychestre* et nous n'avons trouvé aucun document précis dont nous puissions invoquer le témoignage. Nous savons seulement que le sel polychreste n'était pas créé à la mort de Jehan Seignette père, en 1648 et qu'il existait en 1660, puisqu'un jugement du présidial daté de cette année en fixa le prix à 30 sols le paquet. Nous pensons que ce dut être vers 1655, que les deux frères firent connaître le nouveau sel chimique qui devait révolutionner la thérapeutique de cette époque.

Nous avons à dessein employé le mot créé. Le sel polychreste fut en effet une véritable création dans laquelle les auteurs mirent en œuvre toutes leurs connaissances et leur expérience en chimie. C'est Elie Seignette lui-même qui nous l'explique dans son *Traité du faux Polychrestre* en même temps qu'il nous fournit la preuve de sa collaboration.

Afin de nous servir de toutes nos lumières, dit-il, et que le public put en profiter, nous choisimes trois sortes de sels entre

ceux dont nous avions le plus de connaissance et de certitude,
que nous préparâmes et joignîmes ensemble et en fîmes un remède
peu composé, mais pourtant très utile, très innocent et très facile
à prendre.

Ayant remarqué qu'il avait diverses vertus, selon les différentes
applications qu'on en faisait, Jehan lui donna le nom de

$$\Pi o \lambda u \ \chi \rho \eta \sigma o \sigma$$

qui est un mot grec signifiant : qui a plusieurs utilités.

S'étant convaincus de l'efficacité de ce remède, les deux
frères en distribuèrent à des médecins et à des apothicaires de leurs amis, et ceux-ci en furent si enthousiasmés
qu'un médecin offrit, mais vainement, d'acheter le secret
de la composition du Polychreste.

Cependant des ennemis surgirent, jaloux de ce succès.
Le nouveau purgatif était trop simple pour obtenir
l'approbation de tous les doctrinaires polypharmaques.
Eh quoi ! allait-il falloir renoncer à ces breuvages où le
séné et la rhubarbe jouaient un rôle si important ? Les
disciples de Gui Patin préférèrent médire du Polychreste,
disant « qu'il étoit un très mauvais remède, composé
« d'arsenic et de réalga, de sublimé et d'antimoine » (1),
ajoutant « qu'il ulcéroit l'estomac et la poitrine, qu'il
« avançoit la mort et que ceux qui en prendroient ne
« vivroient pas un an après. »

Ces calomnies locales n'entravèrent en rien la vogue
du sel chimique. Encouragé, le médecin Jehan Seignette
sentit s'affirmer sa foi en une thérapeutique plus simple et
plus raisonnée, et il s'attela courageusement à ce travail,
véritable Réforme dans la médecine de cette époque.

Mais il fut arrêté dans sa tâche. La trop grande assiduité, les veilles, le surmenage qu'il s'imposa lui « enflam-
« mèrent tellement le cerveau, dit son frère, qu'il s'y for-
« ma un abcèz dont il mourut en 1663 » (2). Il n'avait que
40 ans.

---

(1) Brochures de Seignette, Bibl. Nat. T· 151 (1375, 76, 77).
(2) Elie Seignette, *Traité du faux Polychreste.*

L'apothicaire Elie continua seul la préparation du sel polychreste et les travaux pour le faire connaître. La vogue du produit croissait rapidement, aussi, cédant à des sollicitations pressantes, le pharmacien rochelais se rendit-il à Paris en 1664, pour faire apprécier aux médecins et aux apothicaires de la Capitale le nouveau remède qui portait son nom.

※
※ ※

Le « Polychreste de La Rochelle » était alors vendu exclusivement sous la marque du préparateur, dans des paquets d'une forme spéciale. Au début, ces paquets portaient à l'avers une vignette représentant un cygne (le cygne qui se trouvait dans les armoiries de la famille) nageant sur une onde calme avec un soleil rayonnant au ciel. Autour de ce dessin courait une devise : *Cum Sole et Sale omnia fiunt*. Au revers était une sorte d'encadrement, au milieu duquel se trouvait en monogramme le nom de Seignette et ces mots : « Poudre Polychreste de Messrs Seignette de La Rochelle. Le paquet trente sols. » Plus tard, ainsi que nous l'expliquerons, Elie changea le titre, qu'il transforma en celui de « Vray Polychreste de Messrs Seignette de La Rochelle ». C'est ce titre qui fut toujours conservé depuis. Le prix lui-même fut modifié et abaissé à vingt sols, mais nous ne connaissons pas la date de cette modification. C'est ce prix de vingt sols qui est indiqué sur l'enveloppe très ancienne que nous reproduisons ici (V. Pl. XI).

Aucune indication concernant l'emploi n'existait sur le paquet, qui était accompagné d'une sorte de prospectus intitulé : « Les utilités les plus remarquables de la poudre « polychreste des sieurs Seignette de La Rochelle, avec « les moyens les plus faciles de s'en servir pour guérir « diverses maladies ». En quelques pages étaient données toutes les indications nécessaires.

Pour la purgation, il faut mettre la poudre en trois ou quatre verres d'eau commune, c'est-à-dire environ trois quarts ou une pinte au plus, mesures de Paris, ensuite il faut l'agiter d'un vaisseau en l'autre jusqu'à ce qu'elle soit fondue et la faire prendre à jeun en trois ou quatre fois dans l'espace d'une heure et demie, et une heure après le dernier verre, il faut se donner un bouillon clair de veau ou au beurre avec des herbes rafraîchissantes.

Suivaient ensuite les usages comme diurétique et les nombreuses maladies, pittoresquement décrites, dans lesquelles se montraient, paraît-il, merveilleux les effets du polychreste. Le prospectus se terminait par la reproduction du dessin et du monogramme dont s'ornait l'enveloppe du papier, « afin d'éviter qu'on se laisse abuser par « du faux polychreste ». La précaution n'était pas inutile.

Seignette se rendit donc à Paris en 1664. Sitôt arrivé dans la capitale, il distribua de son remède à des malades, à des médecins et à des apothicaires. Parmi les médecins, M. Daguin, médecin de la Reine d'Angleterre, M. Vallot, médecin du Roi, l'abbé Bourdelot, premier médecin de la Reine de Suède et du prince de Condé, furent si satisfaits de l'emploi du Polychreste qu'ils prièrent Elie Seignette d'apporter de son sel à « l'Assemblée physique », cénacle de savants qui tenait ses assises chez l'abbé Bourdelot. Seignette déféra à cette demande, se rendit devant les médecins et leur donna sur son produit toutes les explications désirables. La Compagnie fit un rapport élogieux et le Polychreste fut adopté par elle. Aussi, avant de s'en retourner à La Rochelle, l'apothicaire choisit-il un représentant à Paris, le sieur Rousseau, chirurgien, rue des Vieux-Augustins, auquel il laissa un dépôt de sel de La Rochelle.

Revenu dans sa ville natale, Elie reprit ses travaux et se consacra au développement commercial de son produit, car la renommée de celui-ci grandissait de jour en jour. En Angleterre, il était fort apprécié; en Amérique, sa vente était courante et soutenue là-bas par l'un des frères des créateurs : Pierre Seignette (1).

---

(1) Dès 1663, l'apothicaire Elie Seignette faisait des opérations commerciales

Nous avons lu (1) que celui-ci expédiait à La Rochelle des matières premières pour la fabrication du remède, mais nous n'avons trouvé aucune indication sur la nature de ces substances. Nous pensons cependant que l'un des produits utilisés, le tartre, devait être retiré par Seignette des pays vinicoles d'Aunis et de Saintonge, où il se trouvait en abondance.

L'apothicaire rochelais pouvait donc, à cette époque, envisager avec joie cet extraordinaire développement du nouveau médicament chimique, fruit de longs travaux, au cours desquels son frère et lui avaient rencontré bien des obstacles, triomphalement franchis. Mais, vers l'année 1671, sa quiétude fut troublée par de fâcheuses nouvelles, qui menaçaient d'atteindre dans sa réputation le sel de La Rochelle (2). Le succès de celui-ci dans tout le royaume et à l'étranger, avait suscité partout non seulement la curiosité légitime des savants, désireux de connaître la composition du nouveau sel, mais surtout les agissements d'imitateurs peu scrupuleux, qui, n'ayant jamais pu avoir le secret de fabrication du Polychreste, vendaient sous ce nom un produit de composition chimique toute différente, obtenu, dit Elie Seignette (3), en brûlant dans un creuset du soufre et du salpêtre, ce qui fournit

---

avec le Nouveau Monde, car il louait des hommes pour aller le servir pendant trois ans aux « Isles d'Amérique ». Sept personnes furent ainsi engagées par contrat, dont les clauses étaient les mêmes pour chaque serviteur : « Ledit Seignette le « fera embarquer dans ung vaisseau, le nourrira durant sondit passage et lesdites « trois années et outre à la fin d'icelles luy baillera auxdites isles le nombre de « quatre cents livres pesant de sucre, pour son loyer desd. trois années et « encore, premier que s'embarquer, luy baillera six livres tournoys, ung habit « de toille, deux chemises, ung bonnet, une paire de bas et une paire de soul- « liers, sans diminution dudit loyer. » (Bibl. de La Rochelle. Registre du not. Moreau, année 1663).

Les serviteurs d'Amérique étaient à cette époque payés en nature avec du sucre, du café ou autres denrées exotiques.

(1) Garnaud, *Livre d'or de la Chambre de Commerce.*

(2) *Traité du faux Polychreste.*

(3) *Id.*

du sulfate de potasse au lieu du tartrate double de potassium et de sodium créé par les Seignette. Ce procédé de fabrication du faux Polychreste (action du soufre sur le salpêtre) fut divulgué partout comme étant celui du véritable sel de La Rochelle, si bien que dans deux traités de chimie, écrits à cet époque par Glaser (1) et Le Febvre (2), on l'y trouve mentionné, les auteurs ayant cru à l'authenticité de la formule.

Mais les effets thérapeutiques obtenus avec le sulfate de potasse différaient totalement de ceux obtenus avec le « vrai Polychreste » et, celui-ci étant de plus en plus remplacé par l'autre, les médecins n'en obtinrent plus du tout ce qu'ils avaient observé au début ; ils découvrirent même à l'emploi de multiples inconvénients. La renommée du sel de Seignette s'en ressentit, et Marsigny, dans un traité de chimie imprimé à Rouen en 1670, en même temps qu'il décrit, comme étant le mode d'obtention du Polychreste des Seignette, le procédé de fabrication du sulfate de potasse, émet des doutes sur les vertus du sel de La Rochelle.

Les travaux et le mérite des créateurs menaçaient de sombrer dans cette abusive tromperie, aussi, dès qu'il eût terminé les divers travaux qui le retenaient à La Rochelle, Elie reprit-il le chemin de Paris en 1672 (3). La contrefaçon du vrai Polychreste était partout : pas d'apothicaire, de chirurgien, d'épicier, de couvent qui n'en débitât. Et parmi tous ces contrefacteurs, le plus marquant, celui qui s'était surtout ingénié à remplacer par un autre produit le sel de La Rochelle, était justement le chirurgien Rousseau, choisi par Seignette pour recevoir le dépôt du Polychreste.

Elie, dans sa brochure (4), nous conte tout au long les

---

(1) Glaser, maître apothicaire parisien.
(2) Le Febvre, *id.*   *id.*
(3) *Traité du faux Polychreste.*
(4) *Id.*

efforts qu'il dut faire pour triompher de ces nouveaux obstacles. Sitôt arrivé dans la Capitale, il se procura du faux Polychreste et pria les influents médecins auxquels, huit ans auparavant, il avait présenté le sel préparé par son frère et lui, de vouloir bien se réunir à nouveau. L' « Assemblée physique » fut convoquée chez l'abbé Bourdelot et, devant tous, l'apothicaire rochelais put dégager son sel de toute ressemblance avec le sulfate de potasse. Sans rien divulguer de son secret de préparation, il fit une démonstration chimique très remarquable pour l'époque et, avec deux seuls réactifs, la chaleur et l'eau, il montra qu'il n'y avait aucune analogie entre le sel débité partout sous le nom de Polychreste et le sel de La Rochelle découvert par les Seignette. L' « Assemblée physique » fut absolument convaincue par la démonstration du chimiste et lui donna non seulement l'assurance de cette conviction, mais encore le pria de publier un traité pour « désabuser le peuple et les savants » trompés par le faux Polychreste. Fort de cet appui, Seignette entreprit alors la réhabilitation du sel de La Rochelle et s'efforça de faire cesser la vente des succédanés, il obtint de Rousseau la promesse de ne plus débiter à l'avenir que le produit des Seignette et, pour que les consommateurs ne puissent être abusés, il transforma le titre des paquets, qui devint dès lors « Vray Polychreste de Mssrs Seignette de La Rochelle ».

Pendant son séjour à Paris, en l'année 1672, Elie Seignette fit la connaissance de Nicolas Lémery, dont le nom est resté célèbre dans l'histoire de la chimie, et le rapprochement de ces deux hommes est bien fait pour mettre en relief la valeur personnelle du savant rochelais.

Coreligionnaire de Seignette, apothicaire comme lui, Lémery était arrivé à Paris en cette même année 1672, venant de Montpellier. Il s'était, là-bas, livré particulièrement aux études chimiques et avait acquis des connaissances si étendues, que l'abbé Bourdelot mit à sa disposition le laboratoire qu'il possédait dans l'hôtel du prince de Condé. Lémery y ouvrit un cours de chimie et Seignette travailla avec lui, non seulement sur son Polychreste, mais aussi sur beaucoup d'autres corps et sur « l'esprit de sel ». Ces travaux sont mentionnés dans le traité de chimie de Nicolas Lémery.

On pourrait être surpris de voir dans cet ouvrage, le savant auteur décrire sous le nom de sel Polychreste un « salpêtre fixé par le soufre et par le feu, » c'est-à-dire le sulfate de potasse, étant donné que le nom de *« Poly- chreste »*, appliqué pour la première fois par Jehan Sei- gnette au produit créé par les deux frères, fut véritable- ment usurpé lorsqu'on l'appliqua à un sel qui ne lui res- semblait en rien. Mais on doit convenir que Lémery, igno- rant complètement la formule de préparation du sel de La Rochelle, dut forcément dans son traité de chimie, faire état du produit décrit dans les ouvrages de Glaser et Marsi- gny. Aussi, soucieux de vérité, ajoute-t-il à la suite de son étude :

SEL POLYCHRESTE DE M. SEIGNETTE (1). — M. Seignette, apothi- caire de La Rochelle a mis en usage un sel polychreste qui paraît d'abord être semblable à celui que j'ai décrit : mais lorsqu'on l'a examiné, on reconnaît une notable différence, tant dans les cris- tallisations et lorsqu'on en jette sur le feu, que dans les effets, car au lieu que six dragmes de celui-ci étant prises comme nous avons dit, causent des tranchées en picotant les membranes de l'estomac, celui de M. Seignette, en même quantité, purge fort bénignement sans aucunes tranchées, comme il le dit dans un petit traité tou- chant les usages de ce Polychreste. Et c'est ce que j'ai reconnu aussi après en avoir fait user à beaucoup de personnes. La com- position de ce sel n'est sceue que de lui, qui l'ayant mis en répu- tation dans les principales villes de France, m'en a laissé pour distribuer et m'en servir à Paris.

_____

(1) Lémery, *Traité de chimie.*

Signatures du contrat de mariage de l'apothicaire Elie Seignette
(Reg. du notaire Moreau. Bibl. de La Rochelle).

Lémery, comme l'Assemblée physique, affirmait donc la dissemblance entre le sel de Seignette et les succédanés qu'on vendait sous ce nom.

Il auroit pu, dit Elie Seignette (1) en commentant les appréciations de Lémery, s'étendre davantage sur ce qu'il dit, tant du faux Polychreste que du véritable et des sels dont je le compose, aussy bien que sur ce qu'il dit de divers autres sels fort extraordinaires dans leur nature et dans leur préparation, du nombre desquels est le sel dont il dit que je tire l'esprit acide si facilement, puisque je les ai fait voir en sa présence et en ay fait plusieurs expériences à beaucoup de médecins, physiciens, chimistes et autres, chez luy et dans le laboratoire pendant qu'il faisoit ses cours, mais j'approuve son silence, puisque se déclarant mon ami, ce qu'il auroit pu dire auroit peut-être été suspect aux gens mal tournés.

L'amitié et l'estime de Lémery pour l'apothicaire rochelais se retrouvent encore dans son traité de chimie, lorsque, parlant de l'esprit de sel, il constate « les belles « découvertes que fit M. Seignette, apothicaire de La Ro- « chelle, sur les sels, à l'étude desquels il s'était particu- « lièrement attaché » (2),

Ayant ainsi définitivement établi à Paris les vertus de son Polychreste et les inconvénients des succédanés, des « qui pro quo », Elie Seignette retourna à La Rochelle. Là, malgré les calomnies du début, le succès du néo-purgatif s'était toujours affirmé. Des louanges montaient, et nous les trouvons fort curieusement exprimées dans un petit opuscule intitulé : Apologie pour le sel Polychreste « de M. Seignette, maistre apothicaire de La Rochelle, « par un médecin désintéressé » (3).

« On doit trouver étrange, dit l'auteur, que les siècles passés ayent si longtemps murmuré contre le dégoût que donnent les

(1) Seignette, *Traité du faux Polychreste.*
(2) Lémery, *Traité de chimie.*
(3) Bibliothèque nationale, sans date.

médecines, et qu'aujourd'hui on loue si peu l'adresse d'un homme qui leur ôte ce qu'elles ont d'incommode et de rebutant.

Les médecins, qui se sont toujours tenus à leur scrupuleuse sévérité et qui n'ont jamais assez étudié l'art d'obliger leurs malades sans les offenser, ont cru qu'il étoit nécessaire que les purgatifs eussent cet air détestable qui fait frémir les plus résolus, et qu'on ne pouvoit réveiller la nature ni donner l'action aux remèdes sans ces troubles et ces horreurs mystérieuses, qui donnent le premier branle et commencent l'exécution. »

Pourquoi, demande le médecin, ne pas employer le sel de Seignette ?

« Parce qu'on lui reprochoit alors de passer comme un torrent, qui ne regarde pas ce qu'il fait et qui donne à l'étourdie sur tout ce qui vient à sa rencontre ». « C'est l'ignorance et le chagrin, ajoute-t-il, qui ont suscité des accusateurs contre la poudre Polychreste puisqu'on ne peut condamner avec justice un médicament qui agit sans violence et ne donne que des émotions aisées et imperceptibles, lors même qu'il détache des eaux croupissantes et démêle les restes inutiles du sang et des aliments. »

Après avoir affirmé que cet excellent remède est dû aux études approfondies et aux travaux des créateurs, l'auteur de la brochure combat énergiquement les imitateurs qui vendent le faux Polychreste que nous avons décrit, car

Que peut-on espérer du nitre descendu dans les entrailles, si ce n'est que se joignant à la bile et à la mélancolie, c'est-à-dire à des souffres et à des charbons, et se jettant dans des conduits profonds et serrez il y produise des effets semblables à ceux des mines. Ce minéral doit être considéré comme un tyran, qu'une terre obscure et ingrate engendre pour la destruction des hommes.

Ce langage imagé n'est-il pas délicieux et ne fait-il pas songer aux belles pages de Molière, sur les docteurs à bonnets pointus ?

En outre du Polychreste, dont le succès se répandit à

travers le monde, Seignette découvrit aussi un autre sel qu'il appela « alkali nitreux » (1) et en faveur duquel il publia une petite brochure (2). Nous ne nous étendrons pas sur ce produit, dont la vogue ne paraît pas avoir été très considérable et nous retiendrons simplement de cet opuscule la phrase où Seignette affirme que s'il a fait ses découvertes, « il ne le doit qu'à un travail assidu de 45 « ans (3), employé sans dissipation dans son laboratoire, « en voyages, auprès des malades et en relations avec « les plus distingués médecins et artistes de l'Europe...., « seul et unique moyen que je connaisse, ajoute-t-il, pour « se mettre en estat de remplir en honnête homme son « ministère. »

Il est certain, en effet, que l'inventeur du sel de La Rochelle fut un travailleur et nous le verrons jusqu'à la fin de sa vie, dans ses voyages, profiter de toutes les circonstances favorables pour acquérir des connaissances nouvelles. Il dut entreprendre bien d'autres recherches, sur lesquelles, malheureusement, il semble ne pas être resté de documents, mais la juste considération qui s'attachait à sa personne et la notoriété qu'il sut acquérir témoignent suffisamment de la valeur scientifique de ce chimiste.

*
* *

Cependant, l'apothicaire Elie Seignette était toujours aux prises avec la Communauté des maîtres rochelais et les procès engagés contre lui duraient depuis

---

(1) Le sel alkali-nitreux était vendu en paquets semblables à ceux du polychreste, quant au recto, qui portait la même devise et la même gravure.

Au verso était écrit : Sel alkali-nitreux de M. Seignette, de La Rochelle. Deux dragmes pour trente sols. M. Eugène l'Evêque a bien voulu nous donner un des papiers qui servaient à confectionner ces paquets.

(2) La nature, les effets et l'usage du sel alkali-nitreux de M. Seignette, maître apothicaire à La Rochelle. Bibl. Nat., sans date.

(3) Cette phrase indique que Seignette ne publia cette brochure qu'à la fin de sa vie.

vingt-cinq ans. Cette hostilité soutenue ne peut s'expliquer qu'en songeant au fanatisme religieux de l'époque, exalté certainement par une jalousie impitoyable contre un savant laborieux, qui avait vu le succès
répondre à ses efforts. Et pourtant ce succès et la célébrité mérités par Seignette, ont jeté sur l'art pharmaceutique au XVIIe siècle, un éclat dont la Communauté rochelaise aurait dû se montrer fière et reconnaissante.

Comprenant sans doute, que jamais ses confrères ne lui
laisseraient subir les examens de réception à la maîtrise
et ne l'admettraient à composer son chef-d'œuvre, Elie
décida de s'adresser au Roi lui-même et fit remettre
à Louis XIV un placet, dans lequel il demandait
à être autorisé par le souverain à continuer l'exercice de
sa profession. Le Roi transmit la requête à l'Intendant de
la Généralité de La Rochelle, Colbert du Terron, qui
répondit :

« Il se trouve qu'ayant acquis beaucoup de capacités et
« d'expérience dans son art, par une longue pratique et
« ayant fourny divers bons remèdes au public, et notam-
« ment une poudre Polychreste qui lui est particulière et
« dont il a seul le secret, qui s'est trouvée très utile pour
« la cure de divers maux, ainsi qu'il paroît par l'approba-
« tion qui a été donnée par M. le Premier Méde-
« cin de Sa Majesté et autres fameux Docteurs en méde-
« cine, et les certificats de plusieurs personnes de considé-
« ration qui ont reçu du soulagement de l'usage de ladite
« poudre Polychreste. Sur toutes ces raisons, mon avis est
« qu'il est de justice de Sa Majesté et du bien public, de per-
« mettre audit Seignette de continuer l'exercice de sa pro-
« fession d'apothicaire dans ladite ville de La Rochelle et
« d'y tenir boutique ouverte, comme aussi de composer
« et administrer par tout le royaume des remèdes dont
« il est l'inventeur » (1).

_____

(1) Seignette, *Traité du faux Polychreste.*

En réponse à ces appréciations si favorables, le Roi donna à l'apothicaire rochelais, le 16 janvier 1673, un brevet qui se terminait ainsi (1).

..... Sa dite Majesté, voulant par ces considérations gratifier et personnellement traiter ledit Seignette, elle luy a permis et permet, conformément à l'avis du sieur du Terron, de continuer doresnavant si bon luy semble, l'exercice publicq d'apothicaire à La Rochelle.

Qu'elle a voulu signer de sa main et fait contresigner par moy son chancelier, secrétaire d'Estat et de son commandement.

Signé : Louis.   Et plus bas : Phelipeaux.

Nous devons appeler l'attention sur ce cas, assez rare dans l'histoire de la Pharmacie française, d'un apothicaire autorisé à exercer par brevet royal, sans tenir compte de la puissante organisation des Communautés. L'avocat de Seignette, dans un plaidoyer que nous reproduisons plus loin, appréciait la faveur royale en disant qu'elle avait toute la solennité de lettres patentes. Et cette faveur était accordée à un protestant au moment où les libertés consenties aux Réformés étaient retirées une à une, en attendant la répression terrible des dragonnades et la révocation de l'Edit de Nantes.

Seignette eut-il quelque répit après qu'il fût pourvu de son brevet royal ? Ce répit, en tous cas, ne fut pas de longue durée.

La Communauté des apothicaires rochelais, ou, plus exactement, les apothicaires ·catholiques, profitant du mouvement général contre le protestantisme, firent approuver par le Roi les nouveaux statuts de 1678, que nous avons examinés dans une autre partie de ce travail. Le but principal de ces statuts était d'interdire l'exercice de la pharmacie à ceux de la R. P. R.

Aussitôt, forts de ce nouveau règlement, ils demandèrent

---

(1) Seignette, *Traité du faux Polychreste.*

la « fermeture des boutiques » des maîtres qui ne s'étaient
pas convertis, et cela, malgré le brevet royal qui lui avait
été donné, valut à Elie Seignette, un nouveau procès. Il
lui fut intenté en 1679 et une première sentence, rendue le
20 juillet de cette année, ne satisfaisant pas la Communauté, celle-ci fit appel. — Un document très intéressant
est demeuré sur cette cause, c'est un factum (plaidoyer
écrit) pour Seignette que nous reproduisons en entier :

Factum pour Elie Seignette, apothicaire, exerçant l'Art de Pharmacie à La Rochelle, intimé.

Contre la Communauté des Maistres Apoticaires de la mesme
ville, appellans.

Par la sentence du Lieutenant général de La Rochelle dont est
appel du 20 juillet 1679, au lieu de confirmer purement et simplement la possession de l'intimé, autorisé par la concession spéciale
de Sa Majesté, on fait grâce aux appellans, et on les renvoye à se
pourvoir par devers le Roy et nos seigneurs de son conseil, pour
savoir si la permission accordée à l'intimé par le brevet de Sa
Majesté du 16 janv. 1673, subsiste, ou si elle est détruite par les
termes de révocation des privilèges employez aux nouveaux statuts ; et cependant on ordonne à son égard, que les choses demeureront en l'état qu'elles sont : et faisant droit sur le surplus de la
requête on dit : que les articles ajoutez, lettres patentes et arrests
seront executez selon leur forme et teneur. Il y a de la vexation et
de la chicane d'avoir interjetté appel d'un interlocutoire très juridique et très innocent, et encore plus d'avoir surpris un arrest sur
requeste sur un faux exposé sans dire un seul mot du brevet de
l'intimé, en vertu duquel on lui a fait fermer sa boutique, on luy a
osté l'exercice de sa profession. Cette injustice s'établit par les
circonstances du fait, et par les moyens qui en résultent. Ce sont
les deux parties de l'affaire.

FAIT.

L'Intimé a trois qualitez également favorables: 1. Il est fils d'un
maistre apoticaire qui a exercé son employ à La Rochelle avec

honneur et avec succez durant toute sa vie, et par conséquent aux termes de l'article 50 des anciens statuts, il avait la liberté, ayant atteint l'âge de vingt ans, de conduire et de faire valoir la boutique. Cette vérité ne saurait être contestée. — 2. Ses voyages du Levant, son assiduité en sa profession et ses connaissances particulières dans la composition des remèdes luy ont acquis une réputation extraordinaire. Son sel Polychreste est très connu, et l'usage en est autorisé par le témoignage de tous les sçavants, et par une expérience publique. Son mérite personnel est distingué par les attestations de M. le premier médecin, des plus habiles médecins du royaume, des officiers de toutes les juridictions de La Rochelle et des principaux habitans, et surtout, par le Brevet solennel de Sa Majesté, expédié avec une entière connaissance de cause. En voilà bien plus qu'il n'en faut pour assurer sa fonction. — 3. Il a été vainement inquiété dans tous les temps par les appellans, plutôst par un motif d'envie et de jalousie, que par un légitime fondement. Dès le 30 juillet 1649, il a obtenu une sentence des juges de police de La Rochelle qui met les parties hors de Cour sur la requeste donnée contre luy par les maitres et gardes, et lui permet de présenter un serviteur expérimenté jusqu'à ce qu'il ait atteint l'âge de 20 ans. En 1653 et 1658, on fut contraint de cesser le trouble qu'on avait continué contre luy. Il est demeuré depuis dans une jouissance actuelle ; il a contribué à toutes les charges de la Communauté. En 1669, la déclaration du Roy estant intervenue, qui maintient indifféremment ceux de la R. P. R. (Religion prétendue réformée) comme les autres dans les Arts et Métiers, et l'arrest du 18 juillet suivant ayant esté rendu, qui porte une exception pour La Rochelle et qui deffend d'y recevoir des maistres à l'avenir, l'Intimé qui n'étoit point maitre a continué de tenir boutique sans trouble et sans empeschement.

En 1672, lorsqu'on l'a voulu chicaner, il a fait rendre la sentence du 5 mars, par laquelle on le maintient sur le veû de toutes les pièces, et on réserve aux parties de se pourvoir devant la Cour. En 1673, pour le tirer de toutes ces persécutions, il a présenté son placet au roy. Sa Majesté le renvoya au sieur Colbert du Terron pour donner son avis. L'avis conforme au certificat de Monsieur le premier Médecin et des autres les plus célèbres de Paris, fut qu'après un éclaircissement particulier du mérite de l'Intimé, il estoit de la justice de Sa Majesté et du bien public de lui permettre de tenir boutique ouverte à La Rochelle, comme aussi de composer et administrer aux malades dans tout le royaume, les remèdes dont il est l'inventeur, sans tirer à conséquence pour d'autres à l'avenir. C'est sur ce rapport solennel et authentique que le Roy a fait expédier son brevet à l'Intimé le 16 janvier 1673 dans lequel on explique sa qualité, sa profession de la Rel. pret. Réf., le trouble qui lui avoit été fait tant au sujet d'une ancienne ordonnance de M. de la Thuillerie non exécutée, que de l'arrest du 15 juillet 1669, qui n'avoit point d'effect retroactif, la preuve des faits faite par le sieur Colbert du Terron et en conséquence le Roy permet à l'Intimé, de continuer si bon luy semble l'exercice d'apoticaire à La Rochelle et d'y tenir la boutique ouverte tout ainsi qu'il a fait jusqu'à présent, malgré l'ordonnance du sieur de la Thuillerie, l'arrest du 15 juillet 1669 et autres choses à ce contraires de la rigueur desquelles Sa Majesté l'a relevé et dispensé, sans toutefois tirer à conséquence pour d'autres deffenses aux maitres apoticaires et autres personnes de le troubler et inquiéter en cette permission : enjoint à tous officiers de l'en faire jouir paisiblement à la charge par luy de se contenir dans l'obeyssance d'un bon et fidelle sujet, à peine d'être decheu de la grâce. Ce sont les propres termes de cette concession qui n'est par un simple brevet, et qui a toutes les solennités des lettres patentes.

Depuis, l'Intimé a continué son exercice comme auparavant. En l'année 1677, quatre ou cinq apothicaires s'estant rassemblez, s'avisèrent de dresser de nouveaux statuts pour ajouter aux anciens, dont le premier article porte que personne ne pourra estre receu dans la maitrise, s'il ne fait profession de la religion catholique conformément à l'arrest du 15 juillet 1669 qu'ils appellent une déclaration : et le second, qu'il ne sera permis à aucun autre de tenir boutique ouverte, nonobstant tous privilèges soubs quelque prétexte que ce soit. Arrest sur requeste obtenu au conseil le 7 aoust 1677 portant qu'il sera donné avis sur ces articles augmentez par le commissaire departy dans la province, après en avoir communiqué aux maires et échevins. Délibérations en conséquence, qui n'ont point d'autre fondement que l'arrest du 15 juillet 1669, pour l'exclusion de ceux de la R. P. R. des arts et métiers, et qui ne pouvoit nuire à l'intimé, l'arrest n'ayant pas d'effet rétroactif, et le Roy y ayant expressément dérogé par ses

lettres patentes. Second arrest du 5 mars 1678 qui ordonne l'observation des nouveaux statuts, lettres de confirmation obtenues
dans la suite. Communication aux Juges de Police et non pas au
conseil de la direction qui représente les Maires et Echevins à La
Rochelle. Avis conforme au précédent ; avis et arrest d'enregistrement pour estre les statuts gardez doresnavant, cela n'a point de
lien pour le passé. Procédure clandestine sans appeller l'intimé,
et sans qu'il en eut la moindre connoissance. Enfin quand on a
poursuivy l'homologation au présidial de La Rochelle et qu'on a
voulu tirer ces statuts à conséquence contre luy, il a formé son
opposition, sur laquelle la sentence dont est appel a interloqué
pour sçavoir la volonté du Roy, la provision devoit demeurer au
titre et à la possession, il ne devait jamais être dépossédé dans ces
circonstances.

Moyens.

La prétention des appellans est sans exemple :

1. — Elle est contraire à toutes les loix qui n'ont jamais d'effet que
pour l'avenir. *Non est janus in legibus*, leurs nouveaux statuts
n'ont pas plus de force ny d'autorité, c'est leur faire honneur que
de les nommer des loix dans ces circonstances.

2. — Elle est contraire à ces mesmes statuts dont le sens et les
termes aussi bien que l'enregistrement sont au futur, sans que qui
que ce soit puisse estre receu à la Maîtrise, ne sera permis à aucun
habitan, etc. Seront les statuts doresnavant gardez... Tout cela est
in futurum, et dire que le mesme article comprend l'*avenir* et le
passé et que les deffenses de tenir boutique ouverte à ceux de la
R. P. R. sous le privilège des veuves et autres prétextes que ce
puisse estre peuvent donner atteinte aux lettres patentes accordées
à l'Intimé, qui enjoignent à tous officiers de le maintenir, et qui
deffendent aux apoticaires de le troubler, c'est un paradoxe si extraordinaire qu'il ne faut que le proposer pour le détruire.

3. — Elle est contraire à l'arrest du 15 juillet 1669, qui a exclud
les réceptions des maîtres à l'avenir, mais qui n'a dépossédé personne, aux avis réitérez du commissaire départy et des officiers
de police, qui ne sont fondez que sur cet avis et arrest, et à l'expli-
cation solemnel que la Cour en a fait par son arrest contradictoire
du 27 août 1682, qui maintient les boulangers de la R. P. R. à La
Rochelle receus et en possession auparavant l'arrest 1669. L'In-

14

timé est en bien plus forts termes, sa fonction est plus favorable
et plus considérable, sa possession antérieure à l'arrest, comme
celles des boulangers, et son brevet avec la clause de religion plus
solemnel que de simples lettres de maîtrise.

4. — La prétention est contraire aux lettres de confirmation
qui autorisent les statuts pourveu qu'ils soient conformes aux arrests et règlement. Qui peut douter que les lettres patentes accordées à l'Intimé ne soient un règlement, une loy, une marque de la
volonté et de l'autorité souveraine aussi forte que les édits et les
déclarations ?

5. — Elle est contraire à l'utilité publique. Non seulement les
principaux médecins et les plus sçavans du royaume certifient le
mérite et l'expérience de l'Intimé, et le sieur Petit, premier médecin de Monseigneur, et autres médecins fameux ont examiné et
approuvé un traité qu'il a fait depuis peu pour les maux de poitrine et autres maladies, mais les officiers de toutes les juridictions
de La Rochelle, les quatre syndics, les consuls, les juges de
police qui ont donné leurs avis pour ces statuts, et qui sont bien
éloignez de les interpréter contre luy.

Les premiers habitans au nombre de plus de 120, tous catholiques, déclarent dans des actes produits qu'ils ont estez guéris de
diverses maladies par ses soins depuis 30 ans, et que la ville ne
peut estre privée de son secours sans un notable préjudice. Enfin
elle est contraire aux brevets et aux lettres, dont l'autorité se con-
firme par ces trois maximes :

La première : Quod principi placuit legis habet vigorem, quod-
cumque igitur Imperator per epistolam et subscriptionem statuit,
vel cognocens decrevit, vel de plano interlocutus est, vel Edicto
præcepit legem esse constat, dit la loy première au Digest, *De
Constitut. Princip.*

La seconde, que les privilèges singuliers, comme celui-cy, ne
sont pas révocables, si ce n'est expressément, et pour des raisons
particulières relatives à la personne qui en a eu la faveur et le
droit : Plane ex his quædam sunt personales, nec ad exemplum
trahuntur, ut quæ Princeps alicui ob merita indulsit : et au mesme endroit, Beneficium Imperatoris quod à divina scilicet indul-
gentia profiscicitur quam plenissime interpretari debemus.

Et la dernière maxime qui prouve parfaitement le bien jugé de
la sentence, quand elle a prononcé que les Appellans devoient se

pourvoir par devers le Roy, pour scavoir s'il avoit voulu donner atteinte au brevet de l'Intimé qui ne peut estre anéanty que par une révocation expresse, positive, et nominale, comme toutes les grâces personnelles et singulières, est écrite dans ces deux loix, qui semblent faites pour l'espèce : l'une est la 34ᵉ au Digest. *De vulgar et pupill substit.* Beneficia quidem principaliæ ipsi Principes solent interpretari : et l'autre la 191ᵉ. *De regulis juris* ; quem tamen moderni esse beneficii sui vellet ipsius æstimationem esse.

C'est donc le Roy seul qui peut interpréter, c'est le Roy seul qui peut révoquer ; il n'a n'y révoqué, ni interprété et par conséquent dans quelque sens qu'on tourne cette affaire, du costé de l'Intimé qui ne demande que d'achever sa vie dans son employ, ce n'y eut jamais de deffense plus favorable, et du costé des Appellans qui ne cherchent qu'à le troubler et à le ruiner, il n'y eut jamais persécution plus odieuse.

M. Vedeau de Grandmont,
Rapporteur (1).

La date de ce factum n'est pas indiquée et nous ne connaissons pas la sentence qui termina définitivement ce procès, mais Elie Seignette, tout en conservant la foi protestante, continua à exercer jusqu'à la fin de ses jours la pharmacie à La Rochelle. Dans un registre de police de 1692 (Archives de l'Hôtel de Ville), nous avons trouvé, à la date du 24 mai, une action intentée par « François Cheureau, tant pour lui que pour les autres maîtres de la Communauté » contre « Elie Seignette, aussi maître « apothicaire », assigné pour « se voir condamner « à payer 70 livres d'amende et le montant de sa part et « portion de la somme de 286 livres, à quoy la Communauté des apothicaires de La Rochelle a été taxée sui- « vant l'arrest du Conseil d'Estat du 26 février 1692. »

Le savant apothicaire rochelais put donc, à la fin de sa vie seulement, exercer en paix sa profession et être gratifié du titre de « maître ». Pendant plus de trente ans

---

(1) Bibl. Nat. V. Thoisy, tome LXIX, pages 364-65.

la Communauté l'avait poursuivi de son hostilité intransigeante.

Malgré cette hostilité, malgré les procès innombrables et de si longue durée, qui durent incontestablement attrister son existence et faire de lui cet « homme tout mystérieux » dont parle Verny (1), Seignette se consacra toujours à ses travaux de chimie, qu'il menait de front avec les opérations commerciales pour la vente de son Polychreste.

Le sel de La Rochelle, nous l'avons dit, se vendait par toute la France, en Angleterre et en Amérique. Pour bien en montrer les vertus, son préparateur entreprit des voyages dans les principales villes de France. Il devait d'ailleurs avoir puisé de bonne heure le goût des voyages dans cette ville de La Rochelle, d'où l'on partait si facilement pour les pays lointains et nous avons vu dans le plaidoyer, que Seignette avait fait des voyages dans le Levant (2).

En 1678, il alla à Nîmes, Narbonne, Montpellier, et probablement dans toutes les grandes villes du midi, séjournant le temps nécessaire pour voir les médecins et les apothicaires et faire les expériences qui montraient les propriétés du Polychreste. Mais les voyages de Seignette n'étaient pas exclusivement consacrés aux affaires commerciales. Le créateur du sel de La Rochelle était avant tout un savant chimiste et un chercheur, qui ne perdait pas une occasion d'acquérir de nouvelles connaissances. Nous en avons la preuve dans le travail entrepris par lui sur les eaux de Balaruc en l'année 1678.

Nous avons dit que le médecin Jehan Seignette pré-

(1) Verny, Lettre à M Spon. Manuscrit. Bibliothèque La Rochelle.

(2) Aux XVIᵉ et XVIIᵉ siècles les bourgeois aisés de La Rochelle embarquaient leurs fils à bord des navires en partance pour les Indes, l'Amérique, etc., afin de les envoyer puiser, dans les pays lointains, des connaissances commerciales qui ne furent pas étrangères au développement économique du port de La Rochelle.

conisait non seulement les sels chimiques mais aussi les eaux minérales, peu connues et peu employées alors comme remède. Elie partageait les idées de son frère, et, ses affaires l'ayant appelé à Montpellier, il profita de son séjour dans cette ville pour étudier les eaux d'une petite station thermale voisine, les eaux de Balaruc. Il fut aidé dans ses travaux par son neveu, Jehan Seignette (1) qui étudiait alors la médecine à l'université de Montpellier.

Toutes les connaissances que nous avons sur ce point nous ont été révélées par trois lettres que possède la Bibliothèque de La Rochelle.

Ces lettres furent écrites par Verny, savant apothicaire montpelliérain, à M. Spon, conseiller et médecin ordi-

---

(1) *Jehan Seignette*, fils du médecin Jehan Seignette et de Catherine Magnen, fut baptisé à l'église réformée le 16 octobre 1654. Il étudia la médecine à Montpellier, puis à Paris, où il fut reçu docteur en 1680. Il épousa en cette même année, Jehanne Richard, fille de Jehan Richard, Seigneur des Marattes, et s'installa à La Rochelle. Mais en 1681 les médecins catholiques faisaient agréer par le roi les articles érigeant le Collège Royal de médecine de La Rochelle, dont les protestants étaient formellement exclus. Trois médecins se voyaient ainsi interdire l'exercice de leur profession : Jehan Seignette, Elie Richard et Elie Bouchereau.

Ils essayèrent, mais en vain, de s'opposer à l'adoption des statuts du Collège Royal, puis le 3 février 1683 (Archives de l'Hôtel de Ville) présentèrent au tribunal un long mémoire où ils demandaient justice contre les prétentions intransigeantes de leurs confrères.

Ce document est particulièrement intéressant, mais sa reproduction n'entre pas dans le cadre de ce travail.

Les médecins protestants succombèrent et le Parlement confirma les statuts du Collège Royal.

Jehan Seignette ne voulut pas abjurer le protestantisme ni cesser de lutter pour la défense de ses idées religieuses et pour le libre exercice de la médecine. Il fut exilé en 1699 et, par lettre de cachet, consigné à Jargeau-sur-Loire qu'il quitta pour aller mourir à Paris en 1702. Avant sa mort il abjura le protestantisme, ainsi qu'il résulte d'un certificat de catholicité (Bibl. de La Rochelle. Mss. 650, p. 50), daté du 26 avril 1703, dans lequel le prêtre signataire afirme avoir assisté à l'abjuration de Seignette.

La lettre de cachet exilant Jehan Seignette a été conservée et se trouve en la possession de M. le docteur Brard, à l'obligeance duquel nous devons de pouvoir la reproduire.

naire du Roi à Lyon. Elles sont fort curieuses, non seulement par leur forme de style, mais aussi par les idées qui y sont exprimées sur des sujets approfondis de nos jours et qui étaient à cette époque inexpliqués et mystérieux pour les savants. Verny et Spon devaient alors correspondre régulièrement et s'entretenir sur des questions très diverses touchant à la chimie, à la thérapeutique ou à la matière médicale.

La première lettre est datée du 22 avril 1678 et Verny écrit :

Monsieur

Si vous avés jamais eu l'occasion de vous plaindre du retardement de la réponse à l'agréable votre du 9e mars dernier, ce sera en cette rencontre icy, puisqu'il s'est passé environ un mois et demy sans y avoir satisfait, de quoy j'ai tout le déplaisir du monde, à cause des divers sujets qui m'en ont entièrement détourné, mais le plus grand de tous a été la promesse que M. Seignette, maître apothicaire de La Rochelle, me faisoit d'un jour à l'autre, de me bailler des extractions qu'il a faites sur le lieu, de l'eau des bains de Baleruc, en venant de Narbonne icy, lequel après avoir séjourné en cette ville ou à Nismes un mois ou cinq sepmaines, il s'en est retourné à Narbonne, où il avoit travaillé pendant deux mois sur son Polychrestre avant que de venir icy, et à son départ, il me promit qu'estant sur lieu il envoyeroit à son nepveu la moitié des expériences qu'ils avoient faites ensemble sur deux ou trois eaux minérales et que sondit nepveu m'en départiroit ; je ne manqueroy pas sitôt avoir receu l'effect de sa promesse, de vous l'envoyer.

Je vous diray par advance que m'estant entretenu avec le sieur Seignette oncle, sur l'eau de Baleruc, il m'advoua qu'elle contient un sel marin, point de souphre, ni du bitume, ni du nitre, comme cela est la vérité ; lui ayant demandé son sentiment sur la chaleur de cette eau, je ne scay s'il me le voulut cacher, comme c'est un homme tout mystérieux, il me répondit qu'il ne le sçavoit point et que cela estoit fort délicat. Quoyqu'il en soit, je persisteray dans mon sentiment jusqu'à ce que je seroy convaincu par des raisons plus fortes que celles du savant Dortoman, que la chaleur de ces bains vient d'un acide et d'un sel fixé. S'il y avoit un feu souterrain entretenu par le moyen d'un bitume, il s'ensuivroit que les eaux avoisines de cette source se ressentiroient de la chaleur, mais, au contraire, elles ne sont nullement altérées ; de même, si cette chaleur provenoit d'un feu souterrain, il s'ensuivroit aussy que plus l'eau de la source seroit basse, l'eau en seroit plus chaude, ce qui est tout le contraire, car plus la source est pleine, plus l'eau en est chaude. J'advoueroy bien au savant Dortoman, si le bitume avoit une odeur qui procéda d'une substance tenüe et subtile, l'eau chaude en estant empreinte au sortir de la source en communiqueroit son odeur et particulièrement sa saveur à ceux qui en boivent, mais cette qualité ne paroit en aucun de nos sens. Voilà pourquoi cette raison n'est pas recevable...

A la fin de la lettre, Verny ajoute :

J'ay tant fait par mon importunité qu'en finissant la présente, j'ai reçu de M. Seignette nepveu une coppie des observations qu'ils ont faites sur l'eau des bains de Baleruc avec six petits paquets des différentes crystallisations de ladite eau. Vous trouverez le tout ci-inclus.

Dans sa deuxième lettre, datée du 11 juin 1678, Verny entretient longuement M. Spon de l'eau de « Balleruc » sur laquelle il porte son jugement d'après les remarques « du savant M. Seignette », entre les mains duquel il a vu un petit livre intitulé « le *Secret des eaux miné-* » *rales* ».

Enfin, quatre ans après, dans une lettre datée de 1682, Verny cite encore l'apothicaire rochelais dont il n'a pas oublié les travaux.

En mai 1679, nous retrouvons Seignette à La Rochelle, par un certificat qu'il délivre à un apprenti du Poitou. Ce document est intéressant parce qu'il rappelle les conditions spéciales dans lesquelles l'inventeur du Polychreste exerçait sa profession. De plus, il nous montre que celui-ci devait avoir une pharmacie importante, puisqu'il avait « plusieurs garsons soubs sa main », enfin, et peut-être à cause des procès engagés contre lui, quelques apothicaires protestants ont contresigné le certificat.

Voici ce document, que nous devons à l'obligeance de M. Rambaud, auteur d'un important ouvrage sur la Pharmacie en Poitou.

Le 23 may 1679, certificat délivré par Hélie Seignette, appothicaire exerçant et résidant à La Rochelle, avec privilège et pouvoir d'y avoir boutique ouverte, en vertu du brevet à luy donné par Sa Majesté, à Saint-Germain-en-Laye, le 13 janvier 1673, signé Louis et plus bas Phelypeau, conformément à l'ordonnance donnée à Seignette par M. du Terron, du 5 décembre 1672, qui estoit lors intendant de cette ville de La Rochelle, en ce qu'il soit maintenu garde comme par le passé en sa profession et exercice de farmacie, lequel il a plusieurs garsons soubs sa main et particulièrement Jacques Chatellier de Mouilleron en Bas-Poitou, fils de Pierre Chastellier, maistre chirurgien et exerçant la pharmacie audit lieu, et de Françoise Arnault, sa femme, en qualité d'apprenti pendant deux ans et ensuite pendant un an en qualité de locatif pour mieux se perfectionner en son art, et se seroit dignement acquitté des causes de son apprentissage, dont ledit Seignette se tient pour content et satisfaict.

Le 24 may 1679. E. SEIGNETTE.

MASSIOT, BOUCHER-BEAUVAL, RONDEAU, BAULOT, LACHEZE, SOULLARD, procureur, P. RONDEAU, clercq.

(Cachet de cire rouge abîmé).

Par les documents conservés aux archives départementales (fond de la monnaie), nous avons appris qu'en 1689, le 28 juillet, Elie Seignette fut reçu Ricochon (1) du côté des monnayeurs, en vertu des droits de sa mère, Marie Guillemard, dont le père était monnayeur de pleine part. Ce titre valait à l'apothicaire l'exemption d'impôts et donnait à sa postérité « née et à naître » le droit de faire partie de la monnaie.

Le 3 février 1690, il était admis comme maître de pleine

---

(1) Le Ricochon, disent certains auteurs, était une sorte d'officier de la monnaie. Cette définition semble inexacte. Ricochon était le nom que les monnayeurs donnaient à leurs apprentis, dont quelques-uns étaient appelés « recuiteurs ».

Planche XIII

Reproduction de la lettre de cachet, signée de Louis XIV, qui exilait
à Jargeau-sur-Loire le médecin Jehan Seignette.

part du côté des monnayeurs. Il fallait, pour arriver à cette élévation de grade, subir une sorte d'examen, mais à cette époque la monnaie était fermée à cause des « instruments et outils » qu'on y avait mis pour la défense de la ville ; les moulins et les presses étaient démontés. Elie Seignette ne put donc que demander à subir l'épreuve lorsque la monnaie serait ouverte à nouveau et fut reçu par anticipation (1).

L'apothicaire rochelais habitait alors rue du Temple (2), ainsi qu'il résulte du Terrier de la Commanderie où nous trouvons : « Helye Seignette, marchand apothicaire, demeurant Grande rue du Temple, doibt annuellement en chascune feste de Saint-Jean Baptiste, à la recepte de ladite Commanderie magistralle du temple de cette ville, un hanap d'argent martellé dans son fonds, du poids d'un marc, et outre une livre d'encens, de rente foncière et perpétuelle » (3).

Nous n'avons rien trouvé sur la fin de la vie d'Elie Seignette, qui mourut à La Rochelle, le 2 mai 1698, sans avoir abjuré le protestantisme. Il était âgé de 66 ans (4). Par un testament olographe rédigé le 1er mars 1698, alors qu'il était déjà malade et pressentait peut-être sa fin prochaine, l'apothicaire avait dicté ses dernières volontés. Voici ce document, que nous avons retrouvé parmi des minutes de notaire :

---

(1) Archives départ. Monnaie.

(2) Arch. départ. E. 11.

(3) La maison habitée rue du Temple par Elie Seignette avait été louée par lui, pur la première fois, le 27 janvier 1656 à Cusson. Elle se composait « d'une boutique du costé de la maison du sieur Caillon, avec l'arrière boutique, une chambre basse, une cuisine, la communauté en la cour, un petit ranfermis en lad. cour, plus toutes les chambres et appartemans du premier étage, plus la moitié du galtas à prendre du costé de la maison dud. Caillon. »

Le loyer annuel était du prix de 200 livres. (Reg. du notaire Moreau. Bibl. La Rchelle).

4) Le portrait de l'apothicaire Elie Seignette que nous reproduisons appartient à la famille Barbedette. Cette toile nous a été signalée par M. Baudoin.

Au nom du Père, du Fils et du Sainct Esprit, un seul et même Dieu bènit éternèlement.

Je Elie Seignette, marchand apoticaire, demeurant en cette ville, par la grace de Dieu sain d'esprit, bon jugement et entendement, quoy quindisposé et malade, j'ai pour le repos de mon âme, fait, écrit et signé de ma main, sans persuasion ny contrainte, mon présent testament olographe comme il suit, après avoir recommandé mon âme à Dieu et délaissé mon corps à la terre.

Premièrement ayant considéré, que de mon mariage avec Elisabeth Perdriau ma femme sont issus de nous, Elie, Pierre, Marie, Jean, Madeleine et Benjamin Seignette nos enfants, Je veux et entends que les dites Marie et Madeleine Seignette nos filles, prennent et lèvent après mon décès, sur les plus clairs et liquides deniers de ma succession, chacune la somme de mille cinq cent livres, faisant pour elles deux celle de trois mille livres, de laquelle je leur fais don, par préciput et avantage à nos autres enfants, sans estre sujettes à aucun raport ny précompte, en considération des biens faits, bons et agréables services qu'elles mont rendus et rendent journelement et à ma dte femme ; de plus elles prendront chacune un lit garny de chalit, de matelas, de lit de plume et de deux bonnes couvertes, tels et telles que ma femme leur voudra donner. Je veux aussi, que lesdites Marie et Madeleine Seignette prenent et levent chacune en outre par préalable leurs bijoux, ornements, linges, habits, argent qu'elles ont par devers elles, et chacune leur cabinet, dans chacun desquels elles ont à elles appartenant douze draps de lit, douze nappes à Damas, savoir : six jaunes et six herbés, plus un service à Pavie, consistant en une nappe, douze serviettes et l'essuyemain de bassin, le tout fin. Plus trois douzaines de serviettes à Pavie de moyène grosseur, plus quatre douzenes de serviettes de chanvre à Damas jaunes, une grande nappe à Pavie, quatre essuye mains de bassin à Damas herbés, le tout marqué de leur nom et marque faisant pour elles deux, le nombre de vingt-quatre draps de lit dautant de napes à Damas, deux services à Pavie, de six douzaines serviettes à Pavie, de huit douzaines de serviettes de chanvre, de deux grandes nappes et de huit essuymains de bassin, le tout de la qualité spécifiée cy-dessus. Et comme les dites Marie et Madeleine Seignette ont, aussi par devers elles, quelques pièces de vaisselle d'argent, de leurs ménagements, ou des presents qu'ils leur ont esté faits, les quelles sont marquées de leur marque, je veux et entends qu'elles les prennent et lèvent, — de plus elle prendront chacune une écuelle d'argent qui sont dans ma maison, et je veux que Marie Seignette ma ditte fille prène le potet d'argent qui est aussi dans ma maison, dautant que Madeleine sa sœur en a desja un par devers elle ; cela faist je veux et entends que tous mes dits enfants partagent également les autres biens de ma succession, tant mobilières qu'immobilières généralement sans réserve, par égales portions entr'eux, à condition que ceux qui auront receu les constitutions de dot à eux faittes par leur contrat de mariage, seront tenus les rapporter, ou moins prendre, lorsqu'il s'agira de recueillir la ditte succession, ensemble ledit Benjamin Seignette la somme de mille livres que je luy ay avancée et payée, pour faire son commerce à compte de ses droits de mariage et autres prétentions sur ma ditte succession suivant sa quittance, laquelle somme je veux aussi qu'il rapporte venant à partager avec ses autres fraires et sœurs, ma ditte succession, comme aussi je veux et entends que tous mes papiers manuscrits et livres consernant ma profession et celles de médecine soient délivrés au dit Pierre Seignette mon fils, desquels je luy fais don, à condition qu'il en esdra Jean Seignette son frère, et luy fournira les connaissances, priant ma ditte femme, et deffendant à mes dits enfans, de ne luy en faire aucune question, recherche ny demande, attendu que je le gratifie des dits papiers, manuscrits et livres en considération de sa profession et des bons soins et services qu'il m'a rendu sans qu'on luy puisse imputer ny rien déduire sur ce qui luy reviendra de ma ditte succession à cet égard seulement, c'est ainsi ma dernière intention et volonté que jay faicte close et arrestée, requérant mes dits enfents d'exécuter de point en point mon présent testament olographe de bonne foy et en léquitté sans aler à l'encontre à peine par celuy ou ceux qui y contreviendront d'estre exclus et privés de ma succession mobilière qui demeurera à ceux qui le consentiront, fait à La Rochelle, le premier jour de mars, mille six cent quatrevint dix huit, approuvant la rature (mille) interligne (fais don) autre rature (de moyenne) et l'interligne (par devers).

E. Seignette (1).

---

(1) Testament olographe d'Elie Seignette. Min. Etude de Me Princé, notaire à La Rochelle.

*
* *

Après la mort de l'apothicaire, qui avait été pendant trente-cinq ans l'unique préparateur de son Polychreste, le secret de la fabrication de ce sel passa à ses héritiers.

Deux de ses fils, Elie Seignette (1657-1736), qui fut marchand droguiste rue de Castres et le médecin Pierre Seignette (1660-1719), en fabriquèrent et assurèrent la vente. Après eux, la fabrication se partagea. On trouve, en effet, dans le *Mercure de France* (janvier 1756, p. 234) cette annonce :

Le public est averti que M. Seignette, Conseiller au Présidial de La Rochelle, y demeurant rue des Augustins, continue de com-poser et débiter le véritable sel Polychreste, ainsi qu'il a toujours fait depuis la mort de son père, Pierre Seignette, médecin de S. A. R. Monseigneur le duc d'Orléans.

Il met comme ci-devant son parafe dans chaque paquet. Ceux qui auront besoin de son sel peuvent s'adresser à lui directement à l'adresse ci-dessus.

On trouve à Paris du sel de sa composition chez le sieur Le Febvre, marchand épicier rue des Arcis, au coin de la rue de la Vannerie, à côté de la Petite Vertu.

Le public est aussi averti que la demoiselle Esther Seignette, marchande droguiste à La Rochelle, continue de composer et débiter le véritable sel Polychreste, ainsi qu'elle a toujours fait depuis la mort de son père Elie Seignette.

Elle met son parafe dans le dedans de chaque paquet et tous ceux qui ne l'ont pas, sont faux et supposés aujourd'hui.

Ceux qui en auront besoin peuvent s'adresser directement à l'adresse ci-dessus (rue des Saintes-Claires). Elle en envoie à tous ceux qui lui font l'honneur de lui en demander (1).

En 1797, nous trouvons un autre Seignette (2), installé

---

(1) Esther Seignette, baptisée à Saint-Sauveur, le 19 août 1698, petite fille de l'apothicaire Elie Seignette. Elle est décédée sans alliance, le 19 août 1788. (Gar-naud, *Livre d'or de la Chambre de Commerce*.

(2) Elie-Louis Seignette, maître à la monnaie, armateur.

à Angoulins, qui obtint une patente avec autorisation de vendre du Polychreste.

C'est ainsi que, pendant près d'un siècle et demi, les descendants de l'apothicaire rochelais continuèrent à fabriquer et à débiter, dans des paquets toujours identiques, le sel Polychreste des Seignette.

Il n'est pas rigoureusement exact de dire que les paquets furent toujours identiques. En effet, si les vignettes, les devises, le nom du sel, ne varièrent jamais, une petite, toute petite modification, mais combien significative, fut apportée au moment de la révolution. Ne fallait-il pas payer un tribut au triomphe définitif du peuple français sur l'ancien régime ? C'est ainsi que le ci-devant « Monsieur Seignette », mort depuis cent ans, devint sur les paquets de Polychreste le « Citoyen Seignette de La Rochelle » (1).

La vente du produit sous le cachet de l'inventeur dut subir un coup terrible, à partir du jour où les chimistes eurent dévoilé la composition exacte du fameux sel et le secret que l'apothicaire avait si jalousement gardé. Car les études sur ce point s'étaient toujours continuées, mais les moyens d'investigation scientifique et les méthodes d'analyse étaient alors assez rudimentaires et les savants ne voyaient pas leurs efforts couronnés de succès.

C'est au chimiste français Boulduc que devait revenir l'honneur de révéler la composition exacte du sel de Seignette. Dans une communication qu'il fit à l'Académie Royale des Sciences, le 5 septembre 1731 (2), Boulduc (3)

---

(1) Nous possédons un spécimen de ces anciennes enveloppes.

(2) Comptes rendus Acad. Roy. des Sciences, année 1731.

(3) Simon Boulduc, célèbre apothicaire et chimiste parisien, enseigna la chimie à l'Ecole de Pharmacie. Reçu en 1694 à l'Académie des Sciences, il figure dans la liste de « Messieurs de l'Académie » avec les titres d'« ancien juge-consul, apothicaire de S. A. R. Madame Douairière d'Orléans et de la Reine douairière d'Espagne, démonstrateur de chymie au Jardin Royal. »

Son portrait se trouve dans la salle des actes de l'Ecole Supérieure de Pharmacie de Paris.

expliqua comment il était parvenu à analyser le Polychreste. Sa communication débutait ainsi :

On se sert depuis nombre d'années en médecine d'un sel connu
sous le nom de Polychreste de M. Seignette de La Rochelle, qui
en était l'auteur, et dont pendant sa vie il a fait un secret, lequel
a passé à ses enfants, sans que jusqu'ici personne d'entre les
artistes en ait véritablement dévoilé le mystère, les uns ayant
pensé d'une façon, les autres d'une autre sur la manière de le faire.

Les remèdes, comme les choses de la vie ont leur mode, laquelle
après avoir subsisté un certain temps, plus ou moins long, passe
enfin et tombe dans l'oubli : c'est un sort que de très excellents
remèdes même ont éprouvé, et qui resteroient encore dans cet
oubli, si quelqu'un par hasard, souvent peu versé dans l'art de la
Médecine, ne s'avisoit de les faire revivre pour ainsi dire et de
leur donner un nouveau crédit ; le Kermès minéral entre plusieurs
autres en est un exemple.

Ce sort n'est pourtant point tombé sur le sel Polychreste : dès
que son auteur l'a annoncé et en a publié les vertus, il a pris
faveur et sa réputation s'est augmentée de plus en plus, et jusqu'à présent dans plusieurs parties de l'Europe ; preuve évidente
de la bonté de ce remède.

Cette réputation m'a donné la curiosité de l'examiner et de
tâcher de découvrir quelle était sa composition.

Boulduc entreprit des recherches sur le sel de Seignette
et ses premières expériences lui firent entrevoir que celui-ci était un composé du tartre. La nature seule de ce
composé lui échappait. Il s'ouvrit de ses travaux à son
ami le chimiste Geoffroy qui étudia la question de son côté.
Boulduc serait peut-être resté toujours dans l'incertitude
si un autre de ses amis, Grosse, en lui expliquant ses expériences sur la soude ne lui avait fait entrevoir la possibi-
lité de faire un tartre soluble en ajoutant de la soude à
la crême de tartre. Le savant chimiste eut alors l'intuition
de la découverte des Seignette et il comprit comment ils
avaient pu créer un nouveau sel « ou plutôt une espèce
» de crême de tartre soluble ». Les expériences nouvelles

qu'entreprit Boulduc lui confirmèrent la justesse de ses suppositions et il arriva à la solution du problème en même temps que son ami Geoffroy.

Dans la seconde partie de sa communication à l'Académie Royale des Sciences, le savant indiqua la manière de préparer le sel de Seignette avec la soude et la crême de tartre. Il compara le produit ainsi obtenu avec celui préparé par le procédé secret de l'auteur, en montra la ressemblance physique et l'identité des caractères chimiques et conclut en disant : « Le sel Polychreste de Seignette » est donc une crême de tartre rendue soluble par l'alkali » de la soude ».

A partir de ce jour, tous les chimistes, tous les apothicaires purent fabriquer du véritable sel de La Rochelle et le produit figura dans tous les ouvrages de chimie, de thérapeutique et de matière médicale de la fin du XVIIIᵉ siècle. On le trouve donné très fréquemment comme chef d'œuvre, lors de l'admission des apothicaires à la maîtrise.

Le secret de sa découverte échappait à Seignette, comme aussi le monopole de vente réservé à ses descendants, mais le tartrate de soude et de potasse allait mériter l'honneur de figurer dans les éditions successives du *Codex français,* aussi bien sous son nom chimique que sous celui de l'inventeur. Le nom de Seignette allait ainsi s'inscrire pour toujours au livre d'or de la thérapeutique française, et conserver le souvenir du plus savant et du plus illustre des apothicaires rochelais.

Sous le flot envahisseur des médicaments nouveaux, le Polychreste de Seignette a subi le sort dont parlait déjà Boulduc en 1731. Sa valeur n'a pas diminué, mais sa vogue s'est amoindrie en France, tandis qu'en Angleterre et en Amérique surtout, il est toujours en faveur. La gloire des purgatifs qui l'ont remplacé ne sera pas éternelle et nous pouvons espérer qu'un jour viendra, où l'on retrouvera dans le sel de La Rochelle les vertus bienfaisantes qui avaient, pendant deux siècles, enthousiasmé les thérapeutes.

*
* *

Nous devons, en terminant cette étude, dire quelques mots des descendants de l'apothicaire Seignette, car plusieurs membres de cette grande famille rochelaise se sont distingués à des titres divers.

De son mariage avec Elisabeth Perdriau (janvier 1654) Elie Seignette eut dix enfants. L'un de ses fils, *Pierre Seignette* baptisé à l'église réformée le 8 décembre 1660, fut reçu médecin à Caen en 1683. Il revint à La Rochelle et se fit agréer par le Collège des médecins de la ville en 1686. Il s'occupa principalement d'eaux minérales et s'ouvrit sur cette étude à Fagon, premier médecin du Roi, qui applaudit à ses desseins. Pierre Seignette se rendit à Paris, muni d'ordres royaux adressés aux divers intendants de France, près desquels devaient le conduire ses plans d'exploration. Il abjura le protestantisme en 1700, revint à Paris et fut pourvu, en sa qualité de médecin, d'emplois lucratifs et importants. Il fut nommé médecin ordinaire de Monsieur, frère de Louis XIV, puis de Philippe d'Orléans, régent du royaume; il revint à La Rochelle à la fin de sa vie, et y mourut le 11 mars 1719.

Il fut le père de Pierre-Samuel Seignette (1704-1766), conseiller au Présidial de La Rochelle en 1730, assesseur de la maréchaussée d'Aunis, premier échevin, puis maire de notre ville de 1761 à 1764.

Parmi les enfants de ce dernier, nous devons mentionner :

Pierre-Henri Seignette et Paul-Louis Seignette, seigneur des Marais.

Le premier fut reçu avocat au Parlement de Paris. Il revint à La Rochelle où il fut avocat, puis assesseur en la maréchaussée. Il devint sénéchal des seigneuries de Laleu, La Jarrie et dépendances, échevin, puis maire de La Rochelle de 1771 à 1775. Membre de l'Académie de La Rochelle, il fit preuve d'un esprit scientifique éclairé, soit qu'il s'occupât des expériences sur le thermomètre Crest, soit qu'il secondât l'anglais Walsh dans les célèbres expériences sur le poisson-torpille (Bibl. de La Rochelle). Ces travaux firent grand bruit dans le monde savant et valurent à Seignette l'honneur de répéter ses expériences sur la torpille devant l'empereur Joseph II d'Autriche (Bibl. de La Rochelle. Manuscrits). En 1778, il adressa à l'Académie des sciences, des observations sur la hauteur des marées. En 1789, il fit partie de la commission chargée de rédiger les plaintes et doléances de la ville. En 1790, juge au tribunal du district, il subit la prison et échappa à la guillotine. Il était conseiller à la cour de cassation lorsqu'il mourut en 1808.

Paul-Louis Seignette, seigneur des Marais (1743-1789), frère du précédent, fit ses études médicales à Angers, Montpellier et Paris, et fut agrégé au Collège de médecine de La Rochelle. La faiblesse de sa santé l'obligea d'abandonner son art et il réserva sa science pour ses amis et pour les pauvres, tout en remplissant les fonctions de conseiller du roi. Membre de l'Académie de La Rochelle, garde et démonstrateur du cabinet d'Histoire naturelle, il fit des observations sur la moule comme aliment. Il fut inhumé à Saint-Barthélemy sous le nom de Seignette des Marais (1).

Un autre fils de l'apothicaire Elie Seignette, portant le même prénom que son père, eut aussi une abondante postérité. Nous relevons surtout dans celle-ci des armateurs et des négociants, tous officiers de la monnaie royale, qui portèrent au loin la renommée du port de La Rochelle et créèrent une firme commerciale très appréciée dans le négoce des eaux-de-vie. Les descendants de cette branche sont encore nombreux dans notre ville. L'un d'eux, qui s'est particulièrement occupé de recueillir des documents sur ses ancêtres, M. Eugène l'Evèque, a bien voulu faciliter nos recherches et nous éclairer de ses connaissances. Nous le prions de recevoir ici, pour son accueil si bienveillant, l'expression de notre sincère gratitude.

(1) Garnaud, *Livre d'or de la Chambre de Commerce.*

TABLE DES MATIÈRES

IMPRIMÉ

sur les presses de Noël Texier

A LA ROCHELLE

www.ingramcontent.com/pod-product-compliance
Lightning Source LLC
Chambersburg PA
CBHW070450030726
47503CB00004B/985